零の晩夏

ぜろのばんか

岩井俊二

IWAI Shunji

文藝春秋

零の晩夏

目次

装画　三重野慶
装丁　城井文平

零の晩夏

1
絵

去年の二月初めのことだった。職場の後輩である浜崎スミレから、一枚の写真が送られて来た。正確に書いておくなら、二月二日土曜日の午後三時二十七分。その日時は今もこの写真のメタデータに残っている。

窓辺に佇む、ひとりの女性。なんだろう。誰だろう。オーディションの写真だろうか。訝《いぶか》る私に、浜崎さんはこんなメッセージを書き添える。

［この人、花音《かのん》先輩に似てないですか？］

花音先輩とは私のことである。

似てるだろうか？　似てると言われたら、たしかに似ている気もしたが、窓辺の女性は横顔を向けており、はっきりとは判らない。自分の横顔とはこんな風だったか、そもそも自分の横顔とはどんなものだったか、不意に問われると、そこからして曖昧である。

［誰？　この人］

私はメッセージを返した。

［知りません］
と浜崎さん。わけが判らない。彼女の会話の作法には独特なリズムがあり、それが煩《わずら》わしい時もある。アニメ好きの腐女子で世間知らず、というのが社内における彼女の短評である。
［今、ロケハンに来てまして］
と、彼女。そういえば本日の彼女は、とある企業サイトの対談企画のロケ場所を探索してるはずだった。ウィリアム・ウィロウズという広告代理店の企画制作グループという部署が我らの職場だ。
［いい場所見つかった？］
［ここはいいと思ったんですが。クライアントがちょっと。イメージに合わないそうで。千葉にある結構お洒落《しゃれ》な美術館なんですけど。今やってる展覧会がわりとしっかりリアルな具象画で。クライアント的には、もう少し抽象絵画的なものでいいみたいで。そういうのがヌケにぼんやり映るぐらいがご所望でして］
［あらら］
［そこにこの絵がありました。あ、花音先輩がいる！　と思って。思わず写真撮っちゃいました］
［これ、絵？］
［そうですよ］
［油絵？］
［そうです］
私は改めてその写真を見た。スマホの画面上では写真にしか見えない。パソコンに転送して拡

大画像で確認してみたが、それでもやはり写真にしか見えない。私はそのクオリティに衝撃を受けた。写実画の中には当然ながら写真と見紛うものも数多くあるわけだが、この絵は群を抜いていた。もはや絵であることを視認できないレベルである。しかも、単に写真そっくりというものとは違う存在感と奥行きがあった。この仕上がりに達するために費やした、その作家の時間、その労力、想像してみるだけで鳥肌が立った。

［誰が描いたの？］

［零］

一瞬なんのことかと思った。浜崎さんからのメッセージが続いた。

［絵描きさんの名前です。一文字みたいです］

［一文字！　読み方は、ゼロ？　レイ？］

［他の絵描きさんの名前のところにはアルファベット表記もあるんですけど、この人は作者名も作品名も漢字だけです］

［そっか］

［訊いてみますか。ちなみにタイトルは、晩夏、です］

そこで彼女の連投は止まった。

［いやいや…別にそこまでは］

と打った私のメッセージはなかなか既読にならなかった。おそらく美術館のスタッフに訊いているのだろう。次の返事を待つ間、私は改めてその絵を眺めた。

ある女性が窓辺に佇んでいる。女子高生だろうか。制服のような衣装。紺のジャンパースカートに、白のブラウス。胸元に紺のリボン。それは私の母校の制服にもよく似ていた。
「……晩夏……晩夏」
私は無意識のうちに絵のタイトルを口ずさんでいた。
やがて私の最後のメッセージが既読になり、再びメッセージが届いた。
[すいません。わかんないそうです]
[あら]
浜崎さんはその絵の作者名も撮影して送ってくれた。そこには作品のタイトルも写っていた。

『晩夏』　零

「……晩夏……零《ぜろ》。……零の晩夏……」

私は無意識のうちに零を〝ぜろ〟と音読していた。

私はネットで検索してみた。〝零〟という作者名、そして『晩夏』という作品名。自分の期待した答えにはすぐに辿り着くだろうと思ったが。零一文字だけでは、人の名前すら見当たらない。ゲームの名前やレストランの名前が並ぶ。試しに零と『晩夏』で検索する。すると今まさに浜崎さんがいるに違いない千葉の美術館が出てきた。ヒカリノ森美術館という名前だった。〝超写実絵画の若き才能たち〟というタイトルで、若手画家の特集が組まれていた。〝零の『晩夏』〟はその中の一枚であるらしい。それ以外には他にヒットする情報もなかった。まだまだ無名の画家ということなのだろう。

私は浜崎さんにメッセージを送る。

［この人の他の作品も見たい！］

返事はすぐに返ってくる。

［この一枚きりだそうです］

そう言われて、むしろこの作品の希少価値が自分の中で高まった。

ああ、観に行きたい！　この一枚をどうしても観たい！　あの衝動は何だったのだろう。しかも、それだけでは済まなかった。なぜか自分も絵を描きたいと思った。絵の道を諦めた私であったが、この絵に出会った刹那、あたしもやりたい！　子供とはすぐにそうであろう。あんな無邪気な衝動が不意に私を襲った。そして同時に、私はこの衝動をずっと我慢し続けていたことに気づいた。ずっとあったこの衝動を自分で抑え込み、ずっと封印していた。それが今、急に胎動し始めた。そんな風に思うと、この衝動が愛おしく、健気にさえ思えた。

この日は土曜日で、しかも久しぶりの休日であった。

私は書棚から使い古しのスケッチブックを一冊引っ張り出してきて、まだ残っている白紙のページに向かって鉛筆を走らせてみる。『晩夏』を手本に一枚、素描を描いてみる。久しぶりということもあり、鉛筆の感覚がいまひとつ摑めない。続けて何枚か描く。絵を描く歓びが指先に溢れる。

夕食を挟んで、今度は自画像に挑んだ。傍らに姿見を置いて。数時間格闘してみた。あまり満足のゆく出来栄えにはならなかったが、絵を描くことの楽しさを久しぶりに実感する。浜崎さんから齎《もたら》された、一枚の絵によって。こんな楽しいことを封印し、私は今を生きている、そんな現実を再認識する。

気がつくと深夜になっていた。

翌日の日曜日は朝から仕事だった。ＣＭ撮影の現場の立ち会いである。夜更かしして絵を描いている場合ではない。私は早々に寝支度をしてベッドに潜り込む。撮影前はいつもうまく眠れない。それでもじっと目を閉じて、少しでも寝ておかないと、午前中から睡魔と戦うことになる。人間なんとか頑張れば少しは眠れるものだ。しかし、この夜は困った。『晩夏』に出会った夜である。絵心をおおいに刺激されてしまった夜である。この興奮を多少冷ましてやらないと眠れる気がしなかった。私はベッドから起き出して、静かに階段を降り、一階の納戸に忍び込むと、その奥にしまってあるダンボールに手をかけた。これは、しかし、裏目に出るのでは？　という疑念もあった。そこに積まれたダンボールの中身は、私の人生の想い出の数々だ。一歩間違えたら、朝まで郷愁に浸ってしまう。それだけは避けなければならない。私の目的はただひとつ。それを探し当てれば他のものに用はない。ダンボールの中には子供時代に読んだ絵本や、クレヨンなどがあった。これではなかった。別なダンボールを開けてみる。

あった！

それは油絵の道具である。高校一年の時にこれを買って美術部に入った。大学に入ってもずっとそれを使っていた。愛用品である。何故かそれを見たら落ち着くと思ったのである。

「何してるの？」

母が納戸を覗いた。

「ちょっとね。うるさかった？」

「うるさくはない。うるさくはないんだけど、逆にひそひそ物音立てられると、泥棒かと思うから。あんた明日仕事じゃないの？」

「仕事ですよ。ちょっとこれも仕事がらみだから」

母は眉間に皺を寄せたまま寝室に戻っていった。

我が家は横浜の綱島にある。駅を降り、綱島公園沿いの狭い小路を五分ほど歩いた坂の途中の二階屋である。母は桜木町の税理士事務所で働いている。父は神奈川県内の私鉄で広報の仕事をしていた。その父が亡くなったのは、五年前の冬の朝だった。一月二十五日の日曜日。私は休日出勤で、家を出る時間に父はまだ寝室で寝ていた。母はジョギングから帰ってきたばかりで、私が出かけるのを見送った。私は父に挨拶もせずに家を出た。休日は、いつもこんな風であった。寝てる父に、わざわざ行ってきます、なんて言いに行ったことなんてない。いや、子供時代はしていた。用もないのに起こしに行った。いつからかそんなこともしなくなっていた。そもそも父の部屋に最後に入ったのが何時《いつ》だったか。それさえよく憶えていない。そんな具合だから、まあ後悔しても始まらないが、それでも悔いは残った。私がいつものように出かける時、父は恐らくもう冷たくなっていたのである。会社に着いてメールの確認などしているとスマホに母から電話があり、父の訃報を聞いた。私は急ぎ綱島に引き返した。父はベッドの上で仰向けに横たえられていた。まるで寝ているようである。しかし本当に寝ているとしたら、あれほどに身体をまっすぐにして寝る人ではなかった。その佇まいには威厳すらあった。私は母に頼まれて葬儀屋に電話を入れた。事情を説明すると、まずは救急車を呼んで下さいと言われた。そこから先は葬儀屋の担当者さんに言われるがまま、右も左もわからぬままに、私と母は父の葬送をやり遂げたのであった。

あれから三回忌も過ぎ、五年目の、去年の二月二日の深夜、いや既に三日になっていた。私は納戸でダンボールを開き、母を起こしてしまった、というわけである。写真越しに〝零の『晩夏』〟に出会ったあの日、二月二日。その前後の記憶は父の死んだ日にも似て鮮明だ。

さて、絵具箱を出した私は、ダンボールを閉じ、その上に子供時代の想い出の詰まったダンボールを載せ、開いてしまった外蓋を閉じようとした時、ふと気になるものが目に止まった。古いスケッチブックであった。

ああ、これはここにあったのか。

そう思わずにはいられなかった。どこかに行ったと思っていた。敢えて探そうと思い立つ機会もなかったが、不意に見つかってみると、それは宝物のように思え、なぜこれを探してあげなかったのか、と自分を責めたくなるほどだった。

私は絵具箱と、この古いスケッチブックを両手に携えて、二階の部屋に戻った。

絵具箱を開けてみると、そこかしこに絵の具の痕跡はありながら、パレットも絵の具も絵筆も整頓された状態で保存されていた。それらを眺めながら、油絵を愛した時代を想い出した。なんとなく気分も落ち着いてきて、やっと眠れそうな気がした。学生時代から使っているイーゼルは自分の部屋にあり、いまだ現役で活躍していた。雑誌やタブレットを置いたりするのに便利だったからである。無精がバレてしまうが衣類を掛けておくのにもなかなか便利な代物である。なんでもうっかりそこに置いてしまう。先程見つけたスケッチブックもどこに置いたかと見回せばそのイーゼルの上にあった。

改めて手に取ってみる。懐かしいその表紙を撫でてみる。

小学時代に描いたスケッチの数々がそこには描かれているはずだった。

ああ、いけない。このスケッチブックを開いてしまったら、私はもう朝まで眠れないだろう。

あわてて私はイーゼルの上にそれを戻し、電気を消してベッドに飛び込んだ。毛布にはまだ温もりが残っていて、冷えた身体に心地よかった。その温もりも手伝って、今度は無事に眠ることができた。

夢を見た。

そこは病院。見覚えのある白い病棟。中庭。

それはたまに見る、とある病院の夢だった。

小学時代、私は心臓におかしなところがあって、度々入院生活をしなければならなかった。最終的には難しい手術に成功し、一命を取り留めたのだが、その傷は今も胸の谷間に残っていて、私の中のコンプレックスのひとつになっている。

あの頃、私は小児病棟に入院し、院内学級で授業を受けていた。何人かはその後、亡くなったと聞いた。その子達が夢に出てきた。あどけない小児達は、もうすっかり大人になった私を相手に、あの頃と変わらないタメ口で、話しかけてくる。頭に包帯を巻いた子供がいた。顔の半分をガーゼで覆われた子供もいた。

目を覚ました時、私は泣いていた。窓を見ると、もう朝の空である。時計を見ると六時を少し過ぎていた。起きるにはまだ少し早かったが、もう一度寝るのは危険だと思い、ベッドから出た。

少し時間がある。

私はイーゼルに置いた白いスケッチブックを手に取った。あんな夢を見たのは、間違いなくこのせいだった。表紙をめくった。そこには、あの時の入院仲間が描かれていた。笑顔だったり、仏頂面だったり、そのひとりひとりに見覚えがあった。頭に包帯を巻いた子供もいた。顔の半分をガーゼで覆われた子供もいた。

自画像もあった。むしろ自画像の方が多かった。それらは格別によく描けている。自分を綺麗に描こうと必死だったのが見て取れる。

それにしても……。我ながら本当にうまく描けている。

思わずため息が出た。涙が溢れた。

このスケッチブックこそ絵が好きになった私の原点であった。そのことを想い出した。

大人になるほど思い知らされたことがあった。私の大好きな絵の世界は、私より遥かに上手な人達がいて、決して自分のために用意された場所ではなかった。そんなことにまだ気づかない幼く無垢なる私の描いたそれらの絵は、眩しいくらいに伸びやかであった。

そう見えた。あの時の、あの朝の私には。

絵とは時に、人の心を映すものなのかも知れない。

2

オフィーリア

絵は子供の頃から好きだった。けれど本格的に始めたのは高校時代、美術部に入部してからである。油絵の道具を一式買い揃え、初めてキャンバスという布地の上に絵の具を塗った瞬間のときめきは今も忘れ難い。水彩は水を使うが、油彩はテレピン油という油で絵の具を溶く。最初はその匂いに慣れなくて、テレピン酔いとでもいうのか、嗅ぎすぎると頭痛がする時もあった。あの香りも今や懐かしい。いわばタイムスリップの秘薬である。今一度嗅げば忘れかけていた学生時代の想い出が蘇る。

私の通っていた霞ヶ丘《かすみがおか》高校は、横浜駅のすぐ近くに位置する。遠い昔は女子校であったそうで、私が通った時分も八割が女子という、ほとんど女子校と言っていい環境だった。美術部も男子は僅かで、殆ど女子に席巻されていた。部員が各学年に五人ずつぐらいで、それぞれ好きな活動をしていた。デジタルアニメーションを熱心に作っている人もいたし、陶芸に取り組んでいる人もいた。私は、マリー・ローランサンとかシャガールにかぶれたような絵を描いていた。実際のところ本当にかぶれていたのだが。

二年の時、県の美術展で入選して、それに自信を得て、私は大学の進路を美術系と定めた。実技系となると、受験科目がまるで異なって来るので大胆な決断が必要だった。

三年になると、私は横浜駅前の美大専門の予備校に通い、デッサンを本格的に学んだ。ちゃんと学習してみると、今まで何も考えずに絵と向き合っていたことがよくわかった。絵とは多分に技術である。その技術を習得するほど、トレーニングを重ねるほど、絵は格段に上手くなる。それは楽しい時間だった。

予備校中心の放課後生活に変わると、美術部に顔を出す機会も減った。空き時間、部室を覗きに行っては部員たちの創作活動を見物したり、時に横からあれこれうるさい事を言ったりしたものだ。ひとり図書室に籠もり、自習する時間も増えた。この図書室は四階建ての建物の最上階にあったせいか、受験生に人気の図書館が近くにあったせいか、利用者が僅かで、私にとっては居心地のいい安息の場所だった。

加瀬真純《かせますみ》と初めて出会ったのはこの図書室だった。ちょうど夏休みを終えたばかりのまだ残暑の残る九月の初め、彼は入って一番手前の、窓から最も遠い薄暗い机の一隅に陣取り、大きな画集を広げて見入っていた。男子が隅に日陰に位置取りするのは彼に限ったことではない。陽のあたる場所はすべて女子のもの。そのような校風だった。

美術部だった私としては、ああも熱心に画集に見入っている学生を気にしないではいられなかった。ある日、私は教科書や参考書や問題集を抱えて、彼の横を通り過ぎた。その時の彼が広げていた画集がジョン・エヴァレット・ミレーであり、開いていたページが『オフィーリア』であった。一瞬でその絵に魅了された。美しい絵である。ドレス姿の女性が水の中に浮かんでいる。

小川だろうか。しかしその川は棺のように狭い。女性の手からこぼれ落ちたのか、赤い薔薇のような花が水面に浮かんでいる。女性は生きているのか死んでいるのか判らないが、恍惚とした表情を浮かべている。瞼はうっすら開いている。

「これ死んでるのかな？」

それが私が彼に語りかけた最初の言葉であった。

「死んでるんじゃないですか」

それが彼の返事であった。

およそ思春期の男女においての、その最初の会話にしては、なんとも悍《おぞ》ましい。これが記憶違いならどんなによかっただろうと思うのだが。

この会話は、次にこう続く。

「でも」と私。「よく見ると生きてるみたいだね」

「生きてるんですよ、きっと」と、彼。「このあと死ぬんですよ、きっと」

この彼の言葉、「このあと死ぬんですよ、きっと」という言葉に、どれだけゾッとしただろう。今思い返しても背筋が寒くなる。誰もこの女性を助けに来ないのだろうか。誰も彼女に気づかないのだろうか。そこはどこなんだろう。人里離れた森の中だろうか。案外、その上に橋でもあって、馬車や紳士淑女の往来がありながら、ちょうど死角になって誰も気づかないとしたら……。どちらにしても怖い。怖い怖い。こんな死に方はまっぴら御免だ。あの時私はそう思ったし、その後の人生でこの絵に遭遇する度にそう思った。それほど美しくも悍ましい絵が『オフィーリア』であった。

その『オフィーリア』を私に教えてくれたこの男子生徒を次に見たのは、なんと美術部の部室であった。二年の林田由紀子という生徒が九月から新しい部長になっていた。その前の代の部長は私である。新部長の林田由紀子から彼の入部を聞かされたのは、『オフィーリア』を観た数週間後だった。

男子の入部は珍しかったが、初めてのことではなかった。私が一年の頃は、三人ほどいて、部長も男子であった。二年の時には女子だけになり、三年の時もそうだった。そこに単身乗り込んできたのだから、しかも中途で入部して来たのだから、多少の勇気は必要だったことだろう。

彼は一年生だった。油絵をやりたいのだが、描いたことがないという。道具もないと言うので、ひとまず私の画材道具一式を貸してあげた。卒業生が残した古い十号のキャンバスを白く塗りつぶして、彼に与え、描き方の手ほどきをしてあげた。横浜の画材屋にもつきあってあげた。新品の用具一式を買い揃えるのを手伝い、その後お礼にと、サーティワンのアイスをご馳走になって別れた。

冬が近づくにつれ、私は受験勉強に集中し、部室にも顔を出せなくなった。学校と予備校を行き来し、図書室で自習に励む日々。しかし、あの図書室で再び彼に会った記憶はない。

年が明けて、私は東京の美大を受験したが、あえなく不合格。滑り止めで受けた神奈川美術女子大学、通称カナビジョに辛《から》くも合格し、入学した。油彩科は印象派好きの教授の好みがそのまま指導方針となっていた。学生たちの多くが印象派で絵画を学び、アトリエには、セザンヌやルノワールのタッチを模した絵ばかりが並んだ。私の趣味も決してそこから遠くなかった。相変わらずマリー・ローランサン風の絵を描いては教授や仲間に褒められ、褒められると嬉しくなり、そんな絵ばかりしつこく描いていた。そんな日々を過ごしながら、何かそのまま大学を卒業したら、絵描きにでもなれるような気がしていた。今思えば、あれはあれで素敵なサロンだった。

大学二年の二月。卒業生たちの展覧会があった。私たちはそれを〝卒展〟と呼んでいた。展示室に陳列された卒業生の作品群は、見事なまでに印象派であった。モチーフは人物画、風景画、静物画のどれかに分類できたし、人物画もタイトルを見ると、『自画像』『母』『窓辺の妹』『友』と、何か中学生の作品タイトルのようである。自分が卒業制作を描く時はもう少しマシなタイトルを考えようと思ったものである。

誰かが〝県展〟を見たかと言い出した。〝県展〟というのは県が主催する高校生たちの美術展だった。かつて私も入選した、あの懐かしき美術展である。私たちの隣の展示室では、まさにその〝県展〟が開催されていたのである。私は仲間たちと連れ立って、この懐かしい〝県展〟を覗きに行った。会場は高校生たちで賑わっていた。それ以上にこの高校生たちの描いた作品たちが輝いて見えた。これに比べたら自分たちの絵はまるでみすぼらしい。絵の巧さというものは人それぞれ評価も違うだろうし、これが正解というのは難しい。しかし題材選び、となると、それは絵心のない人にも違いはわかるのではあるまいか。高校生の作品はそれぞれに個性的な題材選びが先ず前提としてあった。そういう独創性が悲しいかな我が校にはない。

私が高校時代に描いた作品は、マリー・ローランサンやシャガールかぶれは否めないが、モデルを空に浮かべたり、創意工夫のある空想画であった。そういうアイディアも評価されて入選も果たせたのだろう。しかし、大学に入ってからは、そういう絵を描く人がいなかったというだけの理由で、そういう発想を知らず知らずのうちに封印し、単純な構図の人物画だけを描いていた。

言い訳をさせてもらえれば、予備校で石膏デッサンを描く延長線上に大学の授業があり、やはり一年みっちり石膏デッサンをやらされて、二年になると裸婦を油絵で描き、三年も同じく裸婦を描き、四年になるともう卒業制作だ。つまり我々の創作はあくまで絵の学習なのであって、卒業制作はあくまで授業の成果を見せる場であった。

「なるほどね。こういう子達が東京の美大に入って、この世界を牽引してゆくのよね」

そんなことを言ったのは江端さんだった。その落胆した声は今も耳に残っている。

そういう水準に達していない子の受け皿となるのが我らがカナビジョであったかも知れない。この場所では、決してそういう人材は誕生しないし、よく考えたら、ウチの卒業生にプロの画家がいるなんて話を聞いたことがなかった。なのになぜ私は、自分たちは、そんな技量で将来画家になれるなんて思ったりしていたんだろう？　今にして思えば不思議なことである。要するに将来のことなんか少しも真剣に考えていなかったということなんだろう。大学一年や二年の頃とは、特に三月二十三日生まれの私にとっては、まだギリギリ十代で、二十歳過ぎてからの未来は、月のように未知なる世界だった。そんなぼんやりした私たちでも、この高校生たちの絵には打ちのめされた。自分たちの現在地を思い知るには充分だった。

高校生の想像力溢れる作品を見て歩きながら、皆、意気消沈。ひとまず動線を辿りながら出口に向かった。

一番奥に教育長推薦優秀賞という賞のタグが貼られた作品群が並んでいた。その賞は最高位である。油彩、彫塑《ちょうそ》、陶芸など各部門の一番の作品に授けられる。つまりそこがメインイベントのコーナーだった。

油彩画の周りに人が群がっていた。高校生の絵とは思えない、ヤボったい筆遣いのカケラもない、別格の絵がそこにあった。異様な雰囲気を醸していた。

忘れもしない。そのタイトルさえ憶えている。

『遊びをせんとや逝かれけむ』

『梁塵秘抄《りょうじんひしょう》』は、平安時代末期に編まれた歌謡集である。その中に「遊びをせんとや生まれけむ、戯れせんとや生まれけん、遊ぶ子どもの声聞けば、我が身さへこそ揺《ゆる》がるれ」という歌がある。そんなことを後に知った。「遊びをせんとや生まれけむ」とは、遊ぶために生まれてきたのだろうか、という意味である。ならば彼の絵のタイトルは、遊ぶために亡くなったのだろうか、と言ってるわけである。身の毛もよだつタイトルである。

その絵は、怪獣映画の一場面のようであった。建物の悉《ことごと》くが瓦礫と化した廃墟の町。商店街の看板だけが虚しくそびえ立つ。空は煙に覆われ、遠くには火の手も上がっている。一番手前にはひしゃげた瓦屋根が折り重なっていて、その頂上にひとりの少女がこちらに背を向けて立っている。破れ、燃えかけた、ピンクのパジャマを身に纏《まと》い、自分の足元に視線を落としている。そんな絵であった。

私はその描画力に圧倒された。これはもうプロの域だと思った。

これを描いたのが、高校三年の加瀬真純であった。私が油絵を教えてあげた少年は、五十号キャンバスいっぱいに、とんでもない絵を描いていた。

彼は会場にいなかった。いなくてよかった。どんな顔をして彼を褒めていいか判らなかった。

仲間たちと会場から出て、自分たちの会場に戻る途中、美術部の後輩が何人かエレベーター前にたむろしていて、私を見つけると声をかけてきた。

「八千草《やちぐさ》先輩！」

私が三年の頃の一年生たちだった。八千草というのは私の名字である。

彼女たちの中の一人が言った。

「加瀬って憶えてます？　賞取ったんですよ！」

「ああ、憶えてる。私が油絵教えたのよ」

「知ってます」

もう名前も定かではない、あの後輩の無邪気な笑顔を想い出す度、私は心を抉《えぐ》られるような気持ちがしたものだ。偉そうに先輩風を吹かせた自分がどうにも惨めに思えた。

この事件は少なからず私の人生に暗い影を投げかけた。加瀬真純の才能に打ちひしがれ、絵画という世界があまりにも酷に感じられ、私はその荊棘《いばら》の道を先ず避けて通ることから将来設計を考えるようになった。それからの美大生活は、なにか自分が終わりかけの蛍光灯のような、時間潰しのような日々であった。なんとなく周囲の様子に足並みを揃えて、結局卒展に描いた百号はマリー・ローランサンを模した自画像だった。それを以て私は絵の道は最後と決め、普通に就職活動をして、そこでも幾多の挫折を経験しながら、ギリギリ採用されたのが、ウィリアム・ウィロウズという広告代理店であった。

3　姿ハ似セガタク

私の上司に尾藤明という人がいた。年齢は四十代後半。上から目線の上司が多い中、部下とは友達のような関係でありたい、というポリシーが裏目に出ているタイプだった。距離感が昭和世代。妙に近い。妙に馴れ馴れしい。その癖、人使いは荒い。遠くから見ていたら、すごくいい上司だが、至近距離だと、どこまでも入ってくる、そういうタイプの人だった。そのエピソードは枚挙にいとまがない。多くの女子社員が、身体を触られたり、肩もみを強要された。私もその中の一人だった。映画や舞台に誘われる。私もその中の一人だった。飲みに連れ回される。私もその中の一人だった。とはいえ被害者の中では比較的軽症の部類ではあっただろう。彼はターゲットにしていた女子社員の前では、もっとあからさまだった。真剣に退職を考えている女子社員を複数知っている。鼻の下を伸ばすという言い方があるが、比喩でなく鼻の下が伸びた。意識して伸ばしているようだった。尾藤さんは前歯にコンプレックスがあって、人前に出ると鼻の下を伸ばす。営業の佐久間さんだったか、そう分析していた人がいた。

この人の人物像についてこれ以上描写しても仕方がない気がするので先に進むが、とあるプレストの折、八〇年代カルチャーの話になり、『なんとなく、クリスタル』という小説が話題に出た。田中康夫のデビュー作。一九八〇年、第十七回文藝賞を受賞し、翌年発売されるとベストセラーになった。〝ブランド小説〟とも呼ばれ、〝クリスタル族〟という流行語も生んだ。そんなことがウィキペディアに書かれていた。

「そういえば家にあったなあ。今度持って来るよ」

尾藤さんはそう言ったが、その昼休み、私に自分の家の鍵を渡して、今からウチに行って、その本を取ってきてくれと、無茶なことを言い出した。

「午後からのブレストにあった方がいいだろう。そう思うだろ？」

同意を求められても、いいかどうかなんて、そもそもその本を知らない私には答えようがない。しかし仕事で必要となれば断ることもできず、仕方なく、私は世田谷区上馬《かみうま》にある彼のマンションに向かった。彼によれば、この時間家には誰もいないという。彼の鍵でエントランスの入り口と玄関のドアを突破する時は、なにか犯罪者のような心境だった。

彼の部屋は散らかり放題だった。奥さんと子供が二人いるはずだったが。彼のデスクにはそういう家族写真が何枚か飾られていた。その家族は既に崩壊してしまったのだろうか。勝手にそんな想像をして、少し気の毒になった。とはいえこの惨状を部下に見せる神経が理解できない。掃除でもして帰れということだろうか。そんなことまでする義理はないぞ。私は彼が描いた下手くそな見取り図を頼りに、廊下を進み、書斎に辿り着いた。膨大な雑誌や資料の束が書棚では収まらず、床の上まで堆《うずたか》く積み上げられていた。『なんとなく、クリスタル』はその床の上の書物の山から発掘できた。見つけ出すのに二十分はかかっただろうか。見つけ出した時には、この人はサディストだと確信した。人を苦しめることに快楽を感じてるタイプだと。捜索中、手伝ってくれる人が現れたので、二十分で済んだが、その人がいなかったら、一時間じゃ見つけられなかったかも知れない。

　それは彼の奥様だった。

　突然ドアの開く音がして、振り返ると、一人の女性が姿を現した。

「ここで何をしてるの？」

　その人は怪訝《けげん》な顔で私を睨んでいる。

「あの、私は…八千草と言います。尾藤さんの部下で」

　その人は自らを名乗ろうとはしなかった。この家の住人であれば侵入者に自己紹介なぞしてくれない。であれば奥様という解釈こそ妥当であった。

「尾藤さんに頼まれまして。本を取りに来ました」

　私は動転しながらも、状況を説明した。奥様はすぐには信じなかった。スマホを取り出してどこかに電話している。セコムか？　警察か？

「あ、あたし。今、あなたの部下という人が部屋にいるんだけど、どういうこと？」

　電話の向こうは尾藤さんだった。

「いや、ちょっと本が必要でね。急遽。それでその子に探して持ってくるように頼んだんだ」

　説明する尾藤さんの甲高い声が私にまではっきりと聞き取れた。身元がはっきりして、私への嫌疑は晴れたかに見えた。しかし電話を切るなり、奥様は私にこう問い糾《ただ》した。

「なに？　恋人？」

「違いますよ！」

私は言下に完全否定した。

「ま、どっちでもいいけど。もう私たち終わってるから。今、別居中。離婚調停中。あっちがちょっとゴネてててね。ま、でも、あなたのおかげで今度は少し前に進みそう」

「いえ、あたし本当に違いますよ！」

奥様はニコリと笑った。それからの奥様は掌を返したように陽気な人になり、亭主の愚痴を言いながら、本探しを手伝ってくれたのである。そして例の本を見つけ出してくれたのであった。

私はその本と共に会社へと急ぎ引き返し、ミーティングルームを覗くと、午後の会議は継続中で、本を受け取った尾藤さんはそっけなく、ああ、これだこれだと、ページをめくってみせたりして、あたかもその本が会社の机の上にでもあったかのような態度だった。ひとつの褒め言葉も、ねぎらいの言葉もない。こちらもそんなものを求めてはいなかったが、しかし何か多少は大げさなリアクションをしてくれないと、まるで私が理由なく遅刻でもしたかのようではないか。ああ、もうこの人の下では働けない。もうこの会社辞めてしまおう、とさえ思った。しかし、まさか本当に辞めることになるとは、あの時は思いもよらなかった。

不幸は突然、通り雨のようにやってきた。『なんとなく、クリスタル』事件から二日後の朝、先輩の高梨さんからこんなメッセージが送られてきた。

［尾藤とあなたが付き合ってるって会社で噂になってるよ］

全身が凍りついた。肌の上を静電気がビリビリと駆け巡るようだった。

［そんなわけないですよ。私、尾藤さんのこと大嫌いですよ？　この会社辞めたいと思ってるく

らい嫌いです」

「そうだよね。誰が変なこと言いふらしてるんだろう」

咄嗟《とっさ》に浮かんだのは、尾藤さんの奥様だった。まだ疑っているのか、いや、私を利用したいのか？　私は高梨さんに返事を打った。

「奥さんかも知れません。奥さんに誤解されてる可能性がちょっとあって……」

私は、例の椿事《ちんじ》を詳しく書いて送ろうとしたが、その途中で高梨さんからメッセージ。

「お茶でもしよっか」

思わず涙ぐんだ。

人に聞かれたくない話であることを察してくれたのだろう。高梨さんは会社近くの公園を待ち合わせ場所に指定し、その場所にスタバのコーヒーを二人分携えて現れた。その配慮に胸が熱くなった。ベンチに座ると私は一気呵成にあの日のことを、『なんとなく、クリスタル』事件の顚末を、高梨さんに話して聞かせた。高梨さんは私にひどく同情してくれたが、拡散した噂を取り繕う術は、彼女の知恵を以てしても、皆目見当たらない。一体どのくらいまで広まっているんだろう。そこも心配だった。高梨さんは、この噂を営業のひとりから聞いたという。誰かはちょっと言えないという。そいつは尾藤のことを妬《ねた》んでいるから、という。その人のことを思いやっている風だった。この件で社内でいらぬ波風を立てたくないという風だった。

「まあ、人の噂も七十五日というからね。しばらく我慢するしかないかもね」

しかし、私の精神が七十五日も持たなかった。その翌日にはクリエイティヴディレクターの益川さんからそれとなく訊かれ、その翌日には営業の津村さんから耳打ちされた。高梨さんが言ってた営業の人とは津村さんかも知れないと疑ったりもしたが、こちらから聞ける話でもなかった。この社内でどれくらいの人がこの噂を知ってるのだろう。そう思うと地面がグラグラと揺れた。

その翌日には、浜崎さんにまでその話題を持ち出された。私に零の『晩夏』を送ってきた彼女である。浜崎さんとは私の知る限り、そういう話には無縁の、不思議キャラの派遣社員の女の子であった。彼女の耳にまで届いてしまってはもうダメだ。間違いなくこの会社のほぼ全員の知るところとなった。そう確信した途端、なにかが自分の中でプツリと切れた。私は席に戻ると、衝動的に辞表を書き、机のまわりの私物を会社の紙袋に詰め込んだ。何が起きたのかと目を丸くする浜崎さんに人事課に届けて欲しいと辞表を託し、会社を後にした。本来なら上司に渡すべきところだったかも知れないが、それがあの尾藤なのである。もう顔を合わせるのも嫌だった。紙袋から次々こぼれ落ちるボールペンやらセロハンテープやらを通りの歩道にそのまま置き去りにして、乃木坂駅から千代田線に飛び乗った。明治神宮前で乗り換えて綱島へ。高梨さんからは、驚いたというメッセージ、思いとどまれというメッセージ、私まで泣けてきたと、同情と共感のメッセージなどなどが送られてきて、私も感極まって、座席に座りながら、人目も憚《はばか》らず、涙と鼻水を垂らしながら、返信を打ちまくった。更には浜崎さんからもメッセージが次々、ピョンピョンと届いた。

「人事課に持って行ったら、山口さんがいたので、辞表を提出しました！」「私が辞めるのと一瞬間違えられそうになりました！」「私じゃなくて、八千草さんだと説明しました！」「焦りました！」「尾藤さんは知ってるのか？　と言うので、知らないと思うと答えてしまいました！」

「・・・まずかったですか？」

［ありがとう。大丈夫です］
私はそう返信した。もう辞めたのだから関係ない。電車は田園調布を通過し、多摩川を越える。尾藤さんからメッセージが入る。もう関わりたくない。私は彼のアカウントを抹消した。続けて再びメッセージが。高梨さんから、そして浜崎さんからも相次いで。ひとまず浜崎さんのメッセージを開く。
そして息を呑んだ。
［先輩、こんなこと密告していいのかわかりませんけど、私は、高梨さんが怪しいと思います］
［あの人、尾藤さんとずっと付き合ってるの知ってます？］
絶句した。
［カモフラージュですかね。先輩はまんまとハメられたって感じですかね］
世界がぐるぐると回っているような感覚に襲われ、そのまま電車の床に転がりそうになるのを懸命に堪えた。私の震える指は、浜崎さんとのトークを離脱し、高梨さんから届いたメッセージを未開封のまま、パワーオフのボタンを押して、スマホを鞄の中にストンと落とした。

〝ハイ、オシマイ〟

誰の声だろう。そんな声が頭の中で聞こえたような気がした。
あの代理店の関係者とは、一切これっきりにしようと思った。尾藤さんは言うに及ばず、高梨さんはもとより、後輩の浜崎さんさえも。自分の中から抹消することにした。後にも先にもなかったことにしてしまおう。そう思うと不思議と気が楽になった。電車は日吉駅に着いた。あと一駅で綱島だ。時計を見る。世間は今頃ランチタイムか。ああ、帰ったら真っ昼間からお酒でも飲んで寝てやる。明日起きたら人生のやり直しだ。ああ、いいじゃないか！　あああ、メチャクチャせいせいする！

綱島に着き、家までの長い坂道を歩いた。白紙になったスケジュールに何を書き込んでいこうか。もうワクワク感しかなかった。まだ来ぬ春が突然やって来たかのようで心が躍った。

家に着いた。母の姿がないこの時間帯に足を踏み入れ、妙な郷愁に囚われる。子供時代の気配が蘇り、小学校時代にも、こんな気分で家に帰り、母の姿がない事に心細くて泣いてしまったことがあったが、あの時学校で何があったんだろう、そんな記憶を辿ろうとして、不意に涙ぐむ。

バスルームに行き、服を脱ぐ。鏡に映る自分の裸身。胸の谷間の傷。この傷を誰にも見られたくなかった子供時代。

ああ、自分は可哀想な生き物。子供時代も、今も。

シャワーを浴び、すっきりしたところで、台所へ行き、冷蔵庫から缶ビールをひとつ取り出して、グラスに注いだ。一口飲んだ。最高に美味しかった。それを一気に飲み干したら眠くなって来た。濡れた髪の毛のままベッドに飛び込んだ。このまま寝たら山姥《やまんば》みたいになるなあと思いながら、しかし睡魔には勝てなかった。思えば睡眠不足が果てしなく続いたような生活だった。入社して九年。このまま九年分眠り続けたいくらいだった。

私は深い眠りに落ちた。

目を覚ました時、窓の外はもう真っ暗だった。帰宅したばかりの母がまだコートを着たままだったので、七時過ぎといったところだろうか。心配そうにこちらを見下ろしていた。

「どうしたの？　具合でも悪いの？」

私は何か答えたのかも知れないが、記憶にない。そのうち再び眠りに落ちたようである。次に起きたのは深夜だった。何時かさえ判らない。一階の母が動き回る物音がしなかったから多分深夜だ。次に目を覚ましたのは翌朝だ。またしても母が心配そうにこちらを見下ろしている。私は告白した。

「会社辞めた」

「え？」

それから母がなにかあれこれ私を問い糾したが、答えることができなかった。私はまた眠りに落ちた。次に目を覚ましたのは正午過ぎ。全身が脱力して、起き上がることすらできなくなっていた。

どうしたんだろう。私の身体。

しかし考えることすら億劫だった。今日から新しい人生なんじゃなかったっけ？　そう思っても、それ以上のことが考えられない。私はまた眠りに落ちた。こんな状態が三日三晩続いた。母が近くの診療所の医師を呼んだ。私は腕に点滴を打たれた。ようやく起き上がって部屋の中を動き回ったり、プリンなんかを口にできるようになった頃、今度は母がインフルエンザに罹って、私もそれを貰ってしまい、母は五日で快復したが、私は二週間寝込んだ。そのさなかに身体はいろんなものをデトックスしたに違いなく、頭はまだ少しフラフラしていたけど、羽化したての羽も伸び切らないモンシロチョウのような気分であった。

窓を開けると、部屋に吹き込む冷たい風に、微かな春の気配を感じた。なにかずっと失われていた感受性が戻って来た気がした。

すっかり白紙になったスケジュールに最初に入ってきた用件は、江端優希の〝三人展〟だった。江端優希はカナビジョの同級生である。加瀬真純の作品を私と一緒に見て共に愕然とした彼女も今では藤沢の中学で教壇に立ち、同世代の美術教師たちと三人展というのを毎年、鎌倉のギャラリーで開催していたのだが、いつも忙しくてずっと行けず仕舞いだった。今回は時間だけはあり余っていた。折角だから行ってみよう。こういうことも運命である。その展覧会はひどく退屈なものであったが、そこで見つけたチラシの中に私は〝零の『晩夏』〟を見つけた。チラシはヒカリノ森美術館の展覧会の案内だった。幸運にもまだ終わっていなかったのだ。

三月三日、雛祭り。それに因《ちな》んだわけでもないが、私は〝零の『晩夏』〟に会いに行った。

ヒカリノ森美術館は千葉の緑区という行ったことのない場所にあった。京葉線から外房線に乗り継いで、土気《とけ》駅で降りると、そこからはバスである。横浜からだと、ちょっとした小旅行だ。『世界は君たちが塗り変えてゆく。超写実絵画の若き才能たち』といういささか大仰な、しかし清々しいくらい未来志向なタイトルに、素直に心躍った。私は久しぶりの美術鑑賞を楽しんだ。『晩夏』は一番奥の展示スペースにあった。遠くから、その存在に気づいた時、もう駆け出してしまおうかと思ったぐらいだ。会場内は人影はまばらだったが、観客は静かに作品に見入っている。特に『晩夏』の前には複数の見物人の姿があった。私は他の絵を眺めながら、観客がいなくなるのを待った。その機会が到来した時は、さすがに私の足は逸《はや》る気持ちを抑えられなかった。『晩夏』は想像していたより大きく、想像を遥かに上回って緻密であった。なぜこんな絵が描けるのだろう。なまじ油絵を嗜《たしな》んでしまっている自分には、あまりに人間離れした技術に思えた。こんなものを描こうとしたら、自分だったら一生涯かかってしまうかも知れない。何か、刹那のような儚《はかな》さがあり、仮に人生にこういう瞬間があるとしたら、それは本当に一瞬であり、それがこうして絵となっていつまでもそこに留まっていることが、奇跡のようであった。巧く描こうとすら思っていないかのような、写実的に写し取ろうという意図すらなかったかのような、うっかり撮影した写真の一枚がわりとよく撮れていたので部屋に飾った、というくらい、明日またここに来たら、もうこの絵はなく、ただの壁があるばかり、という結末が待ち受けているかのような、そんな不安定な、瞬間のゆらぎのようなものが、この絵を脈動させていた……とでも表現したらいいだろうか。その不可思議さが私を魅了して止まないのであった。

ある言葉が脳裏に浮かんだ。

「姿ハ似セガタク、意ハ似セ易シ」

江戸時代の学者、本居宣長のこの言葉を座右の銘にしているのだと、お酒を飲みながら嬉しそうに語ってくれた高梨さんのことを想い出した。心を真似するのは簡単だが、形を真似するのは難しい。最初に聞いた時は高梨さんが言い間違えたのかと思った。形、つまり外観は誰でも真似できるが、心の中は誰にも真似できない。そういうことを言いたかったのかと思ったら逆であった。つまり心の中を真似することは実は容易で、外観を真似することの方が却《かえ》って難しいのだと。そんなものだろうか。その時はピンと来なかった。けれどそれからこの先輩の話は、実は私に対する苦言だったことを知る。この世界、やりたい想いがどれだけあっても、出来る知識と知恵と技術と人脈やネットワークがなければ何もできないものである。失敗の連続。けど新人だし、失敗ぐらいするさ。新人なんだから失敗しないわけがない。それを当たり前に思っていた。そんな私に高梨さんは、ストレートに説教ではなく、何か私に刺さるような言葉選びで、私の甘さを諭そうとしたのだ。きっと。小林秀雄のエッセイで読んだと彼女は言っていたような気がする。

「姿ハ似セガタク、意ハ似セ易シ」

この『晩夏』という絵を前にすると、本居宣長のこの言葉は疑いようもない。このような雰囲気の絵を描くのは私にも可能かも知れない。けどこの上手さ、この巧みさを真似せよと言われたら不可能だ。作品を傑作に押し上げる最後の決め手とは、似せがたきイメージを似せしむる作家の腕なのだろう。その腕を磨く苦労はきっと並大抵のものではない。

「姿ハ似セガタク、意ハ似セ易シ」

そんな言葉を座右の銘にしていた高梨さんはあの会社の中で最も輝く女性だった。

なのに……何故？

……しかしそこから先はもう二度と考えたくない、思い出したくもない、回想禁止ゾーンだった。

知らぬ間に涙が頰を伝ってきた。私は鞄からハンカチを取り出して、涙を拭った。ふと人影を感じて振り返ると、職員らしき女性が、心配そうにこちらを見ている。私は恥ずかしくなってその場を離れた。ああ、折角だから彼女に質問すればよかった。この絵を描いた雫という絵描きは一体どんな人だろうかと。とはいえ涙を見られた上で彼女に訊くのも気恥ずかしい。誰か他にこの質問に答えてくれないだろうか？　そう思いながら、私はＥＸＩＴと書かれたゲートを潜る。その先には売店があり、女性職員のひとりがレジに立っていた。

（この人に訊いてみようかな？）

しかし妙に気後れして、結局訊けなかった。要らぬ情報を聞かされて幻滅するのも嫌だった。そう。あの絵は、存在しているだけで、こんなにも自分を感動させてくれたのだ。他に何を知りたいというのだろう。私は黙って図録を買い、それを抱えて、ヒカリノ森美術館を後にした。

ああ、来てよかった。正直にそう思えた。久方ぶりに清らかな空気を吸えた一日となった。海から吹く春風はまだ少し冷たかったが、頬に心地よく刺さった。

家に帰ると、私は早速スケッチブックを開き、３Ｂの鉛筆で『晩夏』を改めて模写してみた。難しい。どうにも太刀打ちできない。自分が絵描きになるなんて不可能だ。だってこんな才能の人がいるのだもの。

でも……私は思ってしまった。

おこがましくも関わりたいと。この絵の世界に深く深く関わりたいと。

4　絵と詩と歌

三月半ば、浜崎さんがわざわざお見舞いに来てくれた。

「あれ？　なんか、すっかり…痩せました？　これ、会社に残ってた先輩の私物です」

浜崎さんは玄関の敷台の上に大きな紙袋を二つドサリと置いた。持ち上げてみるとかなりの重さだ。これを会社から運んでくれたのかと思うとなんとも申し訳なかった。

「わざわざごめんね。捨ててくれてよかったのに」

「そんなこと言われてもですね。そんなこと言われてもですよ。転職先見つかりました？」

「まだ、全然。そこまで頭が回ってない」

「そうですよね」

手土産はキーマカレーとタンドリーチキンだった。会社の前に昼時現れるケータリングカーの定番メニューだった。その匂いを嗅ぐとオフィスを想い出して、有り難いような想い出したくないような複雑な気分にさせられる手土産であった。そしてもうひとつの手土産が、ＷＷと会社のイニシャルの入った紺色の手帳だった。この季節になると社員に配られる。市販の手帳は一月から十二月のスケジュールで区切られているものが多いが、会社のは四月スタートになっていて使いやすい、というのが最大の特徴だというが、我々以降のスマホ世代にとっては一度も使うことなく終わってしまう悲しい手帳でもあった。職人の技やこだわりが隅々まで見て取れる創造物は見ているだけで楽しいものではあるのだが、「絶滅危惧種ですよね。もはや」と浜崎さん。

新世代は残酷である。無職の身としては、この手帳が妙に愛おしく思えた。

浜崎さんは私が去った後の顚末を話してくれた。私が退職したのが尾藤さんによるセクハラだったのではないかという噂が社内で爆発し、かねてより快く思っていなかった女子社員たちが会社に正式に抗議したという。その一連のやり取りは動画で撮影され、会社の対応如何によってはネットに晒すと脅したのが効いて、尾藤さんは戒告処分を受けた。社長からの口頭注意である。罰としては軽い方だ。この運動の中心に立ったのが高梨さんだったという。

「八千草花音を一番大切に思っていたのが高梨さんだった、っていうのが今の会社の空気です。常にいいポジション取りますよ、あの方は。それで夜な夜な尾藤さんのマンションに通うんですから凄い女ですよ」

こんな話聞きたくもなかったが、それにしてもこの子、どうしてこんなに裏事情に通じているんだろうと、それはそれで気になった。アニメ好きの腐女子で世間知らずという認識がそもそも間違いだったのかも知れない。それにしたって夜な夜なマンション通いとは聞き捨てならない。高梨さんのことではない。そんなことを知っている浜崎さんが、である。

「それは尾行でもしないと判らないことじゃないの？」

私が指摘すると浜崎さんは両手を口に当てて、しまった！　という顔を見せたが、そのポーズのまま顔をこちらに寄せて来て、ウィスパーでこう言った。

「尾行したんですよ」

あなたが？　と、私は彼女を指さすと、その頭はコクリとアイドルのように頷いた。

「どうしてそこまで？」

「絶対に言わないでくださいよ」彼女のウィスパーは続く。「私、ハケンなんですよ。知ってます？」

勿論、と私は頷く。

「何処から派遣されたか知ってます？」

「ビズリーチ？」当てずっぽうに答えた。

「デルタベースって会社です」

どこかで聞いたことはある名前だった。

「調査会社ですよ」と浜崎さん。

彼女はつまり会社に雇われたスパイで、社員のそうした情報を経営陣にレポートするのが本業なのだという。会社がそんなスタッフを雇っているとは。開いた口が塞がらなかった。そんな会社、辞めてよかった、とも思うが、彼女のお陰で不正は糾されもしたのだと、浜崎さんには感謝した。

「でも普通に働いてるだけでも優秀なのに、そんなことまでさせられて、なんかかわいそう」

「いやいやいや」私の同情は直ちに否定される。「こんなことでもしてないと退屈ですから、仕事なんて。スリルがないとやってられないす」

あの仕事を退屈と言えてしまうスペック。只者ではない。出来が良すぎると、こういう屈折した考えを抱くものなのだろうか。

「あ、カレー、食べません？」と不意に浜崎さん。

「そうね。温め直そうか」

「あと業務報告ですが、いいですか？」

「はい？」

「先輩が途中で放り投げちゃったハーブアンドスパイスのCM、無事納品完了致しました。カレーで思い出しちゃいました」

この子ならどんな職場でもやっていけるだろうし、羨ましい限りである。かたや私のような人間が職を探すというのは、なかなか骨の折れるものである。ましてや自分の好きな仕事となれば尚更だ。社会に出たら人は何かしらの職に就く。だから私も広告代理店《ウイリアム・ウイロウズ》に入った。

フリーのCM監督、森川徹也はかつてこんなことを言っていた。

「就職なんか考えると、好きなことなんてできないよ」

あの時はお酒の席で、私もいい加減酔っ払っていたし、一体どういう文脈でそういう話になったのかも判らなかったが、どうもこのフレーズだけ克明に憶えていた。それを何度も反芻《はんすう》し、理解しようとする自分がいた。改めて、このことについて聞いてみたいと思った。メールをしてみた。お時間があったら、伺いたいことがあると。森川さんはすぐに会ってくれた。

三月の末、渋谷のとあるホテルのラウンジで待ち合わせをした。

「会社辞めたんだって？」

会うなり、やはり挨拶代わりにこうである。予測はしていたが。はっきり物を言う人間だから俺は、というのが森川徹也という人である。

「なんで辞めちゃったの？」

「聞いてないですか？」

「知らないよ。みんなびっくりしてたよ。過労じゃないかって聞いたけど」

「過労？」

不倫じゃなくてですか、と思わず訊かずにはいられない衝動に駆られたが、口に出せるはずもなかった。

「違うのかい？」

「んー、まあ過労というか、もうちょっと精神的なものですかね。人間関係というか」

「ああそう。で、聞きたいことって何？」

「あ、はい……前に森川さんにこう言われたんですよ。『就職なんか考えると、好きなことなんてできないよ』って。あれはどういう意味だったのかなって」

「そんなこと言った？」

「覚えてないんですか？」

「何時《いつ》？」

「えっと、あれは梅酒のＣＭの時じゃないですか？」

「適当だなあ。梅酒のＣＭなんてやってないよぉ」

「えー？　ありましたよ。去年の六月ですよ？」

「あ、やったやった」

「森川さんが適当！」

「あれ、梅酒か。焼酎だと思ってた。いや、あれは焼酎だろ」

「梅酒ですよ」

「で、なに？　その時にそんな話、したんだっけ？」

「打ち上げの時です。覚えてませんか？」

「んー、覚えてはいないなぁ」

「そうなんですか」

「覚えてはいないけど、まあ多分そんな話をしたんだろうなあ」

「したんですよ」

「まあ、したとして、それがどうしたのよ？」

「いえ、ですから、あれはどういう意味だったのかなって」

「うん、だから、なんでそんなことを聞きたいのよ。なんでそんなことでわざわざ俺を呼び出したのよ」

「あ、すいません」

「俺だって忙しいんだぜ？　お会いしたいって言われてさ、会社を突然辞めた子がだぜ？　覚えてもいない飲んだ席で話した与太話の理由をって……」

　そこで森川さんは言葉を濁した。まずいと思ったに違いない。きっと私のことを頭がおかしくなった人か何かだと思い始めていたに違いない。彼の身になって考えたら、確かにそうだろう。森川さんは気まずそうな顔をしながら、話の矛先を変えるのだった。いや、閑話休題。話は本題に戻った。

「就職したら、好きなことはできない……ねえ。俺がそんな話を君にしたかどうかは、ちょっと憶えてはいないけどさ。そんな話をした可能性はまあ、あったんだろうなあとは思うよ」

「どういうことですか？」

「まあ、そういうことを日頃から思ってはいるからね」

「あ、そうなんですか」

「そうだね。俺は就職してないのね。大学時代にさ、友人たちと自主サークル作って映画撮ったりしてさ。楽しかったわけよ。なんかそういうことが永遠に続くような気がしたね」

「アオハルだ」

「まあね。でも俺はさ、みんなが俺と同じように、ずっとこういうことをして暮らしたいと思ってんだろうと、勝手に信じてたわけ」

「あ、その話でした！」

「あ、そ？」

「すいません。続けてください」

「もう聞いたんでしょ？　この話」

「ちょっと私も酔ってたので、ぼんやりとしか覚えてません」

「まあ、つまりさ、みんな映像作ってさ、学生時代でも、社会に出てもさ、何も変わらず、こうやって、学生時代はまあ趣味だけど、プロになったらそういうことでお金も自然と儲かってさ、嫁さんもらって子供作ってさ、それでも同じことを続けてるみたいなさ。それがＣＭだったり、ドラマだったり、映画だったり、まあもちろん学生の映画ではないからね。勝手気儘《きまま》にはゆかないけどさ。そんな風になるんだろうなあというのが、俺たちの将来のイメージでさ。まあそこにみんなが一致しなくてもね、なんとなく近い感じなんだろうと高を括ってたわけ。映像だけじゃない。音楽やってる仲間もいたしね。芝居やってる奴もいたし。でもみんな夢を追いかけていたし。夢を語ってもいた気もしてたし。でもみんな、よくよく思い出すと、誰一人、将来この道に進みたいって言ってたわけではなかったわけ。気がついたらみんな普通に就職してさ。普通に社会人だ。本気だったのは俺だけ？　みたいな。あれ？　そうなのって感じですよ。正直。肩透かしもいいところ。それだけじゃない。気がついたらみんな俺から離れてゆく。俺は浮いた存在だったんだ。いつか南極行ってみたいって奴がいた。そいつは矢鱈《やたら》に女にモテた。俺の夢は映画を作ることだった。自分の映画を作りたい。しかし、これだと何故か女にモテないんだよ。そんな話してると女の方から去ってゆくんだよ。どうしてだと思う？　おい何笑ってんだよ。こっちは真剣な話してるんだよ。お前もわかるんだろ！　女だからさ。去るだろう、普通。そうなんだよ。真面目に夢なんかを追いかけちゃいけないってことなんだよ。これは真理だ。女が一番キライなものってさ、リスクなんだよ。だからさ、いっそ極端にさ、南極行ってみたいぐらいの法螺話《ほらばなし》の方がさ、かえって丁度よく女にモテるわけさ。さすがに本気じゃないだろって思うからさ。ところがね、そいつが本気で南極の極点を目指して準備とかし出したらさ、女達は離れてゆくんだよ。何の話だっけ？」

「就職です」

「そうそう、就職、就職。何笑ってんだよ。だろ？　真理だろこれ。笑い過ぎだよお前」

「森川さんの話し方が面白いだけですよ」

「なんだそれ。まあいいや。就職ね、就職。いや、就職がいけないって話ではないよ？　大学を選ぶのも、サークルを選ぶのも、就職先を選ぶのも、それぞれの人生だからね。それはわかる。ただ、逆にここまで来てね。俺ももう五十目前だけどさ。改めてあの就職って奴はなんだったのかと思うんだよね。世が世なら、ありゃ徴兵みたいなものじゃなかったのかな？　判らんよ？　俺は就職しなかった身だからさ。でもなんか卒業のシーズンを迎えて、かぐや姫が月に帰らなきゃいけないみたいにさ、ある種の諦観でもってさ、その道を選んだ奴も多かったんじゃないのかなってね。就職とは、徴兵。決して自由が認められているわけじゃない。自由とか民主主義とか言ったところで、みんな社会に出る時に、その自由とか民主主義をさ、いったん捨ててしまってないかい？　会社っていう組織というか国家に召し上げられちまってやしないかい？　まあそんな風に思ったりするんだよね。だって会社はさ、採用した兵隊を、決してそいつの行きたいところに自由に行かせるはずがないじゃない？　それはもう会社本位で社員を各部署に配属するわけでさ。つまり自由なんかないんだよ。民主主義でもないんだよ。会社に就職しなくたって、賃金を受け取ってる時点で職に就いてるわけで、そういう意味ではフリーランスにしたって自由なんてないんだよ。誰もがみんなロボットと化して、会社とか社会のために一生懸命働かなきゃならない。好きとか嫌いとか言っちゃいらんない。よく言われただろ？　好きとか嫌いとか言ってる場合じゃないって。仕事なんだからって。好きも嫌いも言えないってどこが民主主義なんだい？　そんな会社の奴隷みたいな立場のどの辺が民主主義なんだい？　そこら辺がよくわかんねえんだよ。職業選択の自由はあってもさ、選択した職場の中にどれだけ自由が残ってるんだい？　そこが自由気ままでいいんだったら会社の中が学級崩壊だ。自由気ままでいられるのなんてさ、家の中だけだろう。家の中だけの自由主義、家の中だけの民主主義。なんだよ。それって旧東ドイツとあんまり変わらないんじゃないか？　ベルリンの壁が壊される前のさ。まあ長くなったけどね、そういう意味で就職と、好きなことをするってことは相反する関係ってわけだ」

「なるほど。あの時も、その話でした。で、その理由とは？」

「いや…理由も含めて今話したつもりなんだけど」

「え？　そうですか？　なんか全部あの時間いたようなお話だったので」

「これ以上話す話はないかなあ。まあ、もうひとつ付け加えるならば、就職って、要するに福袋さ。中身は判らず買うんだよ。わかってるのはその福袋を売ってる店の店構えだけっていうね」

「なるほど。福袋の喩《たと》えは腑に落ちます」

「そうだろ？　ところで君はどんな福袋がいいんだい？」

「福袋ですか？　広告よりもっと美術寄りの福袋がいいと思ってるんです」

「美術？」

「もともと絵を描くのが好きで。高校時代も大学時代も絵ばかり描いてました」

「そうだったんだ。じゃあ、代理店なんてしんどいよな、きっと」

「得意ではなかった気がします」

「そうだなあ。美術…美術…俺の知り合いが美術雑誌の編集やってるんだけど、よかったら紹介するよ？」

「え？　本当ですか？」

「こんな俺の意味不明な就職論を聞いて帰ってもらってもさ、なんの足しにもならないだろうからさ」

「ありがとうございます！」

「ま。福袋だけどね」

「あ・・・はい・・・でも、ありがとうございます！」

というわけで、私はその翌週、森川さんに紹介して頂いた美術雑誌のご友人を訪ねて、面接を受けることになった。その出版社、さざなみ書房は渋谷区広尾にあった。四階建ての建物だった。予約時間は午後三時。私は十五分前に四階を訪ねた。女性スタッフの方が笑顔で応対して下さった。

「あ、面接の方ですね。冴崎から聞いてます。本人まだ出社してないので、少し待って頂いていいですか？」

パーテーションで区切られた狭い応接スペースに案内され、「暫《しばら》くお待ち下さい」と言われ、本当に暫く待たされた。三時を過ぎ、更に二十分ほど過ぎた頃、スタッフの方が一度顔を出し、テーブルの上に、私の履歴書を置いて立ち去った。それから更に二十分ほどして、別な女性スタッフの方が一度顔を出し、「編集長、もうすぐ来るから」と教えてくれた。それから三十分ほど過ぎた頃、フロアに飛び込んできた派手な靴音が聞こえ、パーテーションから顔を出した人物が、私を見つけて、「どうも、どうも、遅くなりました」と向い合わせのソファに腰を下ろした。私は入れ替わりに立ち上がると、最大級のお辞儀をして、自己紹介をした。

「はじめまして。八千草花音と申します。二月に広告代理店ウィリアム・ウィロウズを退社いたしまして、ＣＭディレクターの森川さんから御社を紹介していただきまして」

面接官の男性は名刺を取り出して、私に差し出した。

季刊誌　絵と詩と歌　編集長
冴崎柚子流《さえざきゆずる》

珍しく名前にルビが打ってある。この面接官が美術雑誌の編集長のようであった。

「キラキラネームでしょ。でも本名」と苦笑いする冴崎編集長。

「ありがとうございます」

私は名刺を持ったまま一礼し、慣用句的にこんなことを口走ってしまった。

「すいません。わたくし今、名刺を切らしておりまして」

「いや、あるわけないっしょ。今、君、プータローでしょ？」

馬鹿なことを言ったかも知れない。顔が赤くなるのがわかった。あの時は動転して気づかなかったが、それにしても初対面の人間にプータローとは何と不躾《ぶしつけ》な人だろう。

「あ、ここにあるじゃない！　おっきな名刺が！」

そう言って編集長はテーブルの上から私の履歴書をつまみ上げ、目を通し始める。私は、腰を下ろそうか迷ったが、なにか言われるまでそのまま立っていることにした。

私は履歴書の備考欄に、好きな画家、マリー・ローランサン、マルク・シャガール、そして零と書いた。編集長の視線はやがてその箇所に届く。

「零《ぜろ》・・・？」

「日本の画家です」

「どんな人?」

私はヒカリノ森美術館で買った図録を鞄から出し、『晩夏』のページを開いて手渡した。

「この人です」

冴崎編集長がその絵を眺めた時間は数秒もなかった。図録の他のページをめくりながら、「最近の作家さん? シャガールとか、マリー・ローランサンとはまた違う趣味だね」と言うと、再び『晩夏』のページに戻り、私に訊ねた。

「で、どの辺がいいの?」

「この絵ですか? うーん。言葉にするのは難しいんですが」

「それを言葉にする仕事をしてるから。僕ら」

「あ、そうですよね」

「あ、座って座って」

そう言われて私はソファに腰を下ろした。

「さて、どの辺がよかった?」

「そうですね……まず、ひと目見て感動しました。名画だと直感しました」

「感動! 名画! どの辺が?」

「うーん。どの辺と言われても。全体的にですけど」

「女の子はかわいいけどね」

冴崎編集長の、その言葉に、心臓が止まりそうになった。心が傷つけられたような、そんな感覚が、自分でも意外だった。

「でもさ、写真そっくりに描かなくてもいいと思うんだよね。まあつまり職人として、絵がうまいってところを見せたいんだろうけど、写真そっくりに描くことに美術的価値なんかあるんだろうか？」

言い返したかったが、すぐには返す言葉が見つからなかった。編集長は更に畳み掛けた。

「正直、巧さ自慢だけじゃさ、芸術とは言えないよね。とはいえ最近はリアルな美人画がちょっとしたブームではあるんだよ。必ずどっかのギャラリーでかかってるよ。ネットでバズりやすいというのもあるんだろう。わあ！　写真みたいだ、ってのは一般人にとってはわかりやすい」

編集長は、図録を閉じて私に差し出した。はい、不採用。そう言われたような気がした。私のことならいい。私の愛した絵が無下にされたのが苦しかった。私は立ち上がった。一刻も早く、この場を去りたかった。

「あれ？　どうしたの？　トイレ？」

「帰ります」

「え？」

「この絵は、そんな絵じゃないです！　私は本当に感動したし、それをうまくは表現できないけど、そんな風に言われて、傷つきました。ここでは働けません」

「え？　そうなの？」

「ごめんなさい。せっかくお時間頂いて、失礼かとは思いますが」

「その傷ついたってところを解説願いたいところだが」

私は啞然とした。何だろう？　この人、私が傷ついたってことを面白がってる。

「今、どうして写実画なんだい？　どうしてこれをいいと思えるのかね？　我々人類はルネッサンスだのバロックだの新古典主義だの写実主義から脱却して、印象派だのフォーヴィスムだのキュビズムだのアブストラクションだのミニマリズムだのポップアートだのと進化して来たんじゃなかったんだっけ？」

「何言ってんですか！　そんなのもう全部古いですよ！　今やもう世界はスマホなんで。インスタなんで。写真がネットでビュンビュン飛び交う時代ですから。誰もが高解像度の写真を瞬時に撮れてしまう時代です。こんな時代だからこそ、そこにはまた別な価値観や表現方法が生まれてきて当然であって」

「だったら尚更さ。写実の出る幕なんかないだろう」

「逆ですよ」

「逆？」

「写真のなかった時代、少なくともカラー写真がまだなかった頃は、絵描きがゆっくり時間をかけて仕上げるものの中にしか、カラーの絵はなかったわけですよ。それが当たり前だった時代というのは、絵はとっても時間のかかるもの、貴重なものだったわけですよ。ところが今は誰でもそれを瞬時にやってのける。瞬時に転送すらやってのける」

「だからさ、そこに写実の入り込む余地があるのかねって訊いてるわけ」

「人の話をちゃんと聞いてくださいよ。こうなると、絵師がゆっくり時間をかけて描くという大いなる手間は？　無駄ですか？　意味ないですか？　生活には必要ないですよね。でも、だからこそですよ。そもそも芸術なんて生活に必要なものじゃない。むしろ現実から遊離した、異世界なわけですよ。そして芸術にはもうひとつ特徴がある。希少なものほど価値があるんですよ。だからつまり……」

そこで我に返った。このひとを相手に私は何を熱く語っているんだ。いったん落ち着くと、何を言いたかったのかさえ判らなくなってしまった。

帰ろう。

「失礼しました」

私は一礼して、その場を立ち去った。エレベーターに乗り、そして降り、建物から飛び出し、横断歩道を渡り、その先のカフェに飛び込もうとして、ドアの前ではたと足を止めた。まずい。ぐしゃぐしゃに泣いているではないか。こんな状態で店に入ったら何かと思われる。私はひとまず建物の傍らに居場所を探して、そこで涙を拭った。それにしても一体いつから泣いていたんだろう。それが想い出せない。でも熱く語っている最中に何度か涙や鼻水を手で拭ったような気がしてきた。なんという醜態。

窓ガラスを鏡代わりにして自分の顔を眺めていると、ガラス越しにお客がやってきて、目の前のカウンターテーブルに座りそうになったので、慌ててその場を離れた。仕方なく駅に向かって歩いた。面接は大失敗だ。帰るしかない。それにしてもなんだろう。我ながらこの反応には驚いた。それほどまでにあの絵が好きだったのか。あるいは会社を辞職した後遺症で精神的に不安定だったというのもあるかも知れない。いくらなんでも短気が過ぎる。森川さんになんて謝ろうか。

電話がかかって来た。スマホを見ると未登録の電話だ。すぐには出なかった。駅前に着き、地下通路に入る前にスマホをもう一度確認する。留守電が入っていた。聞いてみると、冴崎編集長からだった。

「申し訳ないが、電話ください。あるいはこの番号にショートメールでも」

私は恐る恐るショートメールを送ってみる。謝れるなら、謝っておこうかと思った。

[先程は失礼致しました]

それだけ打って送ってみた。電話が鳴った。慌てて出る。

「ごめん！」

電話の向こうから大きな声がした。冴崎編集長である。

「いや、本当に申し訳ない。ちょっと質問が意地悪過ぎたよね」

「いえ、もういいんです。私こそすいません。なんか最近ちょっと情緒不安定で。大丈夫です。すいません」

「泣かしちゃって、本当に、なんと言っていいかわかんないんだけどさ。こんなこと言っていいのかわかんないんだけど、君がよければ、どう?トライアウト。正規社員としては雇えないんだが」

「え？」

驚いて涙も止まった。

「私が泣いたからですか？　同情ですか？　そういうのは逆にちょっと嫌ですよ」

「いや、そこは関係ない関係ない。その前から採用する気でいたから。零についてどこまで知ってるのか試したくてね。それであんな意地悪な質問をしてしまった。で、君、零のこと、どこまで知ってるの？」

「どこまでって…．あの絵を見ただけです」

「他には？」

「知りません」

「そうなんだ……そうか」

編集長はどこか残念そうだった。小さくため息をついた。

「我々の間でも評判になってるからね。零の『晩夏』は。僕も大好きですよ。君がそれをどう言葉で表現するかを確かめるためにね、わざと挑発してしまいました。まあでも君もあの絵をひと目見ていいと思ったんだろうから、見る目に間違いはないですよ。おまけにあの演説にはなかなか説得力があった」

「あれは口から出任せです」

「いや、あれは魂の叫びと解釈しておこう。というわけで、君が良ければトライアウトを。あとは、あなたが決めてください。このまま去るもよし、トライしてみるもよし。心無い言葉で、傷つけてしまったことは、本当に申し訳ない。心にも無い言葉でした。僕にとっても」

「あの、トライアウトって何をしたらいいんですか？」

「企画だね、企画。雑誌に載せられる企画探して送ってよ。面白そうだったら、そこから記事を書いてもらう。記事の出来栄えがよければ、雑誌に載せる。どう？　広告代理店で企画やってたんでしょ？　朝飯前でしょ？」

そこはあまり自信がなかったが、魅力的な仕事だとは思った。かくして、トライアウトという条件ながら、私は辛くも次の職場を見つけることができた。

それが今の私の職場である。

5　絵師たち

　さざなみ書房の雑誌『絵と詩と歌』は創刊から半世紀以上続く季刊誌で、その名の示す通り、絵と詩と音楽の専門誌である。と言っても、守備範囲はもっと広い。美術全般、文学全般、音楽全般、更には建築やインテリアなども扱う。時代の変化に柔軟に適応しながら、今ではその守備範囲は何でもありに近いかも知れない。そのちょっとデタラメなところが、ダイバーシティなところが楽しい雑誌であった。

　トライアウトの私は、毎朝、十時に出勤し、フロアの掃除をし、十一時になると近くのカフェに移動して、あるいは公園に行ったり、街を歩き回りながら企画を考える。自分の机は会社にはない。アルバイトが二人いて、正規雇用の編集者をアシストしていたが、そういう仕事は私には降りて来ない。誰も何も教えてくれない、新人に何か教える時間はないのだと、編集トップの田村由子《ゆうこ》さんが教えてくださった。それが唯一教わったことで、そこから先は本当に誰も何も教えてくれなかった。企画を採用されるまでは報酬も出ない。掃除代は一回千円。東横線を中目黒で日比谷線に乗り換えて広尾下車。散りかけた桜並木を眺めながら歩いていると、かつてない不安にも苛《さいな》まれる。自分が何をしてるのか判らなくなる時もある。名刺を作って頂いたが、肩書きは〝研修生〟である。こんな肩書きでは取材相手にも訝しがられるばかりだろう。

後日、森川さんに送ったメッセージは、お礼がてら、半分はそんな愚痴になってしまった。

すると、こんな返信が返って来た。

［無理だと思ったら、すぐに連絡を。知り合いの映像プロダクションがスタッフ探してた］

なるほどプロダクションかあ。それも楽しそうだ。代理店は現場でも一歩引いた立場だった。思い切り汗をかけるプロダクションも悪くない。そう思うと少し肩の荷が下りる気がした。お前はどこまでも自由だ。森川さんはきっとそういう事が言いたかったのだろう。その優しさに感謝した。

とはいえまだ始めたばかりだ。暫くはここで頑張ろう。あの頃は、そんな風に思ったりしたものだ。

やっていればそのうちそんな仕事にも慣れて来るものである。会社という場所にも縛られず、自由に自分の企画を好きなだけ、ありったけの時間考えて居て良いなんて、こんな素晴らしいことってない。そんなポジティブな気分にもなって来た。しかし肝心の企画はなかなか通してもらえない。なにか微妙にありきたりなものしか拵えていないのは自分でもわかっていた。編集長の返信は極めて淡白で、「ちょっとイマイチ」とか「新鮮さに欠く」とか、そんな短い感想ばかりだった。

美術関係の情報を日々漁るうちに、ＳＮＳのタイムラインがあっという間にアートで溢れかえった。何か記事にできそうな作品はないかと探すうち、妙なバズり方をしている絵があった。川崎の美術館で展示中ということで、早速現地に向かった。私が見たかったのは、一枚の牛の版画だった。若手中心の作品が展示される会場の一隅にその作品はあった。他のカラフルな作品に囲まれて、モノクロームのその版画は、やや地味にも思えたが、縦一八二センチ、横二七三センチのボードに描かれたホルスタインの存在感は圧倒的としか言いようがなかった。

作者は室井《むろい》香穂《かほ》。

北海道の牧場で牛と共に暮らしているらしい。ブログに日常生活の写真を多数アップしていた。木版画だというが、本物の牛をそのまま貼り付けたような緻密さである。どうやって作り上げたのかがまず判らない。私は半ば放心状態のまま十分以上その絵の前に立っていた。そのさなかにもギャラリーが入れ替わり立ち替わりやって来る。高齢のカップルが私の横に並び立ち、男性の方が掠《かす》れた声でこう呟く。

「まるで本物の牛だね」

その通りなのだが、それだけでは片付けられない凄みがある。なんと表現したらいいか。言葉が見つからない。四人グループで現れた制服の女子学生の一群は見るなり、「ウケる!」「なんで牛?」などと喧《かまびす》しい声を上げている。落ち着きのない彼女たちを興奮させるパワーすらこの作品には在るのだと思うと、我がことのように嬉しくなる。暫くしてまた背後から別なギャラリーの声を聞く。

「生き物に対する畏敬の念を感じるんですよ、僕は」

「そうですか。ありがとうございます」

チラリと横目で見ると、眼鏡をかけた細身の中年男性と、ショートカットの若い女性が嚙み合わないトークを展開していた。

「人間社会を支える資源としての動物。社会の縮図。そんなメッセージもあるんですかね？」

「いやあ、どうなんでしょう。私の中では牛がかわいいから描いてるんですけど」

「かわいい？　牛が？」

「かわいいですよ。かわいいしかっこいい。牛最高です！」

このショートカットの女性こそブログでも見た、室井香穂さん、その人であった。私は矢も盾もたまらず声をかけてしまった。

「あの、室井さんですか？」

その声の掛け方、割り込み方。今思い返せば、あまりに無作法極まりなかった。

「あ、そうですけど」

室井さんはしかし、怪訝な顔ひとつせず、無垢な視線を私に向けて下さった。もう一人の連れの男性は私にどんな視線を送っていたのだろうか。残念ながら、そこまでは思いが至らなかった。今にして思えば、彼のその表情をちゃんと見ておきたかったとは思うのだが。

「私、『絵と詩と歌』の編集の八千草と言います」

「あ、読んでます！　時々ですけど。好きな特集とかある時に」

そういう読者の多い雑誌である。ひとまず私は名刺を差し出した。

「すいません。こういう者です。ちょっとお時間があればお話を伺ってもいいですか？」

「え？　あたしなんかでいいんですか？」

そのリアクションが初々しい。この大作を作り上げた人とは思えない。

「どうぞどうぞ。僕はもうちょっと、見て回ります」

そう言って男性はその場から立ち去った。

「あ、申し訳ないです！」

「いえいえ、全然」と室井さん。

ともかくこうして私は彼女の取材に成功した。カフェに移動し、お話を伺った。

「展示作品はどのくらいの創作期間だったんですか？」

「半年といったところでしょうか」

「版画ということですが、どういう工程なんですか？　ちょっと見当がつかないんですよ」

「まず構図を決めてですね。実物大の下絵を鉛筆で描きます。次にシナベニヤという……シナ材が表面に貼ってある滑らかなベニヤ板があるんですけど、そこに黒くニスを塗り、下絵のアウトラインを転写します。この転写した線を手掛かりに、写真を見ながら彫刻刀で彫るわけです。インクをローラーで伸ばし、雁皮紙《がんぴし》という薄手の和紙にバレンで刷る。刷った和紙を、厚手の和紙を貼ったパネルに糊で貼り付けます。裏打ちという技法です。まあこんな工程を経ています。ちょっと分かりづらいかも知れませんが……」

「そもそも版画をはじめたきっかけは？」

「子供の頃から絵が好きで、小学生中学生と漫画を描いていましたが、ストーリーが書けない、オタクと馬鹿にされるのが嫌、という理由から高校の美術部の同級生に影響され美大の油絵学科進学を選びました。アートに詳しかったり好きだったというより、最初はイラスト描きたいくらいの理由でした」

「版画との出会いは？」

「版画は油絵学科の三年から版画コースを選択できて、なんとなく面白そうだからという理由でしたね」

「牛を描くようになったきっかけは？」

「大学時代の春休みに、北海道十勝の牧場で住み込みのアルバイトをしたのがきっかけでした。東京で生まれ育ったので、田舎の生活に憧れがあったんですね。牛や農業に興味があったわけではなく。でもそこですごく牛が可愛くなってしまい、帰ってからちょうど版画コースを選択していたので、版画で牛を描く、という事になりました」

「牛以外のモチーフを描いたこともあるんですよね？」

「牛に会う前は風景や人物などを描いていましたが、牛に会ってからは、ひたすら牛だけです」

「ブログを拝見しました。今は知床の牧場でバイトしながら創作活動をされてるんですよね。牛と暮らす生活と創作活動の共存はどんな感じですか？　つまり、創作のために牧場生活があるのか？　むしろ牧場の仕事がメインなのか？」

「今は酪農のバイトが週に三回くらい、あとは制作、という感じのスケジュールでやっています。牛も好きですが、牧場の仕事もけっこう好きなんですよね。体力的には厳しいですが。仕事を通して、牛の近くにいる事でしか感じられない事が制作の上で大事な気がしています。顔見知りの人間にしか見せてくれないリラックスした牛の生態などもありますし。なので、どちらも欠かせない、という感じです」

「今後も牛一本に絞ってやってゆくおつもりなんですか？」

「今のところ、牛一本でやっていくつもりです。まだやれる感じがするので」

インタビューを終えると、美術館の中庭に彼女を連れ出して、写真を何枚か撮らせて頂いた。

細身の中年男性は少し離れた所から笑みを浮かべながら、私たちを見守っていた。

「あちらの方は？」と私は室井さんに訊いた。

「あ、画商の方です。私もさっきお会いしたばっかりで」

「そうですか」

取材を終えると、私はこの男性と名刺交換をした。

根津《ねづ》杜夫《もりお》。

青山にある卵画廊というギャラリーの社長だという。

『絵と詩と歌』いつも読んでますよ」

「ありがとうございます」

「〝研修生〟……新人さんですね」

「はい、まだテスト生です。トライアウト中です」

「じゃあ、今のインタビューも記事になるかどうか判らないね」

「あ」

そんなところまで考えていなかった。顔から火が出る思いであった。

「そこは彼女に説明してあげたほうがいいかもですね」

そう言いながら彼は、私の名刺を自分の名刺入れにしまい込んだ。

「ありがとうございます」

私は近くにいた室井さんの許に急ぎ駆け寄り、自分がまだ研修中の身の上なので、今のインタビューが記事になるかどうか判らないのだと説明した。室井さんは笑顔で、「余計楽しみが増えました！」と言ってくださった。これは何としてもよい記事に仕上げないと。

私は徹夜で企画書を作り、インタビュー内容を書き起こし、その中に盛り込んだ。編集長はこの企画を気に入り、初めてのゴーサインを出してくれた。私は早速これを記事に起こした。田村由子さんに指南役に付いて頂き、さんざん手ほどきを受けたが、改稿するほどおかしな文章になって行くのが自分でもわかった。最後は、ほぼ原形を止留《とど》めないほどに改稿されてしまい、その原稿で私は雑誌デビューを飾ることになってしまった。そこには自分の名前はなく、阿藍須《あらんす》美子《みこ》という署名がついた。田村さんによると、書き手の名前が使えない時に使うこの雑誌固有のペンネームだという。

「例えばね、原形を止留めないほど改稿してしまった時なんかに使うのよ」

田村さんは、まさに今回のことを例に取る。しかも笑顔で。子供に諭すように。

報酬は二万円。しかし辞退した。何の役にも立たなかったのだから。貰っていい筈がない。

六月、三十二歳の新人が入ってきた。谷地《やじ》卓郎《たくろう》という元音大の学生である。通称〝ヤジタク〟。自己紹介の折、そう呼んでほしいと自ら語っていた。都内の有名音大のピアノ科を卒業している。今でも時々バーでジャズを演奏しているという見かけによらずの洒落者《しゃれもの》だ。音楽担当でいい企画を持ってくるし、いい記事を書く。契約社員待遇だ。正直、私はこの人を勝手に妬んでいた。ジャンルが違うんだから、別に妬んでも仕方がないのだが、時々、思いがけない時に負けず嫌いが顔を出す。私の悪い癖だ。けど、本当に負けてはいられない。

きっとこんな私に同情してくれたのだろう。田村さんや、宮本さん、結城さんら、他の編集の方々から、リサーチなどの細かい仕事が落ちてくるようになった。それでどうにか生活は保てたけれど、身分はテスト生のままだった。

＊

七月の初め、根津杜夫氏からメールを頂いた。江辺罪子《えべつみこ》の個展のオープニングレセプションの案内だった。七月十二日金曜日、会場は横浜みなと美術館。江辺罪子案件は宮本さんの担当だったので、話をしてみた。

「根津さんから誘われたの？　どういう知り合い？」

「いや、展覧会で一度お会いして、名刺交換しただけですけど」

「それだけでレセプションに誘うかな？」

「行かない方がいいですかね？」

「いやいや、根津さんに気に入られたなら行かないと損よ。行った方がいいわよ」

「どういう方なんですか？」

「根津さんは天才。新進気鋭の作家を見出しては世に送り出す天才」

それが宮本さんの根津さんに対する評価であった。そのレセプションには編集長も行くことになっていた。

江辺罪子は気難しい事で有名な作家である。なのに宮本さんはそのインタビューも私にやれという。編集長までお前やってみろと、いきなり振られてしまった。

「私なんかに務まるでしょうか？」

「まあ、なんとかなるだろう。失敗なくして成長なし」

私は江辺罪子について下調べを開始した。

一九九二年石川県金沢市生まれ。二〇一四年、金沢美術大学油彩科卒。まだ若い作家である。もとは本名の江辺美子《よしこ》という名前で活動していたが、最近は江辺罪子を名乗っているという。

オープニングレセプションの当日、私は美術館の外で編集長と宮本さんと待ち合わせをした。余裕を見て家を出たが、早く着き過ぎて、屋外で暑い思いをした。気がつけばもう夏であった。

三人で会場に入ると、受付に根津杜夫氏の姿があった。彼もすぐに私たちの姿を見つけた。

「冴崎さん、お久しぶりです」

「よ、久しぶり！」

編集長は根津さんと握手を交わした。

「江辺さんも随分と偉くなったなあ。態度だけは昔から偉そうだったけどさ」

編集長の悪態に根津さんは苦笑のみで返した。

会場の入り口には大きな看板に展覧会のタイトルが大きな明朝体で書かれていた。

『江辺罪子　笑止千万絵画展』

中に入ると、そこは異様な世界と言わざるを得ない。満面の笑みを浮かべた顔が会場を埋め尽くしているのである。もうこれ以上不可能と思われるほどの笑みである。時には醜いぐらいの笑顔である。どれだけの美女が彼女の絵に登場しても、もはやその美しさは判らない。笑いの渦に飲み込まれて目眩すら覚える。しかしそれらの絵を見て釣られて笑う観客はいない。皆固唾を呑んでその一枚一枚に見入る。極めつけの笑顔とは、恐ろしくもあり、神々しくもある。そこに新機軸を見出したのは江辺罪子の発明である。

そんな会場の中央に江辺罪子が立っていた。

その日の彼女は和服姿だった。黒の着物。つまり喪服である。おまけに腰のあたりまで伸ばした黒い髪を結いもせず下ろしっ放しにしながら怪しいオーラを漂わせていた。私などは半径十メートル以内に近寄ることすら躊躇《ためら》われた。しかし根津さんと編集長はお構い無しで彼女に向かってゆく。宮本さんが遠慮がちにその後を追い、私はその背中を追いかける。

「冴崎さん、白髪増えたんじゃない？」

それが江辺さんの第一声だった。

「え？　そうかい？」

「今日は来てくれてありがとう。ゆっくり観てってよ」

そう言うと彼女は別な知人に視線を送り、私たちを置き去りにした。根津さんもまた別な知人に声をかけられ、私は編集長と宮本さんと最初から順に観て回ることにした。ところがそれぞれ鑑賞スピードが違いすぎて、私たち三人はあっという間に離れ離れになってしまった。編集長は観るのがやけに速く、私はどうも遅れ気味で、宮本さんは更に遅い。インタビューの時間を気にしなくてはならず、最後は少し駆け足になってしまった。絵の中の人々の満面の笑みが残像のように頭に焼き付いた。

出口付近で編集長が根津さんと談笑していた。誰かの特集をしたいのだというような話を編集長が熱心に語っている。主語を聞き漏らしたので、それが誰のことなのか判らない。根津さんは黙って頷いている。

「あの……そろそろ」

いつの間にかそこにいた宮本さんが二人に声をかけた。助かった。根津さんは私たちを控室に案内した。待つこと数分。江辺さんが現れた。応接用ソファに対座する。私は改めて自己紹介をして、早速インタビューを開始した。

私は彼女の半生を幼少期から順を追って質問していったのだが、その返答は抽象的で何を話しているのか判らない内容だった。たとえばこんな具合であった。

「死について考えることは快楽でしょ？　私が幼少期に最初に得た快楽は死の存在だったし、それは私をものすごく救ってくれたし、死と隣り合わせに生きる実感をずっと持ちながら今まで生きてきたし、才能があったとしたらそれが私の才能」

私は「あなたにとって死とは？」なんて質問したわけではない。子供時代の絵に関する想い出を訊いたまでである。たとえば最初に絵を描いた時は、クレヨンだったのか、色鉛筆だったのか？　という質問だった。その返事がこれである。質問に答えて貰えてる気が全然しない。

「たとえば小学校、中学、高校と、絵画の授業があると思いますが、どのあたりで画家を目指したいと思われましたか？」

「小学校時代から五感は常に最大限に研ぎ澄まされていたし、その感度が高すぎて困ったこともあった。自分の中の調和が崩れ、常にノイズが聴こえる状態。音のノイズじゃない。たとえばそれは目を閉じれば幾何学模様の図柄が激しく変化するような、そういう状態を制御するのに絵画は役に立ったし、今私が壊れずに済んでいるのも絵を描いているから」

　自分が凡庸な質問をしてるから怒っているのだろうかとも思い、質問の水準を上げてみた。

「近年、表現の自由度は多様化されているように思えます。油絵も、日本画も、手懐《てなず》けられるようなロールモデルではなくて、もっと破天荒なアイディアとか、意匠が求められているように思いますが、その辺はいかがですか？」

「私に訊いているの？」

「はい……はい？」

「江辺罪子にインタビューしてるんだから、江辺罪子について訊きなさいよ」

　この日のインタビューは編集者として忘れ難いものとなった。自分の取材の程度の低さを思い知った。もっとちゃんと作家を研究して、向き合わないと、いい取材なんかできるわけがない。なにか都合よく自分に寄せて作家の世界を解釈しようとしていた自分が恥ずかしかった。

「江辺さんにとって笑顔ってなんですか？」

　最もシンプルな質問に彼女は、何も語らなかった。その顔には微かな笑顔もなかった。見かねた宮本さんが途中から割って入って質問をしてくれた。一見凡庸な質問が、見事に江辺さんの言いたいことと調和する。

　ああ、やはりプロは違う。自己嫌悪。

　取材の後は皆で横浜中華街に繰り出し、四川料理の店に入った。

「すいません。途中で変わってもらって」

　私はただもう頭を下げ、二人に紹興酒をお酌するしかなかった。

「いきなり江辺さんとか無理でしたかね」

と宮本さん。

「新作の話を聞き出せなかったなあ」

と編集長。

「『煉獄《れんごく》』ですよね。何も話さなかったですよね。カノジョ」

「すいません。私が怒らせてしまったせいです」

「他のインタビュー記事を読んでも、新作の話は具体的には全然してないんですよね」

「なんかあるんだろうな」

「根津さんっていうのがネックですよね。あのひと、秘密主義者だから、なんにも教えてくんない」

「まあ、そうやって作家を売ってきた人だ」

どうも二人は私を責めているわけではないらしく、江辺罪子というヴェールに包まれた作家に純粋な関心を寄せているかのような、そんな文脈の会話が暫く続くのであった。

皆と横浜駅で別れると、私はなぜかすぐに帰る気になれず、駅前のバーで一人飲みして、予想外に痛飲し、ぐでんぐでんで東横線に乗って、綱島の自宅に帰った。ベッドに寝転がり、見上げると、酔いで天井がぐるんぐるんと回っていたが、それでもなぜか頭は冴えて、悔しさと恥ずかしさがなかなか脳裏から立ち退いてもくれず、更には江辺罪子の絵の中の笑顔たちの残影がぐるんぐるんと駆け巡りながら追い撃ちをかけてくる。窓の外が明るくなって来ても睡魔は訪れず、遂に眠ることを断念し、顔を洗って、机に向かった。待ち受けているのは昨日のインタビューの文字起こしである。ＩＣレコーダーに録音したやり取りを文字に起こす。二度と向き合いたくない場面に耳を傾け、書き取ってゆく。江辺罪子の冷ややかな声を、耳を澄ませてタイプしてゆく。何という苦行。しかも書き取ったテキストは、宮本さんに送り、そこから先は彼女が原稿を仕上げる手筈だ。あの阿藍須美子という署名が登場する機会もない。

宮本さんの仕上げたページは素晴らしかった。メインタイトルは、『私は芸術至上主義。』江辺さんが宮本さんの質問に答えた時に出たフレーズだ。自信に満ち溢れた江辺罪子の写真を眺めながら、私より四つも若いくせにと思いながら、目に涙が滲んだものである。

6　再会

江辺罪子のインタビューから数週間後、根津さんからメールを頂いた。とあるスペイン料理店のオープンに関わっていて、もし御社の雑誌で取材して頂けたら、お店の宣伝にもなるし有り難いのですが、という内容だった。店情報のＵＲＬが添付されていた。代官山である。

土曜の午後、私はその店を訪ねた。店の前で根津さんが待っていてくれた。

「お声がけ頂いてありがとうございます。この間もお世話になりました」

「江辺罪子のインタビュー、原稿読みました。よかったですよ」

「いやいや、私は結局文字起こしだけで、仕上げは先輩に書いて頂きまして。なんか至らない取材で。江辺さん怒らせちゃいました」

「いや、いつもああですから。何にでも噛み付くから大変ですよ。ここはスペイン料理店なんですが、壁面に若い作家たちの作品でも飾ろうかと思いまして。そういう店をもっと増やしたくて。どうでしょう？　記事になりますかね」

「なるようにがんばります。お話聞かせてください」

とはいえ見回すと、その店はまだリフォーム中で、床にはブルーシートが敷かれ、壁は塗装中であった。せめてもう少し出来上がってからでないと。こんな状態で何かの取材になるんだろうか。少なくとも、写真は撮れない。根津さんは一体何を考えているんだろう。しかし当の本人は至ってマイペースで、私にコーヒーでいいかと訊き、私がまごついていると、さっさと店員さんに声をかけ、コーヒーを一つ、と注文する。無茶ではないのか。リフォーム中なのに。

「コーヒーしか出せなくて。すいません」

「いえいえ、コーヒーは淹れられるんですか」

「作れるようにして貰いました。少し我儘《わがまま》言ってしまいました」

根津さんは私を中庭のバルコニーに案内した。先刻そこに座っていたのだろう。テーブルに飲みかけのコーヒーカップと、椅子には彼のものらしき鞄があった。店員さんがコースターで蓋をしたコーヒーカップを運んできた。コーヒーに埃がかからないようにしてくれたのだろう。

私はコーヒーが少し冷めるのを待ちながら、店の改装工事の様子を眺めた。時折、根津さんが店の説明をしてくれるのだが、どうもとりとめがないし、要領を得ない。どうやったらこれを記事にできるのか。なにかアイディアがあったら聞かせて欲しいものだと思っていた時のことである。根津さんが彼方を指さした。

「あの人」

そこには壁に向かってハケをふるっている塗装工がいた。

「君のこと知ってたよ」

「え?」

「高校が一緒だったんだって」

根津さんは立ち上がると、その塗装工の方へ行き、何か話しかけ、その人を連れて戻ってきた。タオルを頭に巻き、Tシャツはペンキにまみれ、腰に道具袋をぶら下げた塗装工。防塵マスクが顔の半分を覆っている。タオルを頭から取ると、長髪を後ろで縛っている。マスクを外すと、無精髭の口元があらわになる。

誰だろう。すぐには思い出せない。

「憶えてますか？」

と塗装工は言った。

「えっと……」

「加瀬です」

まさかこんなところで再会するとは思わなかった。私は動揺のあまり咄嗟に憶えていないフリをした。

「えっと……ごめんなさい」

「憶えてないですよね。学年が二つ下でしたし」

「ああ、美術部の？」

「そうです。後輩です」

「ああ、加瀬くん！」

「八千草先輩には油絵を教わりました。おかげで今も仕事の役に立ってます」

そう言って彼は背後の塗りかけの壁を指さした。

絵はもう描いてないんだろうか。そう思ったが、その時は臆して自分から訊くタイミングを逸した。

「連絡先でも交換したらいかがですか？　せっかくだから」

根津さんが不意討ちのようにそう言ったので、私たちはそうせざるを得なくなった。

「仕事終わったら、どうですか？　ご飯でも」

「え？　……ああ、はい」

「僕も大丈夫です」

かくして三人で晩御飯をご一緒することになってしまった。

「じゃ、後ほど」

そう言って加瀬くんは現場に戻っていった。

「そんなに接点はなかったんですけどね」

「そうですか」

取材の方は最後まで白黒はっきりしないまま、店がもう少しちゃんと完成したら、また宜しく、ということでその日はおしまいになった。まるで加瀬くんに会わせたかっただけの口実だったのでは？　と、鈍い私でも訝るような展開だったが、その夕刻、再度待ち合わせた中目黒の居酒屋で、その疑惑はますます濃厚になった。

「根津さん、来れないそうです」

「あらら。そっか」

あとはご両人で宜しくやってくれということだろうか。

「でもほんと、ひさしぶり。元気だった?」

「まあまあ、なんでしょう。まあ、元気です。先輩は?」

「まあ、元気元気」

彼は大学を卒業してからはずっとフリーターを続けていたが、ここ最近は工務店の社長に気に入られて塗装の仕事をしているという。下北沢の狭いアパートに一人暮らし。まあ、超テキトーな人生です、と笑顔で語る。

「絵の方は? もう描いてないの?」

すんなりその質問が出来たのは、お酒の力もあったかも知れない。

「絵ですか? 絵は今はもう……」

彼は言葉を濁した。彼には彼できっと絵を断念する事情があったのだろう。絵で食べてゆくこと自体、容易なことではないのだ。私の中で、彼を同志のように思える気持ちが芽生えた。少し話し易くなった。

「もったいない。あの絵観たよ。県展の。廃墟みたいな絵」

「ああ。そうですか。わざわざ観に来てくれたんですか?」

「偶然。隣で先輩の卒業展やっててね」

「そうですか」

「『遊びをせんとや逝かれけむ』だっけ?」

「うわっ、よく憶えてますね」

「すごいタイトル」

「元々は『遊びをせんとや生まれけむ』って言葉があるんですよね。それを少しもじりました」

「衝撃だった。才能ある人にはあるんだなって」

「いやいや、ないですよ。しつこいだけですよ、僕なんか」

「そんなことないよ。才能のある人はそういうことを言うから腹が立つ」

「先輩は……絵はもう描いてないいんですか？」

「もうやってない」

「ずっと描いてると思ってました」

その彼の言葉が心の奥の方にチクリと刺さった。

「え？　そう？」

「はい」

「そんなわけないよ。あたしそんなに上手じゃないから」

「先輩の絵、好きでしたよ」

「私の絵？　憶えてるの？」

「はい」

「マリー・ローランサンのパクりみたいな絵？」

「え？　そうですか。まあ似てなくはないですかね」

「えー？　似てないとショック。真似してたんだから」

「雑誌の仕事は面白いですか？」

「まだわかんない。実は今年から。……四月から」

「わっ、最近！　転職したんですか？」

「そ。もともとは、ウィリアム・ウィロウズっていう広告代理店にいたんだけど、社内のゴタゴタに巻き込まれて。超落ち込んで。やっと最近なんとか持ち直して来た」

「そうなんですか」

「会社の上司と噂になって。不倫してるって。完全な濡れ衣」

話しながら同時にそれを客観視しているもうひとりの自分がヒヤヒヤする。こんな話、しちゃっていいんだろうか、と。しかし喋っている当の私はここまで来たらもう喋らずにはいられない。私は酔っている。

「人間が信じられなくなって。会社辞めちゃった」

「そうですか。それで出版社に」

私は不意に思い立ち、スマホを取り出すと、加瀬くんに写真を見せた。零の『晩夏』である。

「この絵の写真。見て。この子、私に似てる？」

「え？　……あー、うん。たしかに」

「『晩夏』って作品。この絵、観に行ったの。今年の三月。なんだろう。見てたら泣けてきちゃって。なんでかわかんないけど。でもなんかやっぱり絵っていいなあと思って。そっち方面で仕事探してたら、知り合いのディレクターのツテでいまの出版社紹介されて。面接の時、この作品の素晴らしさを語ろうとしたら、そしたらまた泣けてきて。……ほら、また泣けてきた」

「それで採用ですか」

「そうなの。ま、結果的には。でもすごいでしょ？　君よりうまいんじゃない？」

「いや、僕なんか全然」

「最初、絵に見えなかった。絵ってわかった？」

「いや、わかりませんでした」

「写真だと思ったでしょ？」

「思いました」

それから私は大学時代の話や、広告代理店時代の話をし、今の出版社と雑誌の話をした。気がつけば店は閉店時間になっていた。彼は殆ど聞いているだけだった。

別れ際、駅までの細い路地を私たちはほろ酔い気分で歩いた。

「また飲もうよ」

「飲みましょう飲みましょう！」

駅につき、私が電車に乗ろうとすると、彼は歩いて帰るという。遠くないのかと思ったが、下北沢は歩いても一時間ぐらいだという。じゃあちょっと私も、ということになり、二人で少し歩いた。私は隣の祐天寺まで。彼にとっては少し遠回りだ。スマホの地図を頼りに、歩いたことのない路地裏を歩いた。

「実は、最近スケッチぐらいは描いてる」

「そうですか。絵はやめないで下さい。先輩が絵をやめるのは寂しい」

「そう？　どうして？」

「だって、僕に油絵教えてくれた先輩ですから」

私はこの人とは何か気が合う。付き合えたら良いのに。酔った頭でそんなことを考える。けど、ここから上手くいくことがなかった。いつも私の奥手が原因で恋人未満で終わってしまう。別れ際に私はひとつの告白をした。

「ほんとはまだ採用されてないの。出版社。トライアウト中。記事を採用されたら原稿料貰うって契約で」

「ほとんどフリーですね、それ」

「そうね」

「じゃ、ちゃんと採用されるといいですね」

「そうね……でもそれより、自分の書いた記事にね、ちゃんと名前が載るのが今の夢。八千草花音ってね。ちっちゃくてもいいから」

「その夢、叶うといいですね」

「うん。ありがと。じゃ！」

電車が来た。改札口で見送る彼に手を振って、私は急ぎ階段を駆け上がる。付き合えたら良いのに。そうは思うのだが。私は胸に手を当てる。

そこに残された一筋の傷。それがこういう時、酷いコンプレックスとなって、疼《うず》くのであった。

7　ナユタ

なんとなく晴れやかな気持ちでよく晴れた日曜日を過ごし、週明けの月曜日は少し薄曇りだったが、社に行くと朗報が待ち受けていた。打ち合わせがあるとかで、何時《いつ》になく早く出社した編集長が、パソコンを開き、メールを確認していた時だった。

「おお！」

と大きな声を周囲に轟《とどろ》かせた。

「根津さんからだ。ナユタの特集記事、許可が降りた！」

編集長はすこぶる嬉しそうだったが、私にはなんのことか判らなかった。

「何だよ、ナユタ、知らないのか？　〝ナユタの死神伝説〟」

私の近くにいた田村さんが説明してくれる。

「顔も履歴も公表してない謎の画家なんだけど」

「バンクシーみたいだね」

と谷地さんが横槍を入れる。

「バンクシーとはちょっと違って」と、田村さんは言う。「その人が描いたモデルは必ず死ぬっていう。そんな話が、ネット界隈で噂されてる」

谷地さんまでもが知っていたというのが、ちょっと悔しかった。そんな私に編集長も容赦がない。

「まあ一般的には知る人ぞ知るってヤツかもしれんが、この業界で知らないのちょっと恥ずかしいぞ」

「言われてみれば、なんかあった気がします」

と、私は言い返した。何やら白々しい言い方になってしまったが、嘘ではなかった。私は一時話題になったネット上の騒動を思い出しかけていた。

「はいはいはい、だいぶ記憶が戻ってきました」

「本当ですか？」

谷地さんが意地悪く言う。私も思い出しては来たものの、果たしてどんな絵だったか。そこまでは浮かばない。当時もちゃんとは見ていなかったのだろう。パソコンに向き合い、ナユタを検索する。出てきた絵に私は思わず顔を顰《しか》めずにはいられなかった。それは解剖された人間の身体であった。しかも、その描写力は絵の範囲を遥かに超えていた。

「なんですかこれ！　写真じゃないんですか？」

「油絵」と、田村さん。

「うわあ、写真にしか見えない……うわあ」

「相当アクの強い作家ではあるがね。でも、こいつは本物だと思ってる。いずれ評価される時が来る。そこを先取りたい」

編集長にそこまで言わせる作家なら。少し好奇心が湧いてきた。

「ただ、本人の取材はNGだそうだ。顔出しNGなんだよ。作品歴の紹介とか論評したりはオーケーだってさ」

「本人のインタビューがないのはちょっと厳しくないですか？　顔出さなくてもダメなんですか？」

「まあ、そこはガードが固いなあ」

「でも……」と私。「ありえないですよね……その〝死神伝説〟とか」

「〝死神伝説〟か？　まあ、あり得ないよ。いくつかの作品は確かに臨終間際の人を描いたり、解剖中の人体をモチーフにしたりとか。そもそも死をテーマにした作風は彼の一つの特徴ではあるわけだけど。でも、普通に街角に立ってる若い女性とか、裸婦のモデルまで、既にこの世にいないっていうんだよな。あくまでネットの噂ではあるが。根津さんに訊いてもその辺は教えてくれない。まあ、逆に言えばだ。教えてくれないって事は何かしら戦略があってやってるんじゃないかとは思うよ。身に覚えがなければさ、自分たちの方から、あれは嘘ですよって主張するでしょう、普通。ネットの噂に迷惑してるんですよって言うでしょう、普通」

なるほど、確かに編集長の言う通りだと思った。そんな悍《おぞ》ましい噂、本人にとって有り難いわけがない。

「作者自身はどう思っているんでしょう」咄嗟にそんな質問が口を突いて出た。

「そこを知りたい。何しろずっと沈黙を守っている。取材がNGというのは、そういうことだ」

と、編集長。

「絵を描き終わったらもう用無しだってモデルたちを殺してたらホラーですね」

と谷地さん。

「そりゃ狂ってるな。でも判らんよ。案外、そうだったりするかも知れない」

編集長はその顔に不敵な笑みを浮かべる。

「やめてくださいよ！」

私は寒気がして来た。

「ははっ、冗談冗談。でもさ、本人インタビューこそできないが、いろいろ叩けばいろんなネタは出てきそうだろ？　面白い記事が書けるんじゃないか？　八千草君、どうこれ、やってみない？」

「え？　私がですか？」

「実はあちらからの指名なんだよ。君にやって欲しいんだとさ」

「根津さんですか？　……どうして私なんですか？」

「どうしてだろうね？　なんか気に入られたんじゃない？」

「なんか怖いですけど。……私、死なないですよね」

「いやあ、どうだろうなあ」

編集長は苦笑するばかりである。

根津さんが私を認めてくれるのは頗《すこぶ》る有り難いし、嬉しい話なのだが、巻き添えを喰らって死にたくもないんだが。そんな微妙な気持ちを懐《いだ》きつつ、私は根津さんにメールを送った。一度打ち合わせをしたい旨を伝えたいだけが、気がつけば長々としたメールになり、長文失礼いたしましたと最後に書き添えた。すぐに短い返事が来た。
［では、ウチの画廊で　根津］
君のメールは長すぎだよと、何かそんな風に言われた気がして、少しへこんだ。
しかしながら、私の仕事はあくまでナユタという作家と作品の世界を紹介することである。編集長から預かったページ数は八ページ。僅か八ページというページ数だったが、新米の私にとっては途方もなかった。緊張と興奮。それはまるで百号キャンバスの大作に挑むかのような心地であった。

＊

ダンソンはインターネット情報サイトで、かつては発行部数二万部程度のタブロイド誌であった。雑誌が廃刊になり、居場所をネットに切り替えてから読者数を伸ばし、どうにか消滅を免れた。おめでとうと言ってあげたいところだが、正直私は雑誌の時代から大嫌いで、生き残ってしまったことは憂慮に堪えない。

ダンソンと名前だけは片仮名で気取っているが、漢字に置き換えれば、〝男尊〟である。つまり暗に〝女卑〟である。往年の男性向け週刊誌への回帰が著しいという批判も目にする。少しサイトを閲覧するだけでも、アダルトサイトが政治も語るし文化も語っているようで、トイレでご飯を食べるような悍ましいサイトだった。しかし、残念ながら、ナユタの〝死神伝説〟の中で一番よく纏まっている記事がそこにあった。〝死神伝説〟を横に置いたとしても、ナユタについて考察した唯一の記事と言ってもいいかも知れない。そんなわけで、私はこの記事を見つけてからというもの、ブックマークをつけ、幾度となく目を通した。

『死神伝説　謎の絵師、ナユタは本当の死神かも知れん件』

このタイトル、最後は広島弁の駄洒落だろうか。執筆者には、〝フリーライター・折茂羽膳〟という名前があった。読み方が判らない。〝おりも・うぜん〟だろうか。

以下はその記事の全文である。

ダンソン　2018. 01. 19

『死神伝説　謎の絵師、ナユタは本当の死神かも知れん件』

現在、青山の三津島《みつしま》記念美術館で開催されている絵画展がある。『献体　ナユタ展　エロスのアポトーシスとタナトスのリジェネレーション』。サブタイトルがいささか難解ではあるが、絵画のジャンルとしては、写実画の部類である。筆者は美術界に詳しいわけではないので、その辺りの分類や作品の論評は専門家に任せるとして、この画家の周囲にはいささかきな臭い不穏な噂が飛び交っている。例えば『伴侶』という作品のモデルは、末期がん患者であったという。これはモデルの関係者を名乗る人物が、自身のブログに写真までアップしている。『カラス公園』は２０１５年に誘拐された立花智子ちゃんの肖像画で、誘拐当時、顔写真が公開されたので、記憶に残っている方も多いだろう。公開されたその写真の智子ちゃんは笑っていたが、絵の中の彼女は笑っていない。どこかで笑っていない顔写真を入手して描いたのだろうか。

『花の街』と題された3点がある。モデルは3人。残念ながら3人とも亡くなっている。今年、新年早々に起きた札幌のバス事故。大型トラックが観光バスと正面衝突。トラックの運転手の過重労働が問題になった。『花の街』のモデルは不幸にもこの事故で亡くなった3人である。しかし彼女たちはどこを探しても実名も顔写真も公開されていない。ナユタはどうやってこの3人を描いたのだろう。仮に何かしらのルートで彼女たちの写真を手に入れ、それを元に絵を描いたとする。ところが事故があったのは、1月2日。展覧会のオープン十日前である。事故後に絵を描いたのだとすると、彼は3枚の絵を僅か十日ほどで描いたことになる。そんなことが果たして可能なんだろうか。

ある写実画の画家に訊いてみた。彼はこう証言する。

「この3枚を一週間で描き上げるというのはあり得ない。一ヶ月や二ヶ月で描くのすら無理ですね。半年か一年か、もっとかかるかも知れません」

結構かかるものである。そんなにかかる工程だとしたら、事故後に描くというのは不可能だ。描かれたのは事故の前？　しかし、そうなると今度はナユタが描いたモデルが3人揃ってバス事故で死んだことになる。しかも観光バスは42人乗りで、死者・重軽傷者だけで17人もいた。うち3人が不幸にも亡くなられたわけだ。

実はこのミステリーこそ、ナユタの死神伝説の核心なのである。

この現象を誰かが〝ナユタの死神現象〟とか〝死神伝説〟と言い出した。ナユタが描いた人は必ず死ぬ、と。その噂は瞬く間にSNSで拡散し、その波及効果は絶大で、炎上商法の誹《そし》りも浴びながらも、来場者数はうなぎ上り、展覧会は大盛況である。一体真相はどういうことなのか？　是非本人に取材してみたいところなのだが、実はこのナユタは自身の正体を公開していない、バンクシーのようなスタイルの作家である。展覧会の主催者や、親しい画商に問い合わせたが、本人と会うのも、取材するのも困難であるという返事であった。こうなってしまうと謎は深まるばかりである。

しかしながら、筆者はこの記事をそうしたいかがわしいミステリーに留めておきたくはない。ナユタという作家には、そうしたネットのゴシップとは別次元の凄みがある。どういう凄みなのかは、私よりもうまく書いている専門家たちの評論を読んで欲しい。

最後にこの作品を紹介しよう。

『献体』

展覧会のタイトルにもなっている4枚の作品である。ナユタは医大生の友人に頼んで解剖室に数ヶ月通い完成させたという。もはや狂気の沙汰だ。しかし注目しておきたいのはこの4点が展覧会のタイトルになっているということだ。

『献体』……

筆者にはこの展覧会に展示されている全ての作品のタイトルが『献体』でもいいとさえ思えた。

この作品のモデルたちは、どうやら一人としてもはやこの世にいないのである。この絵のモデルたちはまさに、ナユタという画家にその身を捧げているように思えてならないのである。ナユタという作家はゲイジュツに無知な筆者にも突き刺さるものがあった。そのオーラはまさに、コロナであり、その作品群はコロナを超えて吹き上がる火龍《かりゅう》のようなプロミネンス（紅炎《こうえん》）のようである。

フリーライター・折茂羽膳

『花の街』のミステリーは確かに興味深い。ネット上には二〇一八年一月の展覧会以降、新作を発表していないナユタ自身が既に死んでいるという死亡説の考察まであった。しかしこういった噂を調べれば調べるほど私の中の何かが萎《な》えてゆく。本当にこの画家には価値があるのだろうか。編集長があれほど高く評価する意味が判らない。編集長がいいと言ってるのは根津ブランドだからじゃないのか？　そんな邪推まで浮かんだ。根津さんがいいと踏んでるんだからいいに違いないと。

何か煮え切らない気分だった。私は室井香穂さんにこんなメッセージを送った。
［今度、ナユタ特集をやる事になりました。室井さんはあの絵をどう思います？　どう評価します？］

返信はすぐに戻ってきた。
［いろいろ言われてる人ですけど、作品自体は私は凄いと思います。凄い領域にいる人だなあと］

そうなのか。室井さんがいいと言うならきっといいに違いない。一瞬でそう思ってしまう。私も編集長のことは言えない。いやいや、それは私の邪推であって、編集長は悪くない。

＊

青山にある根津さんのギャラリー、〝卵画廊〟は二階建ての白い建物で、以前は輸入物の玩具専門店だったという。展示されている絵を眺めながら、根津さんのセンスに舌を巻く。ここを取材したいと言うと、おたくにはもう何度かされてるよ、と返された。室井香穂さんの牛の版画も一点展示されていた。その展示場の片隅にソファがあり、そこが打ち合わせの場所だった。

私は企画書を見てもらった。序文に、ナユタを取り上げる意義や、社会的反響を自分なりに分析して書いた。次に扉デザインのラフである。

見出しは『ナユタ、不可思議、無量大数級の天才』。

調べてみたところ、ナユタとは数の単位であった。数字の兆の上は京《けい》だが、そこから先はもうほとんど目にする機会もない単位が続く。垓《がい》、秭《じょ》、穣《じょう》、溝《こう》、澗《かん》、正《せい》、載《さい》、極《ごく》、恒河沙《ごうがしゃ》、阿僧祇《あそうぎ》、那由他《なゆた》、不可思議《ふかしぎ》、と来て、最後は無量大数《むりょうたいすう》で終わる。那由他は無量大数、不可思議に次ぐ巨大数の単位である。きっと宇宙の比喩か何かのつもりだろう。

企画書を最後まで読み終えた根津さんは、表紙を上にして机の上に置いた。

「頭から説明しましょうか」と言う私を、

「いや」と根津さんは遮った。

「これは、また後でいいでしょう」

そう言うと、彼は不意に黙ってしまった。沈黙が息苦しい。黙るくらいならこの企画書の説明をさせて欲しい。そう思いながら、淹れて頂いた紅茶に手を付けてみたりするうちに、不意に加瀬くんのことを想い出した。

「あ、そう言えば、加瀬くん。繋いで頂いてありがとうございます」

「いえいえ。ま、ひょんな偶然です。再会の一助になれたのならよかった」

「でも、どうして加瀬くんと私が同じ高校だってわかったんですか？」

「え？　……ああ、あなたが取材に来るってことをお店のスタッフに話してましてね。『絵と詩と歌』の八千草という編集の人で、八千草って名前、珍しいでしょ、なんていう話をしてたわけです。そしたら彼が、急にその人自分の先輩かも知れないと言い出しまして。名刺を出してフルネームを確認したら、高校時代に同じ名前の先輩がいたと、彼が。ま、それだけです」

そう言いながら彼はナユタの図録を見ている。展覧会の時に発売されたもので、私も資料としていつも持ち歩いている。それと同じものだ。

根津さんがボソリと言った。

「まずはこれにしますか。このモデルさんのご主人の連絡先を教えましょう」

根津さんの人差し指は一枚の絵の上に置かれていた。『伴侶』という作品であった。

「あ、はい」

「後でメールの方に送っておきます」

「ありがとうございます」

「じゃあ、よろしくお願いします」

あまりにもあっさり打ち合わせが終わりそうになったので焦った。

「あの！」

「はい？」

「その方と連絡を取って、どうしたらいいですか？」

「どうしたら、とは？」

「いや、ですから、その方からお話を伺えばいいですかね」

「そうでしょ？　取材ですから」

「いや、何をどこからどこまで訊いたらいいのか」

「そんなの好きにしてくださいよ。別に制限はないですから」

「そうなんですか？　だって匿名というか、正体明かしてない人ですよね。そのナユタさん。こういうことは訊かないでくれとか、ないんですか？」

「本人には会えません。縛りはそれだけです。安心して取材してください」

「じゃあ、ちょっと根津さんに質問していいですか？」

「なんですか？」

「そのナユタってどんな人ですか？　男ですか？　女ですか？」

「それを私に訊きます？　せっかく取材するんだから、ご自分でお調べになったほうが楽しいじゃないですか？　楽しいっていうのは、あれか。……有意義。きっと有意義な取材になるんじゃないですか」

　そう言われても、有意義かどうかも判らない。私はすっかり煙に巻かれた気分だった。

8　伴侶

後日、根津さんから約束のメールが届いた。モデルさんのご主人の連絡先がそこにあった。所沢の救命寺というお寺の住職、富沢青澄《せいちょう》さん、五十四歳。『伴侶』のモデルがこの方の奥様だという。

この『伴侶』という作品であるが、F百号の油彩画作品である。F百号とは縦一六二〇ミリメートル横一三〇三ミリメートルの大型キャンバスである。卒業制作で私が描いた拙《つたな》い絵もこのサイズだった。あれほど大きなキャンバスに絵を描く体験は人生であれっきりとなってしまった。マリー・ローランサンを模したその絵は今も実家の物置に眠っている。インテリアとして飾るには、下手すぎるし、大きすぎた。遂に持て余されて物置に仕舞われた時には悲しい想いをしたものだ。まあ自分の話は措《お》いておくとして。

富沢洋子さんは保育士だったという。二〇一四年のある日、ステージ3の肝臓がんが見つかってしまった。それから二年後の二〇一六年、つらい闘病の末他界された。亡くなられた時は四十二歳。十五歳の娘と、七歳の息子を遺して。

住職との馴れ初めだが、洋子さんが保育士時代、担任していたクラスの園児が交通事故で亡くなってしまい、その葬儀の席が出会いの場であったという。なんとコメントしていいか判らない出会い方である。住職はそんな身の上話をメールにいろいろ書いて送って下さった。そんなバックグラウンドを知った上で改めて『伴侶』を眺めると、感情移入の仕方も変わってくる。

ベッドに横たわる女性はニットの帽子を目深に被り、髪のない頭を隠している。襟巻きをして、赤いニットのカーディガンを羽織っている。その下には花柄の寝間着を身につけている。その微笑みには聖母のような神々しさすら感じる。遺体を描いた問題連作『献体』シリーズは、命の器である身体が、死ねば単なる〝物〟と化すという世の無常をドライに、フィジカルに描いた作品だった。それはまるでオートバイのボディをスタジオで撮影した広告写真のように美しい。それに比べて、この『伴侶』は、むしろ感傷的である。消えてゆく生命の最後の煌《きら》めきを捉えたような作品だった。

九月の初め、ご住職に会うため、埼玉の所沢を訪ねた。

住職はよく響く声で、メールに書いて頂いたエピソードを改めて語り直してくださった。亡くなった洋子さんとの馴れ初めと想い出、彼女の人柄などをユーモアを交えながら語るその語り口はお経のように淀みなく、切れ目なく、なかなかこちらから質問を切り出すきっかけを与えてくれなかった。仕方なくこちらも逆らわず、住職の講談に耳を傾けた。やがて話は本題に差し掛かる。つまりナユタとの接触についてである。

住職は最後のひと月、妻の世話で入間《いるま》の病院に頻繁に寝泊まりしていた。とある夕刻、住職は食堂でスポーツ新聞を読んでいた。そこに田中という医師が声をかけてきた。知人が絵の仕事をしており、モデルをしてくれる人を探しているのだという。

「その絵描きさんが、既にこの院内を見て回って、ウチの女房をモデルにしたいんだと、そう言ったそうです。なんでウチの女房が選ばれたのか。器量も大して良くはありません。昔はそこそこの別嬪《べっぴん》でしたけど、病気をしてからは、本人が人に会うのを嫌がるほど、人相も変わっておりましたから」

田中医師はひとまず会ってみてもらえないかと、住職に絵描きを引き合わせる。その男は一階ロビーの窓際のソファに腰掛け、窓の外を眺めていた。

「その人は、〝ナユタ〟と名乗ってました。カタカナでナユタさんです」

「男性だったんですね？　ナユタは」

「はい。男性でした。ちなみにナユタとは、元は仏教用語で、サンスクリット語の〝ナユタ〟から来ておるわけでして、極めて大きな数のことを言います。仏様の寿命は途轍《とてつ》もなく長いので、こういう数字の単位が必要なわけですな」

そこまでは知らなかった。いい知識を頂いた。住職は続ける。

「自分は画家だと言って、是非あなたの奥さんを描きたいのだと。何とかならないだろうかとなかなか諦めてくれません。私もだんだん腹が立ってきまして。そもそもなんでウチの女房なんかを描きたがるんだと、こう単刀直入に訊いたわけです。すると、彼はこう言うんです。奥さんがあまりにお美しかったので、と」

「そう言われて、どう思いました？」

「それは、ちょっとは嬉しかったですかね。まあ嬉しいですよ。そう言われたらね。特に病床に臥せって、美しいとか、そういう状況でもありませんでしたから」

「ちょっと細かいですけど、奥さんのことを何処で見たんでしょう？」

「え？　いやあ、どこですかね？　そこは聞かなかったなあ」

「そうですか。すいません。で、お引き受けになったわけですか」

「いやあ、そんな女房を褒められたぐらいじゃね。本人病気ですよ。モデルにったって、長時間モデルのポーズなんか取れませんし、というようなことを言いましてね。すると、そんなに時間はかからないと言うんです。写真を何点か撮ったらもうそれで描きますので、と言うんです。私に言われましても、そこは本人次第の話ですから。というわけで、女房にその話をしました。女房は胡散臭い話だと、気味が悪いからいい、とけんもほろろで。家に帰ってから、子供たちにも話してやりましたが、やはり胡散臭いと皆反対しまして。上の子なんか、そんなことを斡旋するなんてひどい病院だと、下の子なんかそれはきっとオレオレ詐欺だと。どの辺がオレオレ詐欺なんですかね。意味もわからず使ってくるんですよ。田中先生もご友人に頼まれたのだろうから、やむを得なかったのかも知れないし、ともかくみんなが反対するのでひとまずこの話はお断りしようと。翌日、そんな話を女房にしまして。すると女房が、もう断ってしまったというんです。実はさっきその絵描きが来たのだと。女房はこんな姿を残すのは嫌だと譲らなかったそうで。その絵描きはモデルの件は断念しまして、お詫びに一枚似顔絵を描かせてくれないか、と言ったそうです。その絵が、これなんですが……」

　住職は隣の部屋から、その絵を持って来た。それはB5サイズのスケッチブックだった。中を開くと、一枚だけ絵が描かれている。美しい絵である。奥さんは足をおろしてベッドに腰掛けている。

「こんなポーズをしたわけじゃないそうです。女房はずっとベッドに臥せってました。立てる状態ではありませんでした。その人は、その絵をすっ、すっと、ものの五分ぐらいで描いてしまったそうです」

私は咄嗟に仏壇に目をやった。奥さんの遺影がこちらを見ている。再び絵を見る。何という描写力。そのスキャン能力には驚くばかりである。

住職は続ける。

「女房は、もう断ってしまったけど、この絵を見ていたら、引き受けてもいいかなと。そう言うもんですから。女房がいいなら、私や子供たちは反対する理由がありません。まあそんな話を田中先生に伝えましてね。先生も、あちらに伝えておきましょう、ということで。なのでまあいずれ連絡が来るんだろうと思ったら、待てど暮らせど梨の礫《つぶて》で。女房はそれはもう楽しみにしておりましたので、腹も立ちましたが、もともとは、なかったような話ですし、こちらも一度は断っておりましたわけですしね。田中先生にどうなったというのも気が引けまして、まごまごとしてるうちに女房の容態の方もどんどん悪くなりまして。そこからは、なんかもう、あっという間に逝ってしまいました。するど、お通夜に来てくれましてね。ナユタさん。その時に、言われました。実は今、女房の絵を描いてるんだと。ビックリです。その絵描きさんはひと目見たら何でも描けるんだと。これは田中先生の話ですけど」

鳥肌が立った。なんだその異次元の能力は？　俄《にわか》には信じ難かった。もし住職の話がすべて本当ならナユタの創作の一端を知る重要な手がかりである。まだ世に存在しない情報である。

「去年、展覧会にお招き頂きまして。立派な絵でした。家族揃って泣いてしまいました」

「じゃあ、皆さんにとっては、描いてもらってよかったわけですね」

「いやあもう！」住職は語気を強めた。「感謝しかありません！」

私は改めて奥さんの肖像を眺めた。ナユタという画家の凄みに打たれ、この廉価のスケッチブックですら、ずしりと重い気がした。

住職はふと、遠い目をした。

「女房の亡くなる少し前ですかね。そのスケッチブックをね、病室の枕元に飾ってやりまして、お前、こんなに綺麗に描いてもらってよかったなあと言うと、あたしはこんなに綺麗じゃないわよ、と言うんで、私もまあ、こんなには綺麗ではないかなあ、と悪態をついてやりましたが、改めて見比べると、なんでしょう……」

不意に住職の声が揺れた。涙ぐんだ。

「……改めて見比べると、少しも違いが見つからないんです。目も鼻も口も、まるで生き写しだ。いや、女房は本当にそういう顔をしておったんですよ」

俯《うつむ》いた住職の目から涙がポロポロ溢れた。

「いや、お前、やっぱりこの絵はお前にそっくりだよと、言ってやると、実は私もそう思ってたと女房は笑いまして。その笑顔が、本当に綺麗でね。ああ、俺はこの人のことをなんにも見て来なかったんだと、死ぬ程後悔しましたよ」

住職の涙に、私も思わずもらい泣きをしてしまった。涙で汚してはいけないと、手にしていたスケッチブックをテーブルの上に置き、再び仏壇に目をやった。そして住職にこう言った。

「いや、私には、最初からそっくりにしか見えませんでしたよ」

住職は涙をこぼしながら、何度も頷いた。

*

社に戻り、編集長にひとまずここまでの経緯を話そうとしたが、彼は彼で忙しく、もう少しまとまったら話を聞くよと逃げられてしまった。誰か先輩方に話を聞いてもらおうかとも思ったが、皆忙しそうにしていて、邪魔になっても申し訳ない。ひとまず、ここまでの経緯をまとめて、根津さんにメールで送ってみたが、これもまた梨の礫である。私はモヤモヤした気持ちを持て余す。これを誰かに話したくて仕方がない。

加瀬くんに連絡をとった。

私たちは三宿の居酒屋で待ち合わせた。各部屋、細かく区切られていて、密談にちょうど良さそうな店だった。加瀬くんは仕事帰りで、手にペンキの跡があった。

「汚くてすみません」

「大丈夫。普通の女の子なら嫌かも知れないけどね。あたしも絵描きだったから。顔料なんでも好き」

「それは有り難い」

加瀬くんはおしぼりで手と顔を拭く。顔を拭きながら、

「こういうの大丈夫すか?」

と訊いてくる。

「大丈夫」

「こういうのは？」

首を拭く。

「どうぞどうぞ」

シャツを捲《まく》り上げて脇の下を拭こうとする。さすがに直視できず、下を向くと、

「冗談です、冗談です」

その笑顔に胸がときめいた。ああ、私はこの人を好きになりかけている。そう実感して顔が火《ほ》照《て》った。

「仕事はどうですか？　順調？」

「うーん。難航してる。ある画家の特集があって。知ってる？　ナユタって」

加瀬くんは首を横に振った。私は鞄からナユタの資料を取り出して、彼に手渡した。

「こういう人」

彼は表紙を開いて、中を見た。

「おおー！　凄いですね」

加瀬くんは次々ページをめくる。

「なんか、ちょっと気味が悪いですね」

正直ちょっと拍子抜けであった。もっと驚くと思ったのだが。

「その人を取材してるの」

「そうなんですか」

私は住職の許《もと》にナユタが現れ、その奥さんの似顔絵を描いて去ったという話、そして住職と奥さんとの間で交わされたやり取りなどを話すうちに、不覚にもまた涙が溢れてきた。加瀬くんがおしぼりを渡してくれた。

「ごめんね、なんかいろいろ想い出したら泣けてきた」

「泣いて下さい。好きなだけ泣いていいですから。僕、焼酎おかわりしていいですかね？」

「あ、どうぞどうぞ」

こんな剽軽《ひょうきん》な彼が好きだ。そう思った。なんか彼の前だと弱気な自分までさらけ出してしまいそうだ。

「その田中って医師には会ったんですか？」

「いや、会ってない」

「病院わかるんですよね？」

「うん」

きっと私がどうして？　という顔をしてたからだろう。加瀬くんは言った。

「その人、知り合いかも知れないですよね。ナユタの」

なるほど、その可能性はある。というか、そのぐらい自分で気づきたい。

「なんか僕に手伝えることとかあったら言って下さいよ。仕事ない日は動けるから。車もあるし。運転手ぐらいならやれます」

別れ際、彼がそんなことを言ってくれた。彼の家に泊まりたいなあ。そんなことを思いながら、そんなこと言えるはずもなく、その夜はひとり家に帰った。電車の中で少し眠ってしまった。何の夢を見ただろう。何か見た気がするがもう記憶にはない。

家に着いた頃には、酔いも醒め、逆に眠れなくなってしまった。

私はスケッチブックを開き、『伴侶』を模写してみた。ラフな線で輪郭を取り、陰影を加えてゆく。時々、手を休めてナユタの図録に目を通す。

気になったのは『伴侶』と同じ年に描かれた残り二枚の絵である。

一枚は『母』、もう一枚は『蝶』。

『母』という絵は、母という割に母らしくない。まだ十代にしか見えない女性像だ。『蝶』は黒のキャップを被り黒のマスクをしたショートカットの女性の裸像である。胸部に包帯が巻かれ、右腕はギプスを装着させられている。この二枚にも何かエピソードが隠されているのだろうか。この二人も既に亡くなっているのだろうか。

深夜、根津さんからメールが届いた。短いメッセージに書かれていたのは、次の取材可能な関係者の氏名と連絡先だった。

9　カラス公園

グロテスクなナユタ作品の中にあって、私も比較的好きな作品があった。『カラス公園』という作品である。幼い少女の肖像画で、そのあどけなさは、藤井勉作品を想い出す。図録の同じページには、もう一枚別な少女を描いた『カナリアの家』があり、この二枚は対をなすように並べられている。薄暗い部屋に佇む少女をシンプルに描いた『カナリアの家』と比べると、『カラス公園』には若干の工夫がある。少女は手に一枚の写真を持ち、薄暗い夕暮れの公園のベンチに座っている。その瞳は憂いに満ち、口許に笑みはない。手にする写真には少女自身が写っている。写真の中の少女は笑っている。折茂羽膳氏や、ネットの情報によれば、この少女は二〇一五年、高崎市で起きた誘拐殺人事件の犠牲者、立花智子ちゃんであるとされる。確かに、事件当時発表されたご本人の写真と、この絵の少女は酷似していた。時系列的に言うと、智子ちゃんが誘拐され、行方不明のまま、この絵は描かれた。その後、犯人が逮捕され、本人の自供によって、遺体が烏川《からすがわ》河川敷の雑木林から発見された。ナユタが『カラス公園』を描いたのは、事件が発覚して、智子ちゃんの写真がメディアから発信された後である。しかし、事件解決の前である。まさに捜査中の事件の被害者をモチーフにしたことになる。結果、そのモデルである智子ちゃんは帰らぬ人となり、ナユタの死神伝説のひとつとカウントされるに至った。

根津さんから送られてきたメッセージはこうであった。

「『カラス公園』のモデルの立花智子ちゃんのお母さんが、取材に応じてくれるそうです。以下住所です」

それ以上の説明はなかった。あとは自分で調べなさいということなのだろう。住所は群馬県高崎市下和田町とある。その母なる人に会ってみることにした。電車でもよかったが、加瀬くんが車を借りてくれるというので、彼の休みの日に合わせて一緒に行くことにした。

その日の朝は、祐天寺駅で待ち合わせをした。電車が多摩川を過ぎたあたりで加瀬くんからメッセージが入る。駅前ロータリーに車を停めておけなかったので、近くの駐車場にいるという。

祐天寺駅に着き、改札を出たところで、彼にメッセージを送った。数分で加瀬くんの車が到着した。ひどく年季の入った紺色のワゴンカーには、工務店の名前がボディにプリントされていた。

関越自動車道を高崎まで約二時間の道のり。運転中の加瀬くんは無口だった。私はというと、最初は室井香穂さんや江辺罪子さんの話から、いつしか身の上話に話題を移し、両親の職業や、四年前に父が亡くなったこと、小学時代に病気を患い、勉強からドロップアウトしてしまったこと、その頃から絵を描くのが唯一の楽しみで、将来は漫画家かイラストレーターになりたいと思っていたこと等々、川越付近で事故渋滞に遭遇し、現地到着が一時間延びてしまったこともあり、随分いろんな話をした。

彼も少しだけ自分の話をしてくれた。

やがて話のネタも尽き、しばしの沈黙が訪れた。彼はポツリとこう言った。

「僕の家も、もう父親はいません」

「あ、そうなんだ。亡くなられたの？」

「ええ」

彼はもうそれ以上話さなかったので、私も敢えてそれ以上は訊かなかった。

現地に到着したのは午《ひる》の十二時四十五分。面会は午後一時の約束だったので遅刻はせずに済んだのだが、ふたりで早めのランチをするつもりだった私の若干邪《よこしま》な計画は敢えなく撃沈したのであった。

加瀬くんは、自分がいては仕事の邪魔だろうからと、私を家の前で降ろすと、

「サウナにでも行って来ます。終わったら連絡して下さい」

そう言い残してその場を去ってしまった。なんとつれない、本当は一緒に来て欲しかったのに。今から訪ねるのは誘拐事件の被害者のお宅なのである。私のような新米ライターには荷が重すぎる。遠ざかる紺色のワゴンカーの後ろ姿を、私は今生の別れのような思いで見つめたものである。

その家は豪華な一軒家で、それなりに裕福な家庭であることは見て取れた。表札には〝立花〟とあった。私は単身、その家の門を潜《くぐ》った。

呼び鈴に応じて出てきた女性こそ、亡くなった少女の母親であった。立花房子、三十八歳。美しい人だったが、長く辛い時間を過ごしてきたせいか、やつれた様子は隠せない。

玄関にまで漂う線香の匂い。

脳裏に『カラス公園』の絵が浮かぶ。房子さんは、私の自己紹介に対する反応も薄く、ただ一

言、「どうぞ」と。誘われて私は中へ。暗い廊下に漏れる僅かな光が線香の煙を捉えている。その一条を辿ると、右手の小さな畳の間に仏壇があり、そこに少女の写真が見えた。私は息を呑まずにはいられなかった。紛れもなく『カラス公園』の絵の中にいた少女、である。

「あの、お線香、上げさせて頂いても……？」

「どうぞ」

房子さんは、仏壇の蠟燭に火を灯してくださった。私は線香を上げ、智子ちゃんの遺影に手を合わせた。

それにしても……。

思わず苦いため息が出た。この少女の死が、ナユタの死神伝説の証明に寄与するなんて、彼女の死に対する冒瀆《ぼうとく》ではないのか。

ふりかえると房子さんの姿がなかった。

「こちらでよろしいですか？」

と房子さんの声。その声を追って私は畳の間を出た。

廊下の突き当たりのリビングに房子さんの姿を見つけた。彼女は私の方を振り返るでもなく、半開きになっていたカーテンを両端まで窓一杯に開け、タッセルを丁寧に巻いている。光を入れたかったのかも知れないが、庭の木々があまりに鬱蒼としていて、部屋の中は依然として薄暗い。リビングは広く、まるでモデルルームのように整っていた。大きなテレビモニターはついておらず、その黒い画面には庭の景色が映っていた。

房子さんはひとまず私をダイニングテーブルに案内した。私は椅子に腰掛け、お茶を淹れてくださる房子さんが落ち着くのを待つ。手持ち無沙汰な私は我知らず傍らのテレビモニターに視線を向けていた。それに気づいた房子さんが、リモコンを持ってきてテーブルの上に置いた。

「どうぞ。何かご覧になる？」

「あ、いえ、大丈夫です」

房子さんが緑茶と和菓子を私の前に置き、ようやく席についてくれたところで、私は企画書を見せ、今回の企画の趣旨を説明した。本人も根津さんにある程度聞いていたのだろう。はいはい、と返ってくる返事に敵意は感じられなかった。

「去年、展覧会の案内を頂きまして。娘の絵を展示するというので観に行きました」

「ああ、そうですか」

「泣いてしまいました」

「そうですよね」

房子さんは不意に涙ぐむ。どんなに気丈にしていても、心の傷はまったく癒えてはいないのだろう。そんな彼女に企画をくどくど説明していても、気の毒である。私は本題に入る。その絵、『カラス公園』が描かれた経緯について、である。

「まずですね、そもそも、ナユタとは何処でお知り合いになったんですか？」

「智子がいなくなった一月《ひとつき》後です。事件のことも書くんですか？」

「いえ、ウチは美術雑誌なのであまり事件とかについて、直接書くことはないと思いますが。むしろナユタがどうやって智子ちゃんの絵を描くことになったのかを知りたいです」

「そうですか。何処から話そうかしら」

そう言って、房子さんは唇を噛んで、少し考えるご様子であったが、先ずは数字を口にした。

「四年前の・・・五月十二日」

と。それは智子ちゃんが誘拐された日の日付であった。

四年前の二〇一五年五月十二日火曜日、立花芳雄、房子夫妻の一人娘、智子ちゃんが夕方から姿が見えなくなった。その日の深夜に警察に連絡し、捜索が始まったが、何の手がかりもないままであった。立花夫妻は娘の顔写真を掲載したビラを携え街頭に立ち、藁にもすがる思いで、配り続けた。

翌月の六月三日水曜日の午後、駅前で単身ビラを配っていた房子さんに、報道を見たという一人の男が声をかけて来た。

「それがナユタさんでした」

「なんと言って来たんですか？」

「自分は犯人を知ってるかも知れない、と」

「え？」

「そして一枚の絵を頂きまして。そこにはある男の顔が描いてありました。その絵は警察に行ったきりになってますけど、コピーがあります」

房子さんは奥の部屋から出してきたその絵を見せてくれた。複写されて画質は悪かったが、写真とも見紛うその絵はナユタ独特の筆致であった。

「この絵のお陰で犯人が特定されまして」

「逮捕のきっかけになったと。でもナユタさんはどうしてその人が犯人だとわかったんでしょう？」

房子さんの返事はなかなか返って来なかった。コピーの絵を眺めながら、当時のことを想い出している様子だった。私は次の言葉をただ待つしかなかった。その絵は見たところ、きっと普段ぞんざいに扱われているのだろう。端の方に折り目があったり千切れていたり。コピーだからいいものの、その絵が本物のナユタの直筆だったら何とも勿体ない、そんなことを不覚にも考えてしまった矢先に、房子さんが言った。

「もどかしいですね。破り捨ててしまいたいけど、ナユタさんが娘のために描いてくれた絵なので、捨てるに捨てられなくて」

考えてみれば、いや、考えるまでもなく、房子さんが見ている絵の人物は娘さんを殺した男なのだ。ああ、私はなんと罪深いことを。絵の方に目が眩《くら》んでしまった。そんな葛藤を頭の中で繰り広げているうち、房子さんは再び口を開き、犯人特定の経緯を語り出した。

「ナユタさんが公園でスケッチをしていたら、怪しげな人物を見かけたというんです。公園で遊んでいる小さな女の子を若い男が観察していたそうです。そのうち、遠くから写真に撮ったり、時々声をかけたり、子供が好きそうなことっていうんですかね、鳩に餌をやって気を引いたり、かわいい犬を連れ歩いたりしていたそうです。公園まではワゴンカーで来ていて、窓に目隠し用のフィルムが貼ってあって中がまるで見えないようになっているような、そんな車だったそうです。ナユタさんは、その時既に娘の事件を知っていたそうで。それで似顔絵を描いて、持ってきて下さったんです。それが犯人逮捕に繋がりました。本当にもう、感謝しかないです」

殺人鬼が公園を徘徊し、幼い子供たちを物色していたとは、なんとも悍《おぞ》ましい。それにしてもナユタがそこにいたのはどういう理由だろう。それについて房子さんはこう語った。

「ナユタさんは智子のことをニュースで知ったそうです。ニュースを見て智子をモチーフに絵を描いてみたいと思ったって言うんです。どうしてそう思ったのかはよくわかりません。いろいろ説明はしてくださったんですが、私があの方の話す話の内容をよく理解できませんでした。私、あんまり頭よくないものですから。ただ、ニュースからアイディアを得て作品にすることが多いと言ってました。そんな作品の写真を何枚か見せてくださいました」

私は図録を取り出して、確認のために房子さんに見て頂いた。房子さんが見たという作品は『サギの森』『セキレイの小路』『カナリアの家』の三作品だった。『カラス公園』と共に、タイトルに鳥の名がついた連作である。どの絵にも小さな鳥の姿がシルエットで描かれているのが特徴でもある。それらの絵は鳥という共通点以外に、ニュースというキイワードを内包しているということだろうか。

だとすれば鳥はニュースの、あるいはメディアの、あるいはＳＮＳの暗喩《あんゆ》であろうか。どこからともなく舞い降りた鳥の視点。空を飛び拡散される情報……。

インタビューが一段落すると、房子さんは私を二階の一室に案内して下さった。綺麗に整頓されて、いつでも帰ってきていいよ、というような佇まいが辛かった。智子ちゃんが使っていたであろう赤いランドセル。音を鳴らしたであろうリコーダー。胸が詰まった。ご主人は地元でパチンコ店の経営をしているそうで、あのジャラジャラピュンピュンと煩《うるさ》い店内を思えば、その収益でその家族が物静かにハイソな暮らしをしているというのも、何か皮肉のようにも思えたが、犯人はそのご主人が経営するパチンコ店の常連でもあったらしい。

「その男の稼ぎを吸い上げ、それで智子の服や靴下を買っていたのかと思うと、なんとも言えない気持ちになります」と語った房子さんの言葉を改めて重く噛み締めている時だった。背後から誰かに見つめられている気がして、私は振り返った。そこには一枚の絵が飾られていた。智子ちゃんの肖像である。

「娘の一周忌に送られて来まして」

作者はナユタに間違いない。だが、どうだろう。それは優しく暖かく、人の心を包み込むような絵であった。見ているうちに私の目から涙が溢れてきた。それを手で拭っていると、房子さんの手が私の肩に触れた。房子さんも涙ぐんでいた。

「私もこの絵を見ると泣いてしまいます」

それから私たちはリビングに戻った。房子さんは、智子ちゃんの生前のお話などを思いつくままに語ってくれた。話が終わる頃には日も暮れかけていた。房子さんは最初と変わらない、やつれた様子ではあったが、そのままあと二十四時間でも話ができるような、底知れぬ力強さすら漲《みなぎ》っていた。それが母の本能というものなのかも知れない。聞いてるこちらがヘトヘトになるくらいだった。小さな拳は常に硬く握りしめられ、ずっと苦痛に耐えているようである。そんな苦痛など、殺された娘に比べたら。そんな風に思っているのかも知れない。そんな母の姿が痛ましかった。

立花家をお暇《いとま》すると、加瀬くんが車の外で待っていてくれた。彼は煙草を吸っていた。

「久しぶりに吸ってみました。パチンコで当ててしまって。吸い慣れてないから、ちょっとクラクラしますね」

彼が煙草の先をアスファルトに擦《こす》りつけて消すと、私は思わず両手を差し出した。加瀬くんは驚いた顔をしながら、「いや、大丈夫です」と、その吸い殻を自分の耳に挟んだ。

「あ、つい」と私。「父がね。煙草吸い終わると、私に渡すの。捨てろって」

「ああ、それで」

「そう、つい反射的に」

「そうですか」

加瀬くんは車の助手席のドアを開けてくれた。座席にレジ袋があって、お菓子やらカートン売りのセブンスターの箱などが覗いていた。

「あ、すいません」

加瀬くんは慌ててその袋を抱え上げた。

「父もこの銘柄でした。セブンスター」

「そうですか。適当に選んだんですけど。凄い偶然。ひとつ持って行きます？　お父さんに」

「いや、父は、もう亡くなって……」

「ええ、だから、仏壇にでも」

そう言って、袋の中からセブンスターをひとつつまみ上げ、私の目の前にかざした。

「あ、ありがとう」

私は両手を差し出し、その供物《くもつ》を頂戴した。景品の袋は後部座席の隅に置かれ、私たちはそれぞれの座席に乗り込む。

私たちは立花家を後にした。道の角を曲がった辺りで、私は彼に言った。

「パチンコなんかしてたの？」

「あまりに時間があり過ぎて」

「このお宅のご主人、パチンコ屋さん経営してるんだって。そのお店だったかも知れないな」

「そのお店に行ったんですよ」

「え？」

「だって、ほら」

加瀬くんが指差す先に大きな看板が見えた。その看板には極太丸ゴシックで大きく『ＴＡＣＨＩＢＡＮＡ』と書かれていた。

「あのパチンコ屋でしたけど。多分そうじゃないですか？」

「ほんとだ」

そのパチンコ屋の前を通り過ぎ、視線を正面に戻すと、そのはずみで自分でも驚くようなため息が出た。

「いやあ凄かった」

私は立花家で起きた出来事と、房子さんから伺った話をおおまかに加瀬くんに語って聞かせた。そのうち感情が昂《たか》ぶって、部屋にあった絵の話をする辺りでは、声が詰まって涙が溢れてしまうのだった。

「なんか私、会う度泣いてない？」

「今、それ思ってました」

「やだな。そんなに泣き虫じゃないんだけど」

高速までの道のり、傍らの川は夕陽を照り返して眩しかった。

「どの辺で誘拐されたんだろう。智子ちゃん」

車はしばらく走って、信号で止まった。すると加瀬くんが言った。

「場所わかりますけど」

その返事までに随分と間があったので、最初何のことだか判らなかった。

「智子ちゃんが攫《さら》われた場所です。行ってみます？」

行かずにはいられなかった。

車窓からずっと見えていた川の名は烏川と言った。この川の中洲に造成された公園が誘拐事件の舞台であった。正式名称は『烏川かわなか緑の広場』という。『カラス公園』とは、この公園のことを指すのだろう。

公園に到着する頃には太陽は西の峰に隠れ、あたりは人影もなくひっそりしていた。

「なんか……不気味なところだね」

「まあ、こんな時間ですしね」

誰も座っていないベンチがあった。ナユタの絵にあったベンチはこれだろうか。私は座ってみた。

「あ、お花買ってくればよかったね」

「そうですね」

「……でもお花買ってたら、もっと真っ暗だったね」

私たちはしばらく無言でこの場所に佇んだ。智子ちゃんのことを考えると胸が痛んだ。誘拐犯のことを考えると背筋が寒くなった。加瀬くんが側にいてくれてよかった。彼が一緒にいてくれなかったら、こんな薄気味悪い場所に立っていることもできなかっただろう。昼間は残暑が厳しかったが、辺りが暗くなるほどに空気は我慢ならないほど冷えてきた。私たちは車に戻った。帰りの夜道は遂に私まで無口であったが、そのムードを察してか、加瀬くんがこんな質問を私に投げた。

「お父さんと最後に交わした言葉って何でした？」

父と交わした最後の言葉。あの日の光景が脳裏に蘇ってくる。

土曜の夜、父が、ボソリと放った一言。

「明日は雨か」

その言葉に、私は返事をしなかった。特段の理由もない。それは父の独り言だと思ったし、普段からそんな言葉に反応する親子でもなかった。だが、それが父と最後に交わしたやり取りとなってしまったのである。その一日前の金曜の夜には、こんなやり取りをした。

「あたしのスマホ知らない？」

そう私が訊ね、

「知らん」

と父は答えた。それだけである。もう少しまともに喋ったのは何時だったろうかと、記憶を辿るほど悔やまれて仕方がなかった。それはきっと母も同じだった。一緒に寝ていればもう少し早くわかっていたのにと母は悔やんだ。朝から晩まで職場で人に囲まれる生活に辟易《へきえき》していた父は、夜ぐらい一人になりたいというポリシーだった。死ぬ時は一人がよかったのか、家族と一緒にいたかったのか、それは本人にしか判らない。いやきっとそんなことを考える暇《いとま》もないまま、父は天国に連れ去られてしまった。

そんな想い出を、彼に話した。

「加瀬くんは？」

と私は聞き返した。

「それが憶えてないんですよ。子供の頃過ぎて。なんだったのかなあってたまに思います」

「そうなんだ」

「ウチ…パン屋で。毎朝起きるのが早くて」

「そういう歌あったよね」

「え？　そうっすか？」

「あったよ。〝あさいちばんはやいのは、パンやのおじさん〟って」

「知らないっすよ」

「何だっけ？〝あさいちばんはやいのは、パンやのおじさん〟その後何だっけ？　…あ！〝あせかいて、あかいかお、しろいこ〜な、こ、ね、る。ヨイコラショ、ヨイコラショ！〟っていう」

加瀬くんは苦笑いだ。

「へー、なんか羨ましい。毎日できたてのおいしいパンが食べれそう」

「神戸で、ちっさなパン屋をやってました」

「神戸！　なんかますます美味しそう！　神戸に住んでたの？」

「ええ。震災に遭って」

「え？　……ああ」

阪神・淡路大震災のことだ。突然のことに私は言葉に詰まった。加瀬くんが話を続けた。

「それで、オヤジと、姉が亡くなったんです。姉は七歳で。僕が四歳の時でした」

「そうなんだ」

暫く沈黙が続いた。不意に加瀬くんが鼻歌を歌い出した。

「〝あさいちばんはやいのは、パンやのおじさん〟……その後何でしたっけ？」

素朴に質問しているのか、皮肉なのか。チラと横顔を見た。高速道路の先に視線を据えながら、加瀬くんは微笑んでいた。

「なんでしたっけ？」

「〝あせかいてあかいかおしろいこなこねるヨイコラショヨイコラショ〟」

私は早口で歌詞を伝えた。加瀬くんは適当なメロディで歌った。

「〝あせかい〜て、あかい〜かお、しろいこな〜こ〜ねる。ヨイコラショ、ヨイコラショ！〟」

「違う」と私は訂正する。「〝あせかいて、あかいかお、しろいこ〜な、こ、ね、る。ヨイコラショ、ヨイコラショ！〟」

続けて加瀬くんが歌う。

「〝あせかいて、あかいかお、しろいこ〜な、こ、ね、る。ヨイコラショ、ヨイコラショ！〟ですか？」

「そうそう。合ってる合ってる」

「……オヤジはこの歌を知ってたのかなあ。パン屋の歌なんて珍しいから、知ってたかもしれませんよね」

「そうかもね」

「……そう世の中うまくいかないもんですよね」

「え？」

「いや……」

加瀬くんはその続きを話さなかった。

阪神・淡路大震災。一九九五年一月十七日。五時四十六分。町がまだ眠っている時間に、彼の父親はきっと早起きをしてパンを作っていたのだろう。そして亡くなった。

私は阪神・淡路大震災を想い出すと、必ず同時に想い出すもうひとつの出来事があった。その二ヶ月後、三月二十日に起きた地下鉄サリン事件である。そう切り出すと、加瀬くんは苦笑した。

「まあ、誰でも想い出すのかな」

「多いでしょうね」

「私の記憶はちょっと変なのよ、あれって一体何だったんだろうって事があって。ある日、私、朝から学校休んで母と病院へ行ったの。月に一度だけ行く病院があって。地下鉄で、日比谷線で築地まで。通勤ラッシュの時間だったから車内は凄く混んでいて、私は母と座席に座っていて、そんな中で私はずっとある女性の乗客の人を見てたの。ずっとその人が気になって仕方がなかった。なんでかっていうと、なんかその人が、他の乗客の人達とは違って、深刻そうというか、何か思い悩んでいるような、なんかその雰囲気が怖くて。その人は片手に赤い傘と、もう片方の手に紙袋を持っていて、そのうち、その紙袋を床の上に置いて、傘の先でその袋をいじって、その中を覗いたり、あたりを見回したりしてた。そのうち私のことに気づいて。私もじっと見てたもんだから。目と目が合って。そしたら、その女の人は、急に目が真っ赤になって、涙がこぼれて、私はもうなんか怖くて、そのことを母に教えたくて、母の手をぎゅっと握って、母はどうしたの、って私の方を見たちょうどその時ドアが開いて、その女の人は電車からホームに飛び出してどっかにいなくなっちゃった。あれは何だったんだろう。ずっと不思議だった。それから何年か経って、私も少し大人になって、中学生になって、あの年の三月に地下鉄でテロ事件があったでしょ。ひょっとしたらあれは同じ日だったんじゃないか。そう思って、母に訊いたり、いろいろ辿ってみたんだけど、あの日だったのかどうかは、ちょっと判らなくて。私の中の仮説では、あの人はテロ事件の実行犯の一人で、でもどうしても実行できずに逃げた人だったんだって、そう思うの。でも実際には、報道によればよ、実行犯やその予備軍に、私が見たような女の人はいなかったし、冷静に考えれば、それって私の妄想なのかなと思うの。よく考えたら、幼かったとはいえ、テレビであの報道は毎日見てた気がするし、なんかその、子供心に、あまりに理解できない、不条理な事件で、訳が分からなくなって、気がついたらそんな女の人を心に想い描いて、勝手に本当にあったことだって思い込んでたのかも知れない。それか、いつか寝てる時に見た夢だったのかも知れない」

「すごい話ですね」

「ごめんね、なんか変な話しちゃった」

「いえ……どっちなんですかね」

「判らない。人に初めてしちゃった。この話」

「誰にも言ったことないんですか？」

「言ってない。お母さんにはした」

「お母さんは？　一緒にいたんですよね」

「でもそんなの知らないって。見てないって。きっと夢だろうって」

「ほんとに誰にもしてないんですか？」

そんな風に言われると自分の記憶が信じられなくなる。

「してない。……うーん。したかな。……してない多分。でもどうしてそんな事訊くの？　なんでそこ拘《こだわ》る？」

「え？　いや、何となく。何とか話題を引っ張ろうかと。道中長いので」

「まあね」

窓の外を見る。

夜空には雲に纏《まと》わり付かれた満月が赤く鈍く輝いていた。不気味な月と雲。そんな幻想的な夜空に、加瀬くんの言葉が重なった。

「たかが妄想、たかが夢、だとしても、なんかその一見、なんていうんすか、この現実の世界に、何一つ影響与えていないかのような、そういう頭の中で起きていることが、案外この世界に実はいろいろ深く関わっていて、時にはこの世界を変えてしまったりすることもあるのかな、って時々思います」

急に難しい話をされて、私は戸惑った。

「え？　どういうこと？」

「そう思いませんか？」

「ごめんなさい。意味がわかんなかった」

「あ、すいません。だから、つまり、妄想とか夢とか、なんかそういう現実の世界に、影響与えない、そういう頭の中で起きていることって、実はこの世界に深く影響を与えてて、この世界を変えてしまったりすることもあるのかな、と」

加瀬くんはわざわざ言い直してくれたが、今ひとつわかったような、判らないような。でもなにか伝えたいイメージは摑めた気がした。

「わかりました？」

「まあつまり、人の頭の中の妄想が時に未来や現実をもクリエイトすると。そんな感じ？」

「まあ、だいたい。説明下手ですいません」

「まあ、確かに。こういうスマホとか、そうだもんね。誰も考えなければ、ここにこうしてないわけで。車もそうだよね」

今思えば、彼の言いたかったこととは、少し違った解釈をしてしまっていたかも知れない。

「……病院っていうのは、何の病気だったんですか？　子供の頃」

「ちょっと心臓に不具合があってね。結構苦労させられた。いろんなことを諦めた。最後には手術して。もう大丈夫」

「まぁでも、まぁそういうことがあってこその人生かも知れません。そういったことがあっての今ですから」

「そうかも知れないね」

「他に選択肢があるわけでもない。誰でもそうなんじゃないですか」

私はその横顔を見る。高速道路の先に視線を据えるその横顔に、私は見惚れる。胸が高鳴る。こんなふうに二人で取材を続けられたらと、そんなことを考えた。きっと毎日が楽しいだろうな。そんなことを考えているうちに、睡魔が押し寄せてきて、私の意識は微睡《まどろみ》と現実《うつつ》の間をたゆたい、そのまま夢の中に引きずり込まれた。

一瞬の夢だった。阪神高速道路がゆっくりと音をたてて崩れてゆく。私と加瀬くんはその上を車で走っていた。ハンドルを切る彼。蛇のようにうねる道路。

はっと目を覚ます。思わず加瀬くんの肩にしがみついた。目の前を見る。

……あ、首都高か。

「大丈夫ですか？」

「……あ」

「叫んでましたよ」

「え？　ほんとに？」

「地震の夢でも見ましたか」

「そ。地震の夢を見た」

「わかりやすい人です」

加瀬くんはそう言って苦笑した。

私はひとつ気がついたことがあった。その事を彼に確かめた。

「ひょっとして、高校時代に描いたあの絵、震災の絵だったの？」

「高校時代の？」

「『遊びをせんとや逝かれけむ』って奴」

「……そうです」

その日の小さな旅は終わりかけていた。

10　献体

　ナユタ特集を任されたとはいえ、毎日そのことばかりやっていられるわけではない。あの頃は他にも先輩方の手伝いで、十月から始まるゴッホ展や、あいちトリエンナーレなどの案件にも関わっていた。偽らずに言えばむしろそっちの仕事の方が愉しかったかも知れない。正直、ナユタに向き合うのはある種の忍耐だったり苦痛だったりを伴う。どこかで目を背けたい自分がいた。

　自分にはトラウマがあった。死に怯えた少女時代。

　……胸の谷間の傷が疼く。

　それでも仕事はせにゃならん。高崎に行った翌週、私は所沢入間病院を訪ね、田中医師と院内のカフェで面会した。『伴侶』に関する追加取材だった。加瀬くんが車を出してくれた。ちょうど仕事が一段落したのだという。今思えば、無理を言って休みを取っていたのかも知れない。しかし、この日も彼は取材にまでは同行しなかった。病院の前で私を降ろすと、パチンコして来ます、と言って、駅前の方へ走り去った。

　カフェで待ち受けていた人物はインターンか医学生のように若い風貌の医師だった。

「住職に伺いました。ナユタの特集記事だそうですね」

「はい。田中先生は彼に富沢洋子さんをご紹介されたということで。ご住職に伺いました。ナユタとはどういうご関係かとか、どういう人物だったとか、そこら辺を伺えたらと思いまして」

「ナユタって絵描きについては、僕は殆ど何も知りませんよ」

「あ、でも、お会いしたことはあるんですよね」

「染井ですよね？　勿論」

「……そめい？　……それはナユタの本名ですか？」

「そうです。あ、そうか。言っちゃいけなかったのかな？」

「一応匿名になってますから。ちょっとびっくりしました」

「そうなんだ」

「ちょっと教えて頂いてもいいですか？　フルネームわかります？　書きませんので」

一瞬答えてくれないのではと緊張した。しかし、田中医師にそんな含みは微塵もなかった。

「〝そめい〟です。〝そめいゆたか〟」

そめいゆたか。ついにナユタの名前を手に入れた。

「どう書きます？」

メモを構える。

「友禅染の染に井戸の井と書いて染井《そめい》、ゆたかは、雄《おす》に高い低いの高、で雄高《ゆたか》です」

メモに書いたその名前を改めて眺める。〝そめいゆたか〟、〝染井雄高〟。私はその横に、〝ナユタ〟と書き、間をイコールで繋いでみた。

「染井は川崎大志会《たいしかい》総合病院という病院で医者をやってました。僕とは大学時代の同級で」

「ナユタはお医者さんだったんですか？　医学生から絵描きに転身したというのは珍しいキャリアですね」

「いや、医者やりながらですよ」

「え？　お医者さんやりながら、絵も描くんですか。すごいですね。何のお医者さんですか？」

「乳腺外科です。まだ研修医でしたけど」

「でも、だったらモデル探しは自分の病院の患者さんでもよかったんじゃないですか？」

「面倒な事はこっちですよ。自分の手は汚さない。そういうところ、ほんとにちゃっかりしてました。お金なんか貸したら絶対に返ってきません。貸ししかないのにそれを借りのようにしてしまう人って言ったらいいのかなあ。頼まれた側が負債を背負わされる感じというか。まあそれでも悪い気がしないから夕チが悪い。しばらく一緒にいると洗脳されてしまう。そんな奴ではありました。住職に相談したら、最初はもう明らかに不快そうな顔をしてましたから、これはトラブルになるなと思いましたね。まあ何事もなくてよかったです。住職も奥さんの絵を描いてもらって喜んでましたしね」

「どうして富沢さんを選んだんですか？」

「染井は終末期医療の患者さんを絵に描きたいんだと言ってました」

「あ、そういう依頼だったんですか」

「サイコパスですよ、あいつ。ほんとに人ぐらい殺しかねない奴なんですよ。作品のモデルもみんな死んでるんでしょ？　何人かはほんとにあいつが殺してるかも知れませんよね」

「いやあ、まさか……」

「人って誰でも悪趣味な部分があるでしょ？　グロいものが好きだったり。ゾンビ映画観たりとか。刑事ドラマなんか殺人事件ばっかりでしょ？　でもそんなもの観ても別に自分も人を殺したいとか、本物を見たいとか思わないですよね。何ていうのかなあ。あいつの場合、境界線がないっていうか。会って話せばすぐにわかったと思いますよ。ああ、この人ヤバいって。すいません。表現力が拙くて」

「いえいえ。最近はお会いになってます？」

「え？」

田中医師の動きが止まった。

「あれ？　ご存知なかった？」

「え？」

「染井は……死んでますけど」

息を呑んだ。

「え？　……死んだって……お亡くなりに？」

「あ？　そこも、ご存知なかった？」

「全然知りませんでした。えー？　でも、どうして？」

「焼死です」

「しょーし……？　え？」

「焼身自殺です。ニュースにもなってますよ」

「え？」

「状況から自分でガソリンを被って火をつけたんだろうという話でしたが、ただ、はっきりしたことはわかりません。遺書がなかったそうなので」

「……動機……とか」

「判らないわけです」

「そうですか……でも、ニュースになってます？　私一度も見たことないですけど。いろいろ調べてるけど」

「正体明かしてませんから。ナユタっていうのは」

ナユタは死んでいる。モデルどころか、本人が死んでいるではないか！　目の前に突きつけられた真実があまりにも想定外だった。何かとんでもない事件に巻き込まれたかのような、そんな息苦しさが押し寄せてきた。確かにネットにも死亡説はあった。しかし、それはあくまで憶測の域を出ない話ばかりであった。医師であることも、焼死したということも、私が調べた限りでは何処にも見かけたことはない。

「もしあれだったら、あいつのご実家でも訪ねてみますか？」

「あ、ありがとうございます」

取材を終えた私は、病院の駐車場で加瀬くんの車を待ちながら、染井雄高の実家に連絡をしてみた。電話に出た女性の声は、裏声気味の、ご高齢の方特有の滑舌であった。記事の概要を説明した。あちらの都合を伺うと、今日でも明日でもいいという。せっかくなら今日じゅうに回りたい。時計を見ると十一時。私は、二時間後にアポを取った。

加瀬くんが戻って来た。パチンコは全然ダメだったという。彼は私の顔を見て心配そうな顔をした。

「大丈夫ですか?」

「え?」

「顔色が少し悪いですよ」

鏡を見るまでもなく、私の顔は青ざめていたに違いない。正直身が竦《すく》む思いだ。

車中、私は染井雄高なる人物の事故について調べてみる。


『川崎の医師、焼身自殺か』(東京神奈川新聞 2018年2月16日)

2月14日、横浜市鶴見区安善町《あんぜんちょう》の立ち入り禁止区域内の工場跡の空き地で男性が全身やけどの状態で発見され、その後、死亡が確認された。男性は川崎市内の病院に勤務する医師・染井雄高さん(28)。遺体にはガソリンが付着した形跡があり、神奈川県警鶴見署は経緯を調べている。14日の明け方、立ち入り禁止区域の方角から炎と煙が立ち昇るのを目撃した近隣住民の通報で警察と消防が出動。駆けつけると、工場跡の空き地では広範囲で枯れ草が焼け、付近に男性が倒れており、搬送先の病院で、約2時間半後に死亡が確認された。同署は現場の状況から男性がガソリンをかぶって火を放った可能性があるとみているが、遺書は見つかっていないという。

これがナユタだというのか？　俄《にわか》には信じられない思いであった。ネットの記事ではナユタの死亡説はいくつか散見できたが、この川崎の医師とのつながりについて言及されたものはなかった。いずれにせよ、この情報はスクープだった。しかし嬉しくも何ともない。自分が追いかけていた画家の死。気がつけば、少しだけ、この画家が好きになっていたのだと実感した。溜息が漏れた。

「ほんとに、大丈夫ですか？　窓開けましょうか？」

そう言って加瀬くんは車の窓を開けてくれた。風が車内に吹き込む。私は、田中医師から聞いた話を加瀬くんに伝え、この記事を読んで聞かせた。

加瀬くんはハンドルを操作しながら、うわあ、うわあ、と声を上げた。

「私が取材したいのは、画家としてのナユタであって、こんな恐ろしい事件ではないんだけど。なんか前に進むほど、奈落へ引きずり込まれるような気がして」

「なんか、業《ごう》の深そうな奴ですね」

加瀬くんの感想はどこか妙に肩透かしで、どこか上の空に見えた。そこは少し不満だったが、本人も運転中だし、仕方がない。こちらも聞いて貰えるだけで、少し気分が落ち着いて来た。

風が心地よく、私の気分も少し癒やされた。思えばそれは加瀬くんの心遣いだった。

「ありがとう」

遅れて伝えた感謝の気持ちに、加瀬くんは戸惑う。

「え？　なんの、ありがとうですか？」

「窓開けてくれて。風が気持ちいい」

不意にあることを思い出した。ナユタの実家にアポを取っていたのを加瀬くんに伝え忘れていた。つまりそれが次の行き先であることを。

*

染井産婦人科は川崎市幸区にあった。古い建物で、看板にも年季が入っていた。ドアに色褪せた張り紙があり、去年閉院したという旨のことが院長名義で書かれていた。院長、染井亮平。染井雄高の父である。

なかなか不気味な佇まいのお宅であった。加瀬くんについて来て欲しくて誘ってはみたが、彼は「ちょっと寄りたいところがある」と言って、またしても私を置き去りにするのだった。

私は建物脇の路地から裏に回り、院長の自宅のブザーを鳴らした。ほっそりした女性がドアを開けた。

「あ、先程お電話差し上げた、さざなみ書房の八千草と申します」

「あら、どうも」

染井雄高の母、真理子夫人である。

夫人の愛想笑いはどこか排他的に感じた。歓迎されていないのかも知れない。気後れしながら、中に入った。夫人は私を応接間に案内した。黒い革張りのソファは硬くて座り心地がすこぶる悪かった。夫人の動作は緩慢で、テーブルに紅茶が用意される様子にも悲壮感があり、どこか悪いのではと疑いたくなる様子だった。突然押しかけて申し訳ない気持ちになった。

壁に何点か油絵が飾られている。中でも、ある女の子の一枚、その絵の愛くるしさに私は心奪われた。野暮ったいセーターを着たおかっぱ頭の少女である。着ているセーターは空気でも入っているかのようにパンパンに膨れ上がっている。少女の表情も、目を丸くして、滑稽である。岸田劉生の麗子像を想い出した。

院長が部屋に入ってきた。予想外に大きな人だ。身長は百八十センチ近くあるのではないだろうか。弊社の雑誌を手にしている。安楽椅子に座るなり、煙草に火をつけた。

「『絵と詩と歌』。美術誌だね、これは」と院長。「何冊か書棚にあった」

「あ、はい」と私。「美術以外にも、音楽や、文学や、その他いろいろなカルチャーを広範囲に取り上げている雑誌で御座いまして」

「美術品が好きなんですよ、この人は」と夫人。

「あの絵、かわいいです」

私は少女の絵を指差した。

「あれね、椿貞雄だ。岸田劉生の弟子だったかな確か。なんか面白いだろ。観ていて飽きないんだよ」

観ていて飽きない。確かにそういう絵であった。

「本物ですか？」

「いや、だったら嬉しいが。あれはレプリカだ。本物だったら勿体なくて部屋には飾らんよ」

「この人、自分の買った絵は倉庫に入れっぱなしで飾ってみようともしないんですよ」

「たまに観るからいいんだよ。どんな絵だって飾りっぱなしじゃ飽きちゃうよ。さてさて、どの辺の話を聞きたいんだね？」

「あ、そうですね」

「言っておくが、倅《せがれ》の死因については話さんよ」

「あ、はい。もちろん。こちらもアート雑誌ですから。そういうお話は却ってこちらも記事にし難いですから」

「私たちもよく判らないんだよ。なあ」

院長に呼びかけられて、真理子夫人は静かに頷きながら、片隅の丸椅子に腰を掛けた。

「だいたい我が息子とはいえ、変わった男で。何を考えているのかさっぱり判らなかったよ。多趣味な男ではあって、無理やり医者の道を選ばせたりしたんだが、性に合ってなかったのかも知れないなあ。さて、何をお話しすればいいですか」

「はい。お話を伺いたいのは、ナユタとしての息子さんについてなんですけど」

「ナユタねぇ。まさか倅にあんな絵の才能があるとはね、思いもしませんでしたよ。おい、確かそこに画集があったろ」

そう言われた真理子夫人は書棚から一冊の本を出してきてテーブルに置いた。院長は画集と呼んだが、それは図録のことであった。ナユタの絵をまとめて見ることのできる書物は、去年の個展で販売された図録しかないのである。同じものが私の鞄にも入っていたが、夫人が本を開いて欲しそうにしていたので、ひとまず手にとり、その期待に応えた。偶然開いたページの絵は『揺《よう》籃《らん》』。既に死んでいるのか、目を閉じて、口を開いた、枯れ木のような老女の寝姿であった。

「この絵のモデルさんはご存知ですか？」

「患者さんじゃないですか」と夫人。

「倅は横浜大の医学部でしたから」と院長。「まあきっと実習で見た患者さんや、あとは医学部は解剖実習がありますからね。ご遺体を解剖してゆくわけですが、そういう場面を絵に描いたりしてたようで」

「あ、『献体』ですね」

私は思わず声を上げた。

「そうです。あれは何枚かあってね」

「個展では四枚が展示されていたみたいですけど」

「そうそう。一枚は私が持ってるよ」

図録の中の『献体』は四枚あった。院長は身を乗り出すと、

「その一番左のやつだな。ウチにありますよ」

そう言うと院長は夫人に視線を送った。夫人はなにか察して部屋を出ていった。その一枚を持って来ようというのだろう。夫人が部屋からいなくなると、院長は声を潜めて、こんなことを言った。

「倅はねえ。どうもウチの血筋じゃないと思うんだよなあ。ここだけの話だが、私は女房を疑っていましてね。今はもうあんなに老いぼれてしまいましたが、若い頃はなかなかべっぴんで。姉さん女房でね。私より一回り年寄りです。そう言われると見えないでしょう？　モテたんですよ。言い寄って来る男がね、結構いたんですよ」

一瞬呑み込めなかったが、院長は自分の息子を奥さんが他所の男との間に作った子だと言っているようだ。

「書かないでくださいよ、そこは」

「いや、もちろんです。そういう特集ではないですから。ご安心を」

真理子夫人が帰ってくる。両手に抱えた五十号キャンバスを床の上に置いた。私の目の前にである。

「おお！」

私は思わず声を上げてしまった。そして見入った。

実物の『献体』である。初めて見た時の嫌悪感が不思議となかった。自分がすっかりナユタの世界に慣れてしまったのかも知れない。そう思うと嬉しいような悲しいような。それにしても、である。

「やっぱり、写真にしか見えませんね」

本物を前にして改めてそのクオリティの高さに圧倒される。

「いやあ、見事だねえ。この人は肝臓が悪かったね」

院長も嬉しそうだった。

「かのレオナルド・ダ・ヴィンチも解剖図をいっぱい描いていたでしょう？　ああいうのをいっぱい描いてれば、絵の勉強にはなりますよ」

「スケッチブックにいっぱいありますよ。解剖の絵が。もう細かすぎて気持ち悪い」

真理子夫人は苦笑すると、キャンバスを壁に立て掛け、丸椅子に腰掛け、その絵を眺めた。

「あの子は学生時代、家を出て横浜のマンションで一人住まいをしておりまして」

「そうなんですか」

「来るな来るなと言われてはいたんですけど、一度、抜き打ちで行ってみたんです。するとも、うその場所の半分はアトリエ状態で。そこで絵を描いてたんですよ。この絵もそこにありました。最初はほんと写真かと思いましたよ。でも他にまだ描きかけの絵があったので、それが絵だとわかったわけです。あまりにも上手なものですからね、そこでよしみのあった画商さんにその絵を見てもらったんです」

「ああ、根津君な」

と院長。不意に根津さんの名前が出て驚いた。なるほど根津さんはその時からの付き合いなのか。

「雄高の部屋、見ますか?」

真理子夫人が言った。

「ああ、それはいい。一枚、未発表作品が飾ってあるんだ」と院長。

「未発表作品! それはお宝ですね!」

私は小躍りした。

真理子夫人に二階まで案内して頂く。染井雄高はこの部屋で高校時代までを過ごした。横浜大学の医学部に入ると同時に大学近くにマンションを借り、実家を離れてしまう。そこから先の彼は盆や正月にも帰って来なかったという。

「大学を卒業してからはもう四、五回しか会ってないんじゃないかしら。だから息子のことを聞かれても、何も知らないの」

部屋は半ば本人の物置と化していて、よく片付いてはいたが、ものすごい蔵書量だった。医学書が多かったが、画集や写真集も目立った。CDのコレクションも半端ではなかった。そんな部屋の壁に掛けられた五十号キャンバスの絵。ナユタの未発表作品だというその絵は確かに、今まで調べた中にはないものだった。

殺風景な空き地がある。遠くにコンビナートが霞《かす》んで見えている。地面に男が倒れている。生きているのか死んでいるのか定かではない。身に纏っているのは学生服か。ボタンが外れて、白い胸板が顕《あらわ》になっている。

その絵を見て私は『1946年 冬』を想い起こした。アンドリュー・ワイエスの初期の作品である。

丘全体を覆う芝も冬枯れした殺風景なその斜面をひとりの男が駆け下りてゆく、その瞬間を捉えた絵。帽子の耳当てと上着の裾がなびき、画面左隅に描かれた何本かの杭と僅かな茂みと、僅かな残雪が、男の来た方向と、これから向かう方向を指し示しているかのようである。男の顔面と宙に浮いた左手は真っ白で、誰もいない枯野を、一瞬亡霊が駆け抜けたかのような、どこか不吉な絵である。この絵が描かれた前の年、ワイエスの父と三歳の甥に不幸があった。父の運転する車が列車と衝突し、二人は帰らぬ人となったのである。そんな悲劇の後に、彼は彼自身を、その心境を絵に込めたそうである。

死の雰囲気を漂わせるあの絵と、このナユタの未発表作にはどこか似た気配があった。ある種の忌まわしさと、美しさ。

「タイトルはなんていうんでしょうか」

「さあ」

「判らないんですか」

「はい」

後にそれは『マージン』というタイトルであることが判明するのだが、この時点では不明であった。

「死んでるんですかね」

「どうなんでしょう。死んでるみたいよね。自画像なんですよ、これ」

「え？　そうなんですか？」

「そうなんですよ」

初めてナユタの顔を見た。こういう顔をしているのか。

「着てるのは学生服ですかね」

「どうですかね。高校の制服はブレザーでしたけど。……中学時代は学生服でしたが」

この時、私は彼の学歴について聞こうと思ったのだが、その絵に圧倒されているうちに忘れてしまった。

「あの、写真撮ってもいいですか？　この絵」

「あ、どうぞ」

私は自分のスマホで何枚か撮影した。

「この絵を雑誌で紹介しても大丈夫ですか？」

「どうぞどうぞ」

私は内心小躍りした。この未発表作品を掲載できたら、記事の価値は上がる。

ついでに部屋の写真も何枚か撮り、夫人の写真も数枚撮影させて頂いた。夫人は、雑誌に自分の顔が載るのかと私に訊ねた。表情のないその顔が僅かばかり緩んだように見えた。

「それはちょっとお約束できないんですけど」

真理子夫人は一瞬、不満そうな顔をしたように見えた。

「アルバムご覧になる？」

そう言って、夫人は書棚の下の方からアルバムを引っ張り出してきた。開いてみると、赤ん坊時代から、中学一年生ぐらいまでの写真が並んでいたが、その後はいきなり成人して冠婚葬祭に参加した時のものが何点かあるだけだった。成人してからの彼は何の変哲もない医者らしい清潔感のある人物だった。

「ここから、ここになるまでが悪かったのよ、あの子。髪の毛も伸ばして染めて、みっともなかったわ」

私は改めて核心部分を真理子夫人に伺った。

「あの、息子さんはどうして亡くなられたんですか？」

「さあ。全然判らないですよ。私たちは普通の人間ですから」

「息子さんは普通の人間とは違ったんですか？」

「なんていうの？　パンク？」

「パンク！」

「パンクって言わない？」

「あー、なんか、どうなんでしょう。ご本人を知らないので」

こう見えて案外ユーモアに富んだ人なのかも知れない。そう思うと、その無表情な顔が微笑んでいるように見えてくるから不思議だ。夫人は机の引き出しを開けて、年賀はがきを一枚つまんで眺めている。

「その頃、仲の良かったお友達」

夫人は私にその年賀はがきを手渡した。オモテ面には送り主の住所氏名が書き添えられていた。須藤命人。

「すどう……下はなんて読むんでしょう？」

「〝みこと〟って言ったかな」

「……〝みこと〟」

ウラを返すと悪そうな少年の写真にマジックで『極り文句　以下同文！』と書いてある。

「年賀状ですかこれ」

「年賀状なのよ」

きっとこの少年がその須藤命人なのだろう。その写真の中の少年。涼しい目をして、不思議な魅力があった。

「亡くなったの。その子。バイクの事故でね」

「……え？」

「ウチの子が後ろに乗っててね。右の橈骨《とうこつ》と左の脛骨《けいこつ》を折って。高校一年の時にね」

夫人は骨の名前をさらりと口にしたが、私はそれがどこの部位なのか判らなかった。それはともかく、高校時代にバイク事故で失った友人。その事がナユタの作風に何かしらの影響を与えたりしたんだろうか。そんなことを、ふと思った。

「差し上げますよ、それ」

「え？　じゃ、ひとまずお預かりします」

「差し上げますよ。今もご兄弟がその住所に住んでたら、何か話が聞けるんじゃない？」

私はそのはがきを有り難く受け取り、鞄の中の図録の間に挟んだ。

＊

染井宅を出ると、私は病院の向かい側のパーキングに加瀬くんの車を見つけた。加瀬くんは運転席で腕組みして眠っていた。窓をノックすると、彼は驚いて目を覚まし、ドアのロックを解除してくれた。

「あ、すいません。寝ちゃってました」

「全然。それよりもう一軒回りたいんだけど」

「どこですか？」

私は、寝ぼけ眼《まなこ》の加瀬くんに年賀はがきを手渡した。

「この住所」

送り主の住所を指した。彼は送り主の名前を読み上げた。

「……すどう……」

「みことって読むんだって」

加瀬くんは裏返して写真を見る。

「イケメンでしょ？」

加瀬くんは黙ってその顔写真を見つめていた。そして目を擦り、大きな欠伸《あくび》をした。

須藤命人さんのお宅は、川崎区桜本という住所の街にあった。なんとお宅はボクシングジムだった。〝桜本ボクシングジム〟という。車中から用事ありげに覗いていると、ジムの前の電柱で電子煙草をくゆらせていた男性と目が合った。髪の毛を半分赤く染めて、腕にタトゥーを彫り込んだ厳《いか》つい男性である。Tシャツの胸の辺りに〝桜本ボクシングジム〟という大きなロゴが見えた。関係者だ。ビビった顔を加瀬くんに向けると、加瀬くんは「一緒に行きましょうか？」と言ってくれた。

車を近くのパーキングに停め、私たちは恐る恐るタトゥーの男性に接近した。男性が振り返ると同時に鼻の穴から白い煙が吹き出た。

「あの……」

「はい？」

男性は眉間に皺を寄せ、怪訝《けげん》な顔でこちらを睨む。私は自社の雑誌を手渡した。

「私、八千草と申します。『絵と詩と歌』という雑誌の編集をしています。今回、ナユタという画家の特集記事を企画しておりまして……」

「はい」

「ナユタはご存知ですか？」

私は鞄から図録を引っ張り出し、その表紙を彼に見せた。

「ナユタ……知らないっスね」

「じゃこれは？」

私は図録のページをめくり、例の年賀はがきを探した。それは『花の街』のページに挟まれていた。バイク事故で亡くなったという須藤命人なる少年のポートレイト。ひと目見て、男性は身を乗り出し、声を上げた。

「うわっ凄い！　これ！　なんすか？　これ？」

「ご存知ですか？」

「命人です。弟です。死んじゃいましたけど」

「伺いました。バイク事故だったそうですね」

「若気の至りですよ。死んじゃ元も子もない」

「染井雄高って知ってます？」

加瀬くんが横から口を挟んだ。

「そめいゆたか？　……ああ、そめい……ああ、ユタね」

その名を聞いた男性の表情が変わった。

「死んだんだってね。ニュース見たよ」

「染井雄高さんが、ナユタという名義で絵を描いてらしたのはご存知ですか？」

と加瀬くんが私の代わりに質問してくれる。

「あ、そうなんですか？　知らないです。もうずっと会ってないです。焼身自殺だったそうですね」

「遺書はなかったようですけど」

と加瀬くん。私もぼんやりしているわけにはいかない。

「それで、あの、先程染井さんのご両親にお会いしてお話を伺ってきたところです。そこでこの年賀状を頂きまして、学生時代に仲の良いお友達だったということをお聞きしたものですから、何か関係者の方に当時のお話など伺えたらなと思いまして。それで伺いました」

「あ、いいけど、どんな話すればいいの？」

「ナユタの青春時代について、あまり情報がないものですから、何か、彼の世界観に影響を与えたような話ですとか、なんでしょうね」

我ながら説明がしどろもどろで焦った。この人に何を訊いたらいいんだろう。そこをちゃんと考えていなかった。加瀬くんが助け船を出してくれた。

「なんか学生時代の思い出話とか、何か覚えてることとかあります？」

「それはまぁ、いろいろね」

そこからは、また私が引き継ぐ。

「はい、なんかそんな話を聞かせて頂けると」

「はい、もちろん」

「ちなみに、あの、お名前は？」

「俺すか？　大和《やまと》です」

「大和さん。そうですか。大和さんは、あれですか？　ご職業は？」

「え、ここっす」

そう言って彼は目の前にあるボクシングジムを指さした。

「あぁ、こちらの。社長さんですか？」

「いや社長は、親父だよ。俺はここのトレーナー。肉のたるんだおばちゃん達にボクササイズ教えてる。近くで焼き肉屋もやっててね、そっちの面倒もあるから、行ったり来たりっすよ」

「あ、なんかお忙しいところすいません。今、大丈夫なんですか？」

「大丈夫っす。全然」

彼は私たちをジムの二階のご自宅に案内してくれた。一階のサンドバッグを殴る音がズシンズシンと二階にまで響いた。狭い居間にはボクシング選手の写真やトロフィーがいくつも飾られていた。反対の壁を見ると、ご先祖の遺影と思しき写真がいくつも飾られている。その中にあの命人少年の写真もあった。

「ウチの親父はバンタム級の元東洋太平洋チャンピオンだったんすよ。世界に二度挑戦して、ダメでした。それで今はこうやってジムやってるわけなんです。ボクシングにしか興味のない人なんですよ。そんな人が母ちゃんと結婚して、四人も子供をもうけたわけですよ。うち三人が男で。俺が大和《やまと》で、次男が武尊《たける》で、一番下が命人《みこと》でした。三人合わせて大和武尊命《やまとたけるのみこと》ですよ。イメージでき上がっちゃってるわけですよ、親父は。もう俺たちを世界チャンピオンにしたいわけですよ。もう毎日シゴキですよ。やらされてるこっちはたまらないっすよ。夢なんか追っかけるったって、才能とかいろいろ必要でしょ？　ある日、俺が武尊と命人を呼び出して、こんなのやめようぜと。

親父の夢なんかに付き合ってられっかと。それで三人で親父を囲んでボコッたわけですよ」

「うわ」

「どうなったと思います？」

「まさか、殺しちゃった？」

「殺さないですよ。殺せない。相手は元東洋太平洋チャンプっすよ。もう瞬殺。俺ら三人揃ってノックダウンですよ。俺らも相当練習してましたからね。あそこまでとは思ってませんでした。完全にナメてました。その後また兄弟会議っすよ。これからどうするかと。結論は見えてましたが。親父に頭下げて、またボクシングやらせてもらうしかないだろうと。まあ、そういう話で纏まりまして。それで三人雁首《がんくび》揃えて謝りに行きましてね。ところがですよ。親父が逆に謝るんですよ。お前らに才能がないのがわかったと。いや、わかってはいたんだが、認めたくなかった。だが、昨日はっきりわかった。お前らにはボクシングの才能がねえ。後はそれぞれ好きに生きろと。こうですよ。いやあ、俺たちどうすりゃいいんですか？　それまでボクシングしかやったことないんですよ？　他になんにもできないっすよ。そもそも自分たちから勝手にやめるって決めたくせに、やめさせられるとなるとパニックですよ。ありゃどういうことなんすかね？　親父に捨てられたのがショックだったんすかね。そっからすよ。荒れましたねぇ。悪いことといっぱいしました。こうなると、上には上がいましてね。俺たちの軍門に降《くだ》れ的な奴らが湧いて来るっすよ。でも俺ら、ボクシングやってましたから、そう簡単には負けないわけです。なんならあっさり勝っちまうわけです。こうなると今度は、あれですよ。お前らすごいなってことになって、いい感じでダチですよ。そのうちどうも俺ら兄弟がリーダーみたいな感じになってゆきましてね」

それから大和さんは須藤三兄弟の犯罪活動歴をあれこれ語ってくれた。例えば、〝原チャリ〟に跨《また》がり、〝ババア狩り〟と称してゲーム感覚で女性の鞄を引ったくったり、或いは夜中に輸入物の衣料や雑貨メーカーの倉庫に侵入し、商品を略奪してはネットで売り捌《さば》くとか、そういう犯罪を繰り返し、遊ぶ金を得ていたという。やがて長男の大和さんはグループを卒業し、最初に就いた職場は自動車修理工場だった。その時点で下の二人もグループから抜けるよう説得したが、悪い遊びの味を覚えた弟たちは、なかなか兄の言うことを聞かなかったという。やがて彼らは自分たちのチームに公式の名前を付けた。

「〝不可思議〟って名前で」

そう言って、彼は部屋の片隅の仏壇を指差した。先程から気にはなっていたのだ。小さな仏像が背負う金屛風に〝不可思議〟と斜めに貼られた黒いステッカー。その一枚で仏壇の威厳は致命的に損なわれていた。それが亡き弟の想い出の品だと知ると、また違って見えてくる。

「名付け親はユタですよ。企画開発担当はみんなユタだった」

「でも、染井さんはお医者のお坊ちゃんなんですよね。そういう世界に馴染めたんですか？」

「いやあ、あいつは全然、医者の倅には見えないっすよ。なんていうか。そこら辺は弟に訊いたほうがいいですね。武尊。ラップやってるんすけど。〝アマラ〟って名前のユニットで。聴きます？」

「あ、はい」

大和さんは、テレビの下のＤＶＤデッキにＣＤを入れた。彼らの作った音楽は、思いがけないほど完成度が高かった。

「どうですか？」

「いや、素敵です」

「いいでしょ？　意外とちゃんとしてて、びっくりするでしょ？」

大和さんは、私にＣＤのケースを差し出した。ジャケットの表紙は曼荼羅《まんだら》というのだろうか。蓮の花のような図柄に仏様が中央に一体、周辺に八体描かれている。

「音楽の場合、やっぱプロデューサーってのは大事でしょ？」と大和さん。

「そうですね」

「そこら辺はユタが全部やってたんすよ。初期の頃は。あいつがいなかったら成立してなかったっすよ」

「武尊さんは、今もやってるんですか？」

大和さんは嬉しそうに頷いた。私はリーフレットを眺めているうちにあることに気づいた。

「このプロデューサーのところ〝ナユタ〟ってありますけど」

そこにはスタッフクレジットが極小文字で印字されていて、プロデューサーという箇所に漢字で〝那由他〟という名前があった。

「え？　どれどれ？」

大和さんは私の手からリーフレットを受け取り、目をしかめて覗き込む。

「……なに？　これ〝なゆた〟って読むの？」

「はい、〝なゆた〟です」

「プロデューサーはユタだから、たぶんユタのことだ」

「この頃からナユタって名前を使ってたんでしょうか」

「どうだろう。普段からユタ、ユタなんて呼ばれてたから、それで〝那由他〟ってしたのかな。〝那〟は名字かな。どうなんだろう。この頃の話は弟の方が詳しいですよ。あ、でも、そのCDの絵がユタですよ」

大和さんは私の手にあるCDケースを指さした。

「え？　これですか？　この曼荼羅みたいな」

「そ、そ。凄いでしょ？」

「凄い凄い」

「これもですよ」

不意に大和さんは着ているTシャツを脱いで背中を向けた。

「うわ、龍ですか？」

「ドラゴンです。西洋の龍です」

見事に緻密な彫り物だ。

「染井さんが彫ったんですか？」

「いやいや、彫師は別にいましたけど。原画をユタが描いてくれました。ちょっと待って下さい」

そう言って彼は足早に別の部屋に行き、すぐに戻って来た。手には筒状に丸めた半紙のような紙を持っていた。それをテーブルの上に広げてみせた。彼の背中にある彫り物と瓜二つのドラゴンの絵である。

「これが原画ですか」

「そうです」

「凄いですね」

これも知られざるナユタ作品ということか。私は写真を撮らせてもらった。大和さんのタトゥーと、その原画と。確かに緻密で凄い絵である。凄いのだが。

私は微妙な違和感を覚えた。何かジャンルが違うのではないだろうか。ナユタの絵と、この時代の絵と。ヤンキー文化の中にあれば、その流儀で絵を描き、医学部の学生になってからは、またその流儀で絵を描いた、ということなのだろうか。

「まあ、でも、ユタらしいのかなあ。一度死にかけたヤツですから、残りはきっと余生だったんでしょう。きっと今頃、命人と一緒に天国ですかね。いや地獄ですかね」

そう言って大和さんは大声で笑った。

＊

取材を終えた私は、加瀬くんの車で家まで送ってもらった。中原街道の道中、私はかなり無口であった。頭の中をちょっと色々整理しないと落ち着かない気分だった。加瀬くんになにか言われても、上の空であったかも知れない。

「いろいろ話聞けてよかったですね」

「……ん」

「収穫はありました？」

「……ん」

「あったみたいですね」

「……ん」

そうこうするうちに家に着いてしまい、気がついたら、ひとり部屋にいて、そこでやっと我に返った。加瀬くんに申し訳ないことをした。まる一日付き合ってくれたのに何のお礼も言わずに別れてしまった。

私は加瀬くんにメッセージを送った。

[今日はありがとう。今日はいろいろあり過ぎて、いろいろ考え込んでしまって]

少しあって、彼から返信が来た。

[収穫あったみたいで。よかったです]

私は彼にこう返した。

[このナユタって画家、凄いのかも知れない。凄い人を取材してるのかも知れない。私たちは今、歴史的瞬間に遭遇してるかも知れないのである!]

本当にそう思っていたかどうかは自分にも判らない。何か彼に申し訳ないという思いがあったのかも知れない。この時点でもこの画家をどう評価していいのか、私の中では定まりきれていなかった。

それを察してかどうかは判らないが、加瀬くんからの返信はなかった。

11　アマラ

川崎の取材から二週間後、大和さんからライヴに誘われた。ＭＣＦＣというＭＣバトルの大会であった。会場は渋谷円山町のライヴハウス。ラッパーが格闘技のように対戦するのがＭＣバトルというものだとこの時初めて知った。ラッパーが交互に相手を罵《のの》り合うのである。会場も敵味方入り乱れて声援を送っている。ＭＣと呼ばれるラッパーは自分が言われたらかなり傷つくような言葉をお互いに遠慮なく臆面もなく投げつけ合う。正直どの辺を楽しめばいいのか初心者の私には判らなかった。今もってよく判らない。何故勝って何故負けたのかも判らない。早口で何を喋ってるのかも判らなかった。この大会の審査員の中に武尊さんがいて、チラシにはアマラＴＡＫＥＲＵと書かれていた。決勝戦の前に三曲ほど持ち歌を披露した。この世界では有名な存在なのだろう。彼がステージに登場すると、観客がどよめきを上げた。

イベントの後、バックステージで大和さんから武尊さんを紹介して頂き、少し話を聞くことが出来た。

「俺もこの道のきっかけを作ってくれたのがユタだったんで、ほんとに感謝してる。死んだって聞いて、ほら、ここに名前を彫った」

　捲りあげた右腕には、精緻なタトゥーが彫られていて、そこにひときわ大きく〝染〟という字があった。武尊さんは左腕も捲りあげた。そちらには〝命〟の文字。

「弟さんですか？」

　私がそう訊くと、武尊さんは頷いた。そして何かまじないのような指さばきで、この二文字に祈りを捧げた。

「馴れ初めというか、最初にお会いしたのはどういう経緯だったんですか？」

「美夜《みや》のことは？」

　武尊さんが大和さんを見た。

「あ、その話はしてない」

「そこ大事だろ」

　そう言って武尊さんは私に向き直る。

「美夜ってウチらの妹だ」

「あいつのことはいいんじゃない？」

　と大和さんが水を差す。

「そこ大事だろ」

　武尊さんは繰り返した。その声色には兄を兄とも思わぬ威圧感があった。

　大和さんはそんな弟に頭が上がらないようだった。有名人である弟に引け目を感じているのか。もともと気の弱いところがあるのか。上背は大和さんの方が随分と大きいのに。不思議な関係である。そんな兄弟たちにとって、美夜という妹は、また独特な存在だったようだ。大和さんが渋々ながらに、その辺りを説明してくれた。

「美夜っていうのが、制御不能な淫乱アバズレで。平気で二股三股かけてくんで、俺たちが、男子連中に手を出すなって言って歩かなきゃいけなかったっつうか。誰も俺らには逆らいたくないし、そもそも美夜に自分から行こうって男子もなかなかいなかったけど、美夜は美夜で制御不能だから。自分が気に入った男子は落とさずにはいれないわけっスよ」

彼女がちょっかいを出した男こそ不運、というわけである。もれなく須藤兄弟の制裁がついてくる。三人には元東洋太平洋チャンピオンの父に仕込まれた拳がある。美夜に手を出せば、その拳が黙ってはいない。

「ちょっとでも噂が立てば相手の男をシメる。そうやって俺たちは秩序を守ってた。いやあ、あの頃の美夜はマジ恐ろしい奴だった。今はもう結婚して子供産んでようやく憑き物が取れたってとこで」

染井も美夜の毒牙にかかった。そこからは武尊さんが語ってくれた。

「ユタは元々、命人の同級生だった。だから命人がユタをシメることになった」

ある日、チーム仲間を観衆に、命人は公開処刑と称して染井に暴行を加えた。染井はいくら命人に殴られても立ち上がった。殴り返したりはしない。ただ、殴られ、地に伏し、そして立ち上がる。立ち上がればまた殴られるが、染井は何度も立ち上がるのだった。武尊が間に入って二人を止めるまで、この抵抗は続いた。

この一件の後、彼らは染井をバディとして認めたという。同級生の命人は染井に相棒のように懐いた。しかしむしろ武尊の方が染井にのめり込んだという。武尊は三兄弟の中でも一番頭がよく、多趣味でもあった。それだけに染井は、彼の環境ではなかなか出会えないタイプの逸材だった。アマラの構想もその時からあったそうだ。

やがて命人と染井はそれぞれ違う高校に進んだが、週末にはツルんで窃盗や強盗まがいの犯行を繰り返していた。大和がいた頃よりもチームのムードは殺伐として、なにか金より暴力を目的にするようになっていったという。そこには染井の影響があったと武尊は語る。命人が最もエスカレートしていた。目はいつも殺気立ち、うっかり喧嘩でもすれば仲間でも殺しかねない雰囲気だったという。武尊ですら、この弟を、やり過ぎだとたしなめることがあったという。

「ユタにはある種の猛毒があった。俺はそれを面白いと思っていたが、弟にはちょっと強すぎる毒だったんだな、きっと。だからあんまり傍に居させない方がいいな、と思い始めた矢先にあの事故だ」

染井を後ろに乗せた命人のバイクは、白バイとのカーチェイスの果てに事故を起こし、命人は帰らぬ人となった。染井は全治三ヶ月の重傷を負った。

「頭が真っ白になった。あの時のことを思い出すと、今だに身震いが止まらねえ。できることなら時間を戻してやり直したいって何度も思った。入院してるユタの見舞いに行った時だったかな。あいつに訊いたんだ。まさかお前、俺の弟を殺してねえよなぁ、つってな。あいつは『俺はバイクの後ろに乗ってただけです』つって。まぁ確かに奴の言う通りだ。白バイに追っかけられて、対向車に激突したのは命人の方だ。俺もなんでそう思ったんだろうな。まぁでも、なんかあいつはそういうありえないことの方があり得るっつうか、ちょっと常識じゃ測れない。だからさぁ、もし仮にあいつが命人を殺してたとしても、あーやっぱり、って感じなのよ」

そこで彼は一瞬、間を置いた。

「あ、そうそう思い出した。なんか、変な童話があってさ、知らないかな。サソリがさ、川を渡りたいんだが、泳げない。ちょうどそこに、一匹のカエルがやってきて、サソリがそのカエルに言うんだ。俺を向こう岸まで運んでくれないか。お前の背中に乗せて向こう岸まで泳いでくれないか。カエルはびっくりして断る。バカ言うな。俺が泳いでる途中で刺すつもりだろう。知らない？　この話？」

「カエルを刺したらサソリも一緒に溺れちゃう。だからそんなことするわけないじゃん、て、サソリが言うんでしたっけ」

「そうそう、その話」

「聞いたことあります」

サソリは言う。刺す訳がない。そんなことをしたら、自分まで溺れてしまうじゃないかと。カエルは安心してサソリを背中に乗せて川を渡る。しかしその途中でサソリはカエルを刺すのである。溺れながらカエルは何故だと問う。サソリは言う。自分はサソリだからだと。

逃れ得ぬ自らの〝個性《さが》〟。そんな話だっただろうか。

武尊さんが言う。

「何か、あの話を思い出すんだ。なんかあのサソリみたいなところがあるんだよ、あいつ。自分が溺れるためにわざと刺すみたいなさ」

「ほんとに刺したんですか？」

「殺したってこと？　どうだろうなぁ」

「こいつの妄想だよ。なにせ白バイに追われて逃げてる最中だぜ。そんなこと考える余裕なんてあるかよ」

と大和さん。

「まあでも、今思えば命人が死んじまったおかげでさ、俺たちみんなの人生が変わったのは間違いない。あの時、俺たちの意識もだいぶ変わった。くだらないことに時間を費やすって事が、なんだか不毛に思えてさ、俺たちは俺たちのやれることをちゃんとやろう的な。そんな意識になれた。そしてこのユニットを始めた。命人が死んだから、今俺がここでこうやってステージに立ってる。命人には感謝しかない。そんで、このユニットを作り上げたのはユタだ。あいつのプロデュース能力がなかったら、やっぱり今の俺たちはねえ。だからユタにも感謝しかねえ」

「染井さんは、その時代から画家を目指していたんでしょうか」

「どうだろうな。何かを目指してるタイプじゃないんだよ。もっとなんていうか刹那的な人間だよ。医者にもなれるし、画家にもなれる。いいご身分っちゃご身分さ。それがしかしあいつの虚無の理由だったのかも知れないとは思う。生きてることそのものが無意味、そんな人生観があいつからは吹き出ていた。だからいずれは俺らと袂を分かつ日が来なきゃならなかったんだと思う。アマラはやっぱ、ちっぽけな人の聴こえない声でも、生きたいって叫びを拾って声にするのが役目だと思ってるから。差別だとか分断だとか。ユタには興味のない世界だった。そのうちあいつはさっさと受験して、医大に入って、そっからは音信不通になっちまった。というわけでユタとの付き合いは高校時代までだ。あいつの引き出しは無限で。アマラはあいつが作った世界さ。あいつは俺たちに絵筆をくれた。後は俺たちが絵を描けばいい」

そう言って武尊さんは腕のタトゥーを撫でた。

「そのタトゥー、それも、染井さんの作品ですか？」

私の問いに、武尊さんは頷いた。

「絵はあの頃から抜群に上手かったね。でも、そう言えば、なんか高校の同級生にもっと凄い奴がいるって言ってたっけな。あいつにはかなわないって」

「高校って……」

「横浜のさ、霞ヶ丘高校っつってよ。知ってる？」

なんと、それは私の母校じゃないか。

だとしたら……。

「染井さんは何年生まれでしたっけ？」

「命人と同じだから八九年か？　いや、誕生日が確か一月だったな。てことは九〇年か」

「私の二つ下ですね」

「あ、そうなの？　そこ関係あるの？」

「あ、いえ」

何かまるで自分が自意識の高い女子のように思われてしまって、恥ずかしくなった。しかし、違うのだ。ナユタをして自分より絵が上手いと言わしめた人物。それは、加瀬くんじゃないだろうか？　加瀬くんしか思い当たらない。仮にそうだとすれば、加瀬くんは、ナユタに何らかの影響を与えたということになりはしないか。もしそうだとしたら。

その加瀬くんに油絵を教えたのは他ならぬこの私である。

ナユタと私をつなぐ縁が存在したのかも知れない。妙な気持ちの高ぶりと同時に、えもいわれぬ肌寒さが忍び寄ってくるような気がした。川の途中でカエルの背中に尾の針を穿《うが》つサソリ。その毒の針。その気配を首筋に感じるような、そんな気がした。

加瀬くんは知ってるだろうか。

ライヴハウスを後にした私は、渋谷駅に向かう道すがら、加瀬くんに電話した。

「染井雄高ってウチの高校にいたんだって。知ってる？」

「いや」

「君と同じ学年」

「知りませんでした」

「ナユタがあの学校にいたって凄くない？　しかも、なんか自分じゃ敵わない絵の上手いやつが同級生にいたって、そう話してたんだって。それってさ、加瀬くんじゃない？」

「え？　わかんないです」

「わかんないよね。そんなこと言われても。でもそうなんじゃないかと思って。なんかちょっと嬉しかった。ただそれだけの電話でした。お仕事中ごめんなさい！　じゃ、またね」

私はそそくさと電話を切った。なにか彼の反応に腑に落ちないものを感じながらも、急ぎ電話をしなければと逸る気持ちが先に立ち、その違和感を置き去りにしてしまった。もう一件の電話は染井真理子夫人であった。

「夜分遅くにすいません。ひとつお尋ねしたいことがありまして。雄高さんの高校はどちらですか？」

「霞ヶ丘高校という所です。県立の。中学は東幸中というところで」

「霞ヶ丘高校は、横浜のですか？」

「そうですよ」

「実は私もなんですよ」

「あらそうですか」

「何年生まれでしたっけ？」

「一九九〇年です。一月二十八日生まれです」

「私が八八年の早生まれなので、二つ下。一年だけ同じ高校に通ってたことになりますけど」

「あらあら、それは偶然ねえ」

「学校ですれ違ってたかも知れません。美術部には入らなかったんですか？」

「美術部？　いや、それは聞いてませんけど」

「私、美術部に在籍してました。こんなに上手だったらウチの部にいてもおかしくなかった気はしますけど。逆に独学でここまで描けるようになったんだとしたら凄すぎます」

「小学時代には絵を習ってました。絵画教室で。子供なりには上手だったかも知れないけど」

「中学時代は？」

「一年までは通ってましたね。二年からはもう受験勉強もあったし」

夭折《ようせつ》した鬼才も母親から聞く話の中では普通の人の子であった。

「すると、その絵画教室の先生が、子供時代の雄高さんにとっての最初の絵の師匠であり、唯一の師匠っていうことになりますね」

「まあ、そう言われれば、そうですね」

「その方の連絡先はご存知ですか？」

「はい。ただ、小樽ですよ？」

「小樽？　北海道の小樽ですか？」

「そうなんです」

「けっこう遠いですね」

「その頃、私ども小樽に住んでおりましてね。雄高が生まれたのも小樽なんですよ」

「そうだったんですか」

「取材されます？」

「はい、できれば」

「じゃあ、後で調べてメールするわね」

「有難うございます」

この師匠から当時のナユタの才能の片鱗でも聞ければ有り難い。それから少し真理子夫人とお喋りをした。

ナユタの父、つまりあの染井産婦人科の院長だが、彼はあの川崎の住まいで生まれ育ったが、本人曰く、川崎の水がどうも合わなくて、という理由から、大学は北海道大医学部を選んだ。そのキャンパスで文学部の助手であった麻井真理子と出会う。後の真理子夫人である。彼女の生まれはなんと川崎の隣の鶴見であった。しかし夫人曰く、やはり〝鶴見の水が合わなかった〟そうで、そんな二人が札幌で出会い、すっかり意気投合したのだという。

院長は卒業後、小樽の市立総合病院に勤務し、麻井真理子と結婚し、そしてナユタこと、染井雄高が誕生した。そのまま北海道に骨を埋めるつもりであったが、その父である先代が脳梗塞で倒れ、母に強く求められたこともあり、やむなく川崎の病院を引き継いだそうである。院長もさることながら、夫人が北海道を愛してやまなかったこともあり、かの地を離れるのは辛かったと、そんな想いを夫人は切々と語ってくれた。

そんなわけで、夫人にとって、北海道の想い出は今も忘れ難く、時折一人旅と洒落込んでは、かの地に赴き、旧友たちと過ごすひと時が格別なものだと言う。想い出モードにスイッチが入った夫人は、頼んでもいないのにいろんな写真を次々メールで送ってくれた。まだ若かりし頃の夫人は、地元の主婦たちを自宅に招いてオーガニック料理の教室を開いていたという。

そんな夫人の想い出話はともかく、ナユタはどういう子供時代を過ごしていたのだろう。そこは興味を唆《そそ》られる部分だ。

「川崎に移られたのは、雄高さんがおいくつの時でした？」

「息子はちょうど、中学三年で。受験もあって。本人も大変だったと思いますよ。でもそういう時に、文句ひとつ言わないの。あ、そ……って。ただそれだけ」

「中学時代の彼はどんな感じでした？」

「まあ、真面目でね。おとなしくて、それから……ごめんなさい。正直あんまり印象にないの。我が子なのに変でしょ？　なんか毎日楽しくて、息子のことを少し放ったらかしにしてたかも知れないわね、でもあの子も構われるのが好きじゃなかったからね」

友達のように仲がいい親子もいるが、染井家はそうではなかったようだ。そこには少し親近感を感じた。ウチの場合も似たような距離感だ。

ともあれ、ナユタ誕生の聖地が北海道であることが判明した。

ナユタ作品の中で唯一北海道にゆかりの作品がある。『花の街』である。札幌のバス事故で死んだ女性三人を描いた三枚から成る連作だ。出生の地と、かの作品と、何かしらの因果関係はあるのだろうか。やはりここは一度、北海道には行ってみる必要がありそうだ。そう考えると、俄然旅行気分が湧いて来て、加瀬くんと一緒に行けたらと、邪な妄想だけは我ながら呆れるほど膨らむのであった。

＊

渋谷のライヴハウスに行った翌日の午後、私は根津さんの卵画廊を訪ね、ここまでの取材の報告をした。何をどこまで書いていいのか、自由にしていいと言われてはいたが、第三者も関わる話でもあるから、情報共有だけはしておきたかった。

「話長くなりますよね？　だったらちょっと出ますか」

そう言って、根津さんは私を近くの古い渋いカフェに連れて行く。席につくなり私は開口一番こう言った。

「ナユタさん、死んでました」

「染井くんですよね」

「はい」

「そうなんですよ。亡くなっちゃったんですよ。残念です」

あっさりしたものだった。いきなりそう切り返されるとは思わなかった。おまけに、続けて、こうである。

「・・・何、注文されます？」

仮にもナユタの死について話している最中である。それはないだろうと思ってるうちに、根津さんは店員まで呼んでしまった。

「決まりました？」

「え？　あ、じゃあ、コーヒーで」

「色々種類ありますけど」

「じゃあ、スペシャルブレンドってやつで」

「僕は、何にしようかなあ。ブルーマウンテンかなあ」

根津さんは飄々《ひょうひょう》とこちらの気勢を削いでゆく。これは彼の戦術なのだと思った。ならばこちらもそのペースに巻き込まれたくはなかった。

「でも、ナユタが死んでるって、その情報って何処にも出てませんよね？　それって記事にしちゃっていいんですか？」

店員さんが注文を取りに来る。

「あ、スペシャルブレンドと、僕は・・・えっと、このオーガニックのマイルドブレンドで」

「あ、あたしもオーガニックで」

「じゃあ、オーガニック二つで」

店員さんが注文を確認して去ってゆくのを待つ。

「……なんでしたっけ？」と根津さん。

「……なんでしたっけ」と私。

「ああ、書いていいかどうかでしたね」

「ああ、そうでした」

「それは僕にお伺い立てなくていいですよ。それは好きにしてください」

「書いちゃっていいんですか？」

「どうぞご自由に。あなたが調べたことなんですから」

「わかりました。書きます！」

少し意地になった。根津さんは苦笑する。

「どう書くんですか？　正体不明の画家ですけど。その素性を全部暴くんですか？　ナユタの正体は染井雄高、川崎のとある病院勤務の医師であったが、昨年、二月十四日に焼身自殺。そんな話から始めます？　今回の特集」

私は急に怒りがこみ上げてきた。

「何がしたいんですか？」

「は？」

「なんか……なんて言うんだろう。遊んでません？」

「僕ですか？　いやいや」

「普通だったら、もっとちゃんと情報を出すと思うんですよ。死んでるなら死んでるって最初にちゃんと言ってくださいよ。なんかまるで私を迷路に追い込んで、道に迷ってるところを愉しんでるみたいです」

「そんなことないですよ。ただ、取材は慎重にお願いしたい、というのはあります」

「どういうことですか？」

「わかりやすく言うとですね……言っていいですか？」

「どうぞ」

「わかった気になっていい加減なことは書くな、ということです」

私は絶句した。その言葉を言い終えた根津さんからは殺気すら感じた。

「ですから、しっかり取材なさってください。その後でもよくないですか？　何を書いたらいいとか、やめとこうっていうのは」

「……まあ、そうですけど。もちろん。けど、八ページですから。言っても。そんなに調べても書くスペースがありませんし」

「勘弁してくださいよ。子供の作文じゃないんですから、八ページ書いたら終わりなんですか？八ページに凝縮させて下さいよ。うんと。せっかくのナユタですよ？」

「ですから、八ページもないんですよ。なによりまず絵を紹介しないといけませんし」

根津さんは見るからに不満げである。

「いや、わかりますよ。勿論めいっぱい取材しますし。私ごときがやれることと言ったら、精一杯やるくらいしかありませんから」

「『悪霊』って読んだことないですか？」

「あくりょう？」

「ドストエフスキーです。ドストエフスキーの『悪霊』」

「ないです」

「その小説にスタヴローギンっていう若者が出てくるんですけど、突然誰かの鼻をつまんで引きずり回したり、人の女房にキスしたり。十九世紀のロシアです。決闘がまだあった時代です。お互いに離れて拳銃で撃つ。そんな時も、少しも怯《ひる》まない。死ぬのが怖くない、そんな男です。こいつが物語の主人公なんですけど、もう一人大事な人物が登場します。ヴェルホーヴェンスキーって言うんですけど。こいつは革命家で。革命を起こそうと企んでいます。そこでスタヴローギンというカリスマをプロデュースして、革命のシンボルにしようとするんですね。まあ、上手くゆかないんですけど。『悪霊』っていうのは、なんともちょっとイビツな物語で。スタヴローギンという主人公の人となりについては相当なページ数を割いている。当時掲載差し止めになった部分があるんですが、そこはもうスタヴローギンの独壇場です。しかし、これに物語があるとすれば、革命家たちによる内ゲバ殺人事件でしょう。ところがスタヴローギンはここには参加しない。物語の最大のイベントは脇役たる者たちがやってのけてしまう。その大ボスがヴェルホーヴェンスキーです。ところがこの登場人物に対してドストエフスキーは冷たい。プロフィールに全然ページ数を割かない。だからなんかよく判らない奴になっちゃってるんですよ。こいつの親父の方がよっぽどしゃしゃり出てきます。何しろ物語はこの親父から始まるくらいで。冒頭、延々と親父の生活ぶりや、思想や哲学が描かれ、主人公スタヴローギンにバトンタッチするまでも長いんですが、倅のヴェルホーヴェンスキーはこの親父と土地の所有権を巡ってなんかこじれてるとか、そんな奴として登場して、最初は脇役かと思って読み飛ばしたくらいです。子供時代から親父に愛されていない少年だったようですが、そういった部分も本人の内面にクローズアップしては描かれない。子供時代、親父に郵便でどこかに送られたとか、そんな嘘みたいな話が出てくるだけです。でも、面白い設定でしょ？　自分の子供を郵便で送ったっていうんですよ。もっとしっかり描いてもいいじゃないですか。でもドストエフスキーは冷淡にも彼については描かないんです。だから逆に勘ぐっちゃうんですよ。実はドストエフスキーはヴェルホーヴェンスキーをもっとちゃんと描きたかったんじゃないかと」

私はまるで話についてゆけなかった。この人は一体何の話をしているんだろう。

「いや、僕は思うんですよ。この二人は一人でよかったんじゃないかと。いや、二人で一人だったんじゃないかと。ドストエフスキーはそれをやりたかったんじゃないかと」

「ちょっとよくわかりませんけど」

「そうですか。僕のたとえ話は通じないってよく言われます」

「だと思います」

「ひどいなあ」

「ひとつだけ伺ってもいいですか？　ナユタとは最初に何処で知り合ったんですか？　それは根津さんにしか答えられない質問ですよね。そのくらいは答えて下さい」

根津さんは、なるほど、という顔をした。

「僕のクライアントに産婦人科の医者がいましてね。老舗の病院の二代目です」

「川崎の染井産婦人科ですね」

「そうです、そうです。そこの院長です。ある日、この方が僕に絵を見せてくれました。全部で四枚ありまして。先生のご自宅でした。息子が描いたんだが、凄いだろうと。ご自慢げでした」

「『献体』ですね。そこも取材で伺いました」

「いや、しかし、確かに素晴らしい絵なんですよ！　そこも聞きました？　『献体』を見た僕の感想」

「いえ、そこまでは」

「素晴らしい絵でした。素晴らしい絵というのは、もう、ひと目見ればわかります。なんていうのかな、死体なのに生きているみたいでした。これは素晴らしいと。いずれ何処かでお披露目したいものですなあ、なんて話もした気がします。それからしばらくして、息子さんから直接連絡がありまして。あの絵を世に出せないかという相談でした。作者名は〝ナユタ〟で行きたいと。ま、こんな話でした」

「そこから先は、ずっとナユタさんとご一緒にお仕事されてたんですか？　彼が亡くなるまで」

「まあ、そうですね」

「だから、もういろいろ知ってるわけですよね。私がこれからどんなことを調べて、どんな情報を摑んでゆくか、とか」

「どうでしょう。勿論知ってることもあれば、知らないこともありますよ」

「どこまでも尻尾は出さないって構えですね」

「ま、正直に言いましょう。僕にも知りたいことはあるんですよ。僕にも突き止め切れていない部分がたくさんある。そこはあなたに期待しているところでもある。あなただから見つけられる真相が必ずあると信じています。だから取材頑張って下さい」

　そうやって激励なんかされてしまうと、悪い気はしない。単純な自分が悔しい。

「次はどの辺りを？」と根津さん。

「北海道に行ってみようかと」

「いよいよ『花の街』に挑みますか。楽しみです」

「頑張ります」

「ドストエフスキーの『悪霊』。その中において、スタヴローギンの最期は悲劇です。ヴェルホーヴェンスキーの末路は喜劇です。私はそんな茶番劇を見たくない。本当に見たくないんですよ。スタヴローギンは苦しがってる。君は彼を救ってあげなきゃ」

　根津さんは何か感慨深げにそう言うのだが、何が言いたいのか見当もつかない。その〝彼〟とやらはもう既に死んでいるわけだから。

＊

　その週末、ウィリアム・ウィロウズの尾藤さんからメールが届いた。彼からのメールは退職後、ずっと無視し続けていたが、このメールだけは開いてしまった。件名に〝訃報〟とあったからである。

　高梨さんが亡くなったという。

二日続けて出社しない彼女を心配した営業の津村さんがマンションの管理人に連絡した。管理人が開錠して部屋に入ると、彼女はベッドの上で横向きでクマのぬいぐるみを抱いたまま冷たくなっていたそうである。

通夜に参列した。新百合ヶ丘の斎場だった。久しぶりに会うW・Wの社員たちは、皆まるでイベントの下見にでも来たような、緊張感のない雰囲気を作っていて、沈痛な面持ちの遺族とのギャップが激しかった。浜崎さんとは三月、我が家に来てくれて以来だった。黒のミニスカートの短さがどうも不謹慎にも見えたが、本人がしたい自己表現を周りがとやかく言うのはおかしいと思える私はだいぶ美術界に馴染んで来たのかも知れない。

通夜が始まる前から彼女はずっと私の後を尾いて回った。通夜が始まり、私たちは焼香の列に並んだ。焼香を終え、ロビーに出ると、そこで通夜振る舞いの会場の案内が配られていた。さすがに顔を出す気にはなれず、すぐにでも斎場を後にしたかったのだが、浜崎さんがなかなか離れてくれない。そして二人きりになると、スパイのみが知る、他の社員には言えない裏話をヒソヒソと耳許で囁くのだった。

「遺族の人たちは過労死じゃないかって。裁判は避けられない模様です」

そんな話を楽しそうにする浜崎さんだったが、近くに人が来ると、不意にすました顔で押し黙る。尾藤さんが私たちを見つけて近寄ってくる。気まずい。一瞬緊張が走る。尾藤さんは私の顔を見てこう言った。

「なんか美術雑誌の編集やってるって聞いたけど」

「はい」

「楽しそうだな」

「え？　そんな楽しいかどうかはわかりませんけど」

「でも、なんか目がキラキラしてるぞ。ウチにいる頃よりな」

「そうですか？」

そう言われたら嫌な気持ちはしない。

「ちょっと痩せたか？」

「それはセクハラです」

言ってからしまったと思った。彼はセクハラ問題できっと肩身の狭い思いをした筈であった。

「ははっ、そっか。厄介な時代になったもんだ。はっはっは」

彼は笑っていた。どういう心理か測り兼ねた。尾藤さんが去ると、再び浜崎さんのウィスパートークが始まる。

「尾藤さん、十八日の夜に彼女のマンションに行って、十九日の深夜一時頃に自宅に帰ってるんです。でもそのことは黙ってる。最初はあの人が殺したんじゃないかと疑いました。でも検死の結果は、なんか吐いたものを気道に詰まらせちゃって窒息死だったそうですよ」

「尾藤さんはぬいぐるみを抱いたまま亡くなったって言ってたけど」

「助けを求めたら、それがぬいぐるみだったんじゃないですか？　超怖いッ！」

帰りは小田急線だ。家に帰るつもりが、浜崎さんにせがまれて下北沢に立ち寄り、夕食を共にした。通夜の帰りでもあったし、精進料理でも頂こうかという話になったが、いいお店が空《す》いておらず、浜崎さんがぐるなびでヴィーガンレストランを探し出し、そこに落ち着いた。カリフォルニア産のヴィーガンワインを酌み交わし、故人の冥福を祈った。

「大丈夫ですか？　まだ恨みがあるんじゃないですか？」

浜崎さんに改めてそう問われて、ハッとする。恨みだろうか。恨みとは違うが、わだかまりは残っていた。亡くなっても尚、高梨さんのことを許し切れない自分が情けない気もした。

店を出ると、浜崎さんは渋谷で飲み直そうと元気一杯だったが、ちょっと用があると言って駅で別れた。せっかく下北沢に立ち寄ったのである。加瀬くんは空いてるかな。メッセージを入れてみる。なかなか返信が来ない。夜の九時。一番街をぶらりと歩いてみる。谷地《やじ》さんがピアノを弾くバーが近くにあったことを思い出して、訪ねてみる。ちょうどその谷地さんがピアノを演奏していた。演奏しながら、私に気づいて軽く手を挙げる。ここに来たのは三度目か。編集長の気まぐれに付き合わされた。自分の意思で訪ねるのは初めてだ。私はカウンターに座り、ハイボールを注文する。谷地さんの、そのキャラとそぐわない繊細な心地よい音色。私の中のもやもやした想い。一曲弾き終えると、谷地さんは私の許にやって来た。

「どうしたの？」

「え？　ちょうどこの前を通りかかったもんだから」

「あ、そう。どなたかご不幸？」

そういえば、そういう格好をしていた。

「なんかリクエストあります？」

と谷地さん。

「え？　わかんない。なんか適当に。なんか喪服姿でひとり飲みする女風の奴」

谷地さんは苦笑しながら、ピアノに戻り、なにかそれらしいムーディーな一曲を奏でてくれたが、誰の何という曲なのか、それは定かではない。

家に帰ってスマホを見ると、田中医師からメールが届いていた。そこには数枚の写真が添付されていた。その中の一枚。ベッドの上に座る女性と、若い医師。女性は笑顔である。若い医師は僅かに苦笑している風だが、その人物は紛れもなく染井雄高だった。

八千草花音様

先日はわざわざお越し頂き、有難うございました。僕自身も普段あまり彼のことを思い出さなくなっていたので、貴重な機会を得た気がします。帰宅して改めて、彼の絵を眺めました。そこでいろいろ思い出したことがあったので、参考までにお知らせ致します。添付した一枚目の写真の女性ですが、ひょっとすると彼女は『蝶』のモデルではないでしょうか。香川桐子というお名前で、交通事故で亡くなった方です。僕と染井が夜間の救急に入っていた時に運ばれて来た女性です。一命は取りとめたものの、一週間後に容態が急変し、亡くなりました。ノリの軽い子で、染井に恋しちゃいましてね。僅か一週間の短い恋でした。退院したらデートしてと、染井に迫っているのを目撃したことがあります。痛み止めの点滴をずっとしてましたし、どこまで意識がしっかりしていたのかはわかりません。痛みが酷くて、染井をネタにその辛さを紛らわせていたのかも知れません。でもこの写真を見る限り、元気そうです。そんなひと時もあったんだなあと。

『蝶』のモデルとして考えると、面影もそっくりですけど、怪我の場所が一致しています。

もう一枚の写真、女性のスケッチですが、ナユタの絵です。あまりに上手だったので写真に撮らせて貰った一枚です。描きかけですが、これも患者さんの肖像画です。浜田沙也加という患者さんで、末期の膵臓がん患者でした。

この浜田沙也加さん、『母』のモデルではないでしょうか？

三十代半ばだったかと思いますが、十代にしか見えないあどけない顔の女性でした。母子家庭で。息子が二人。当時、上も下もまだ小学生でした。僕個人としては、この世の残酷さを思い知った忘れ難い女性です。亡くなった時は本気で泣きました。彼が彼女をどう思っていたのかはわかりませんけど、絵にするくらいですから、きっと何か心に響くものがあったのかも知れません。

二人共、大学六年の時、僕らがポリクリという臨床実習の時に出会った人たちです。

染井はイカレた奴でしたが、医師としては非常に優秀な男で、僕は絵描きとしてより、医師としての彼が失われたことに無念を感じます。しかし画家としての彼のひとりのファンでもありますので、素敵な特集記事になるよう祈っております。

田中　和弘

香川桐子という女性の写真と、浜田沙也加という女性のスケッチ、その両方を見比べながら、ナユタはなぜ、こうした対象に拘っていたのか。死の瀬戸際ばかりをモチーフにしていたのか。そんなことに思いを巡らせていると、何か自分の生命まで奪われそうな、そんな気がして、怖くなる。

田中医師のメールの最後の一文。

［素敵な特集記事になるよう祈っております］

果たしてそんな〝素敵〟と呼べるような記事が書けるだろうか。

（いや、〝素敵〟な記事にだけはならないですよ、田中さん）

私は心の中で思い、苦笑する。

12　花の街

『花の街』シリーズは、ナユタ作品の中では最新の作である。

二十号キャンバスに描かれた三枚の女性像。私は図録をスキャンして、そのサイズにコピーし、部屋の壁に並べて貼ってみた。三人のモデルは明らかに歓楽街の女達である。その三人は既にこの世にはいない。ナユタの展覧会の十日前に起きたバス事故で亡くなったのだという。偶然なのか、そうでないのか、そこがナユタの〝死神伝説〟における最大のミステリーである。この作品こそナユタの〝死神伝説〟そのものと言ってもいいかも知れない。その謎に挑む。そう思うと、こんな私でも武者震いがする。

私は、意気揚々と北海道出張計画を立てた。札幌で『花の街』を調べ、小樽で染井の恩師に話を聞く。編集長に掛け合うと、バーターで北海道関連の取材を背負わされた。

加瀬くんを誘ったが、こんな返信が戻って来た。

［すいません。新しい仕事が入ってしまいまして。残念ながら今回は行けません。札幌行きたかったなあ。取材頑張ってくださいい！］

うう……撃沈。
どっと押し寄せた脱力感に抗いながら、ひとり旅支度をしていると、浜崎さんから突然こんなメッセージが届いた。
［WWやめちゃいました！ｗｗ］
Wに挟まれた妙ちくりんなメッセージに思わず笑ってしまった。文末の二つの小文字のｗは言うまでもなく笑いの記号だが、文頭のWの大文字二文字は私も辞めた広告代理店ウィリアム・ウィロウズのことである。
［えー？　どうしたの？］
［任務完了したので。スパイの］
［わー、お疲れさん！］
［先輩、今週空いてません？　おつかれさん会やってください！］
［ごめん。今週は北海道に出張］
［えー、いいなー、ついて行ってもいいですか？　北海道でおつかれさん会やってください！カバン持ちでもなんでもやりますよ～］
そんなノリの軽い浜崎さんの提案に私はうっかり乗ってしまった。加瀬くんにも断られたし、ひとりでナユタの調査は気が重いなあと思っていた矢先だった。本人、旅費は自分でもつと言うので、お言葉に甘えることにした。
私は朝九時台の羽田発の便を予約した。浜崎さんは一足先に、前日の夕方の便で入るという知らせがあり、そのメッセージは、［一夜限りの傷心旅行を楽しみます！］という意味不明な一行で締めくくられていた。

午前十一時、新千歳空港着。快速エアポートで札幌駅まで行くと、予約していた駅前のビジネスホテルへ。チェックインにはまだ早く、フロントにスーツケースだけ預けていると、エレベーターから浜崎さんが出て来るのが見えた。彼女は私に気がつくと、「せんぱーい！」と叫びながら、駆け寄り、思い切り抱きついてきた。

「寂しかったです！　札幌のおひとりさまは寂し過ぎました！　札幌ラーメン食べに行って、すぐに寝ちゃいました！」

「あらら、ひとりでラーメン食べたの」

「そうですよ。だってひとりですもん。さて、どうします？　まずは腹ごしらえですかね。ちょうどお昼時だし。スープカレー発祥のお店が近くにありますけど」

スープカレーは札幌の名物だが、発祥の店があるなら行ってみたい。浜崎さんは、スマホのナビを頼りに店を探し、私はただ、その後をついて行くのみであった。しばらく歩くと、浜崎さんが言った。

「地図だと近いように見えるんですけど、ちょっとありますね。どうします？　タクシー拾います？」

「まあ、でも、せっかくだし、札幌見物がてら歩こうか」

「カレーですしね。多少汗かいてから食べる方が美味しいですよね」

この判断が正しかったのかどうか。結局一時間以上歩くことになった。

「いい運動ですよ、先輩！」

と、元気な浜崎さん。

その店、アジャンタ総本家は、中に入る前からカレーの香りが漂っていた。ランチタイムではあったが、運良く窓際の席が空いていた。

「先輩、あたしを連れてきて正解！」

そう言って彼女は窓の外を指さした。店の外にちょっとした行列が出来ていた。

「ラッキーでしょ？」

「あ、ほんとだ」

「あたし、もってますから。魔法少女なもんで」

「だったら嬉しぃ」

「ご奉仕しますよ、旦那様」

浜崎さんのキャラ設定にはいささかついて行けないところがあったが、旅は道連れ。一人よりは心強い。浜崎さんは、〝とりなすかりぃ〟というやつを、私は〝とり野菜かりぃ〟を注文した。

強烈なスパイスに汗が出た。

「いろんな香辛料が入ってる。参鶏湯《サムゲタン》のカレー版だねこれ」

「実際薬膳スープをアレンジしたのが始まりみたいですよ」

私は浜崎さんにナユタと『花の街』という絵について概要を説明する。浜崎さんは相槌を打ちながら、タブレットでナユタやバス事故の記事を検索する。

「あ、これか。『二日午後一時二十分頃、北海道札幌市南区真駒内の国道453号線で観光バスと大型トラックが正面衝突し、バスが横転しました』と。警察によりますとぉ、観光バスの運転手重体と。女性三人が死亡と。札幌南署は、死亡した女性三人の身元確認を急ぐとともに事故原因を調べている、と。身元確認は出来たんですかね？」

「調べてはみたけど、彼女たちの身元について書いてる記事がないの。あるコラムには、彼女たちはどこを探しても実名も顔写真も公開されていないって書いてあったけど、ネットの中で被害者探しをする人たちもいて、バス事故で亡くなったのは彼女では？　って写真もあって」

「ありますねぇ、写真。キャバ嬢ですかね？」

浜崎さんはタブレットを見ながらそう答える。

「三人ともススキノで働いていたみたいですね。こういう写真アップしたのはお客ですかね？しちゃっていいんですかね」

「ひどいよね」

「プライバシーも何もあったもんじゃないですよね」

「そんなわけで、彼女たちを探してみようかと思って。ススキノで働いてたとしたら、知ってる人がいると思うの」

「なるほどです。了解です」

浜崎さんは、とぼけた顔で敬礼をしてみせた。

「じゃ、ひとまず、ススキノキャバクラツアーですね」

「お店はまだ時間が早いでしょ。まずはこの『花の街』が描かれた場所を実際に見てみようと思うの。その後にちょっと美術館に立ち寄りたいの。別件で札幌芸術の森美術館の取材。他にもいろいろ仕事がありまして」

そんな言い訳をしながら私が手帳をめくっていると、不意に浜崎さんが大きな声を上げた。

「先輩！　それ！　私があげたヤツですね！」

そう言われて私は自分の手帳を見た。それは確かに浜崎さんから頂いた、ウィリアム・ウィロウズの手帳なのであった。

「ああ、そうそう。なんかね。せっかくだから使わせて頂いてます」

「なんか嬉しいです！　めっちゃ使い込んでますね」

彼女の言う通り、その手帳はこの半年の間に相当使い込まれていた。なぜ、この手帳を使うことにしたのだろう。正直自分でもよく判らなかった。厭《いや》で辞めたはずの会社ではあったが、どこかで未練もあったのかも知れない。今より遥かによい条件だったし、安定していたし、自分で頑張って就職活動をして、手に入れた場所ではあった。今はといえば、いつ切られるか判らないポジションである。そんな不安は常にあった。そんな中で、この紺色の手帳はどこか、自分のお守りのように、手放せなかったような気もするのだった。

気がつけばあっという間にもう半年だ。人生とはいつどうなるか判らないものである。

店を出ると、私たちは早速ススキノに向かった。北海道一の歓楽街である。新宿の歌舞伎町・福岡の中洲と並んで「日本三大歓楽街」と称されるのだという。昼間に見る夜の街というのは、人が行き来していても、なにか閑散として見える。そんな中で私たちは『花の街』の絵に描かれた風景を探す。三枚の絵には、それぞれ『南6西4』『南7西5』『南11西7』という一見暗号のような意味不明な名前が付けられているが、繁華街の交差点の信号の柱にこう表示したプレートを多く見かける。どうやら住所を略したもののようで、たとえば〝南6西4〟は〝南6条西4丁目〟を略したものである。つまりそこの住所である。交差点の名前ではなく、通りの名前でもない。四方向の表示が全部違う場合もあるからややこしいが、見慣れると交差点や通りの表示より遥かに合理的だ。スマホのマップにこの住所を入力すれば、そのエリアがダイレクトに表示される。ストリートビューを使うと、絵と同じ風景がすぐに見つかる。こんなスマホも便利だが、そんな時代を見越したような住所表示法だ。市街地区画にこの条丁目制が導入されたのが明治十四年というから驚くべき慧眼《けいがん》だ。

九月後半の札幌だったが、その日は思ったより気温が高く、かなり汗ばむほどの陽気だった。札幌がこうでは、今日の東京や横浜はもっと暑いに違いない。私たちは、南6西4、南7西5、南11西7の順に訪ね歩いた。予めストリートビューで予習はしていた景色ではあったが、実際に訪ねてみると感慨深い。私たちは絵のモデルの立ち位置を見つけては、交互に被写体になって写真を撮り合った。浜崎さんがあまりにリアルにモデルの表情を真似するので私は笑いが止まらなかった。

その後はタクシーで、札幌芸術の森美術館へ。浜崎さんがスマホのナビを見ながら、運転手さんにルートを説明する。乗車した時に芸術の森美術館と伝えただけで運転手さんはわかっていたはずである。細かく説明する必要なんかあるだろうかと、少し不思議に思った。

山道を十分ほど走ると、浜崎さんが窓の外とスマホの地図を見比べて言った。

「この辺ですね、真駒内」

「真駒内？」

「バスの事故があったのは、この道沿いみたいですね」

「え？　そうなの？」

私はもうすっかり美術館のことに頭が向いていて、まさかタクシーが事故現場を通過するとは思ってもいなかった。

「わざわざその道を選んだ？」

「そうですよ」

「うわ、すごい！　超頼りになる相棒！」

「いえいえ、ご主人さま。なんなりとお申し付けください」

暫くすると運転手さんが声を上げた。

「あ！　あそこだよ」

その指さす方向を私と浜崎さんは同時に見た。窓の外、片側一車線の道路の行く手には、森が続いているだけで、何も見当たらない。

「美術館ですか？」

私が訊くと、

「いや、バス事故のさ、ほら」

道の傍らに供えられた花束が見えた。私たちの車線の歩道である。

「支笏湖からの帰り路なら、逆じゃないですか？」と浜崎さん。「居眠り運転のトラックが車線越えてバスに当たったんですよね。正面衝突」

「正面衝突ではないんだよ。バスがこっち側に思いっきりハンドル切ってさ。そこにトラックが斜めに当たってさ。それでバランス崩れて、片輪だけで反対車線を突っ走って、最後は森の中に横倒しさ」

「アクション映画みたいですね。やっぱり現場に来ないとわからないもんですね」

「なんか調べてるの？」

「そうなんです。保険会社の調査です。倒れたバス見ました？」

「見た見た。見に来たからね。わざわざ」

「野次馬？」

「ハッハ、野次馬。じゃ、美術館の方に向かっていいのね」

「あ、お願いします」

浜崎さん、保険会社などと、そんなデマカセをよくもまあスラスラと。呆れる他ない。

「バスには何人ぐらい乗ってたんですかね」

浜崎さんが訊ねる。

「補助席入れると五十人ぐらい乗れる観光バスでさ。ほぼ定員いっぱいで乗ってたそうだよ。ひとりの子はちょうどトラックが当たったところに乗ってて。もうひとりは、窓から突っ込んできた木の枝が当たったそうだ。あとのひとりは一番うしろの席に座ってたそうで、見かけは怪我一つしてなかったそうだが、どこか打ちどころが悪かったのかなぁ」

まさかこんな生々しい情報がいきなり聞けるとは驚きだった。確かに浜崎さん、もってるかも知れない。そう思った。

『絵と詩と歌』には、『芸術を歩く』という創刊当初から続く連載ページがある。美術館や博物館にスポットを当て編集長自らがコラムを書いている。ナユタの件で北海道出張が決まると、編集長から札幌芸術の森を取材してくるようにと命じられた。宮本さんによると、最近は編集長も手が回らず、宮本さんや田村さんがゴーストで書くことが多いという。編集長も後ろめたさがあるのか、原稿料はいつもの三割増しのレートだという。トライアウト中の私には嬉しい仕事だ。

札幌芸術の森は、四十ヘクタールの広大な敷地に美術館だけでなく、工房やアートホール、野外ステージまでをも備えた、文字通り〝芸術の森〟だった。

「これまでの既成概念にとらわれず、常に新しい現代的な視点でアートを語りたいんです。絵だけでなく写真やデザイン、漫画なんかも取り扱います」

館長が野外美術館を案内してくれた。

「十月の中旬だったら紅葉がきれいだったんですけどね。ちょっと早かったですね」

「でも、散策するには今がちょうどいい気候ですね」

ひんやりとした風が気持ちいい。濃い緑の匂いがする。たくさんの自然に囲まれて私は思わず大きく深呼吸をした。野外美術館には、彫刻がひとつひとつまるで森に溶け込むかのように置かれている。

「ちょっとおもしろいものをお見せしましょう」

館長が案内してくれた場所には、一本の木の柱がそびえ立ち、その周りに三本の倒れた木が横たわっていた。なんだろうか。

「砂澤ビッキさんの『四つの風』という作品です。最初はあの木、四本とも立ってたんですよ」

確かにその四本が並び立っていれば、立派なモニュメントであっただろう。しかし今は、捨て置かれた廃材のような、なんとも残念な様子である。

「自然に朽《く》ちていくことも含めて、作品だということでそのままにしているんです」

「そうしたら、あの最後の一本もいつかは……」

「そうですね。きっと倒れてしまうでしょうね。それもまたいいでしょう」

しばらく歩くと、森の中に人の姿をした像が立っている。

「あんなところにも置くんですね」

「ああ、あれはアントニー・ゴームリーの『シャフトⅡ』という作品です。作品を置く場所は基本的には作者自身に決めてもらってるんです。制作を始める前にまずここに来てもらって、どこに作品を置くかを決めてもらって、そしてそこに合った作品を作ってもらってるんです」

「それはすごく贅沢ですね」

なるほど、だから作品と森が見事に調和しているのだ。気がつけばもう二時間が経過していた。会議があるからと館長は本館に引き上げ、私は森の中をひとり散策し続けた。ダニ・カラヴァンの『隠された庭への道』の円錐形の白い建造物の中に入る。あー、と声を上げると、反響が長く鳴り止まない。

ああ、加瀬くんとここに来たかったな。彼と一緒だったらどんなに楽しかっただろう。加瀬くんはどんな風に作品を鑑賞するのだろう。ひとつひとつ丁寧に見ていくタイプなのか。それとも、気になった作品の前でだけ立ち止まるタイプなのか。同じ作品を好きになるだろうか。違ったとしても、お互いどこがいいか話し合えたらそれはそれで素敵だなあ、などとひとり妄想しながら散策していると、もう夕暮れの時間になっていた。

しまった。浜崎さんのことをすっかり忘れていた。慌ててスマホを取り出すと、

「中庭の池のところで待ってますね」

というメッセージが入っていた。二十分前だ。私は急いで中庭を目指した。

中庭の池に辿り着くと、畔《ほとり》に佇んでいる彼女の姿があった。

ああ、絵になるなあ。

私は思わずその場から写真を何枚か撮った。夕暮れの絶景は撮れたが、肝心の浜崎さんが遠すぎる。私は小走りに階段を駆け下り、中庭に出た。スマホを構えて、背後から忍び足で歩み寄る。ゆっくり回り込み、横顔のアングルに届きそうなところで、彼女に気づかれた。驚いた弾みで指がシャッターを押してしまい、スマホは連写音を鳴らす。

私は息を呑んだ。浜崎さんの頬には、涙があった。

「どうした？」

彼女はその涙を拭うと、微笑んだ。どこか無理な笑い方だった。

「大丈夫？」

私に歩み寄られた彼女は反射的に一歩、後ずさりした。

「え？　何がですか？」

不意にはぐらかされて、言葉が見つからなかった。

「夕焼けが綺麗だったから、泣いてました」

そう言って彼女は西の空に視線を送る。美しい極彩色の空がそこにはあった。

「夕焼けが綺麗で泣いてたの？」

「泣きますよ。普通。泣きません？」

「うーん。それだけで泣いたことはないかも知れない。なんか羨ましいなあ」

「わたし、ひとりぼっちになったらすぐ泣いてます」

「意外。でもそうでもないか。魔法少女だもんね」

「はい」

なかなか理解に苦しむ世界観ではあったが、羨ましいと感じたのは事実だ。夕焼けを見て泣けるような感受性が手に入るなら私も是非欲しいものだと思った。

芸術の森美術館を後にした私たちは、いよいよ夜の街ススキノに向かった。午後六時、街は既に夜のイルミネーションで輝いていた。

私たちは呼び込みの店員に、『花の街』の三枚の絵を見せ、こういう子を見たことがないかと訊ね歩いた。話を聞いた相手は皆、ナユタの絵を写真だと思い込んで疑いもしなかった。それが絵画だと気付く人は一人もいなかった。これは絵なのだと教えてあげると、みんな目を丸くして驚いた。しかしナユタという名前を訊いてみても、知っている人はいなかった。かたや、モデルとなった三人の女性はこの界隈では知らない人はいなかった。

りな、ケイ、カナエ。

それぞれの顔を見ると誰もが少し暗い顔をする。ああ、バス事故のね。かわいそうに。まだ若いのに。そんな言葉が口々に返ってくるのだった。

三人はそれぞれ別な店で働いていたが、同系列のキャバクラグループに所属する間柄だった。このグループには毎年恒例の慰安旅行があり、事故はその帰り道に起きた。そんな話を彼らから聞くことが出来た。

それから私たちは『スノークイーン』というお店を訪ねた。りなという女の子の勤めていたお店だ。まだ早い時間なのか、お客の姿はなかった。若い支配人とお店の子たちから、りなという子について話をいろいろ聞けたが、りなさんに接触した画家はいなかったか、と訊ねると、誰も憶えがなかった。そもそも彼らは画家のナユタを知らなかった。女の子のひとりがスマホで検索し、ナユタの絵を見つけると、声を上げた。

「え？　これ写真でしょ？」

女の子は、他の子たちにも見せて、店内はこのネタで一頻《ひとしき》り盛り上がる。

「りなさんの身元はわかったんですか？」

と浜崎さんが支配人に訊いた。

「いや、わからずじまいです。警察もお手上げでした」

そこから浜崎さんと支配人のやり取りが続く。

「でも面接の時、履歴書や身分証の提示が義務ですよね？」

「はい。未成年を雇うとマズいですからね。厳しいお咎めがありますから。罰金とか懲役とか営業停止とか。でも、偽造されたらもう僕らじゃ判らないです」

「身分証は保険証でもオッケーなんですか？」

「写真付きじゃないとダメです」

「免許証とかパスポートとか？　でもそういうの持ってない子もいますよね？」

「そういう場合は、卒アルを持って来させるんですよ」

「卒業アルバム？」

「はい。ところがこれも偽造が跡を絶たない。一冊ウン万円で作れちゃいますからね。ウチらも偽造を見抜けなかったって言えばお咎めもないんで。こういうのはイタチごっこっすよ」

「女の子たちも、お店に個人情報とか握られたくないっていうのもあるのかな？」

「そういうのもあるかも知れませんねぇ。ヤバい店もありますからねぇ」

それから話題はあのバス事故の話に移る。あのバスに乗っていたという子がいて、当時の惨状を語ってくれた。

「もう、ぐわーんって！　ぐるんぐるんって！　死ぬかと思った。死んだかと思った。いやマジで」

この店には他にも事故に遭遇した女性が十二名ほどいたというが、だいぶこの店を辞めて今では四人しかいないのだという。

「でも、事故は関係ないっすよ」と支配人。「競争が激しいんですよ。ウチの店は」

この店を後にすると私たちは、ケイさんのお店『ヴァニティ』、カナエさんのお店『フローラ』を順に回った。どちらも同じ反応でナユタとの接点は見い出せなかった。ケイさんも、カナエさんも、偽の卒アルの利用者で、りなさん同様、身元は判らずじまいであったという。どちらの店にもあの慰安旅行に参加した子たちが数多くいたが、やはりその殆どが辞めていた。

「あまり店に長くいると人気が下がってくの。『初めまして〜！　よろしくお願いしま〜す！』っていう感じの女の子が好きなんでしょうね、お客さんは」

と、あれは『ヴァニティ』だったか、店の子のひとりがそんなことを語ってくれた。店を辞めたといっても、別の店に移るだけで、ススキノのどこかで働いているのだという。

一軒目と同様、お店の子たちがナユタの絵を検索し、写真みたいだと、一頻り盛り上がる場面がどちらの店でもあった。カナエさんのお店『フローラ』ではそんな最中《さなか》、ある女の子が不意に「あたし描いてもらったよ」と言ってスマホに保存された写真を見せてくれた。

私は仰天し、思わずスマホの小さなディスプレイを覗き込んだ。

「これをナユタが？」

「なーんちゃって」

実はただの写真であった。写真家に撮ってもらったという。その写真家と一緒に撮ったツーショット写真も見せてくれた。見覚えのある顔だった。浜崎さんが先に声を上げた。

「あ、高田さん！」

確かにその人は高田タダノブという写真家だった。私もＣＭの仕事で一度お世話になったことがある。

「高田さんは、こういう風俗の人たちを撮り歩いてるんですよね。写真集も出してるんですよね何冊か」

と浜崎さん。それは知らなかった。お店の子によれば、ススキノ界隈でもよく知られたカメラマンだという。そんな活動をしているとは知らなかった。

その夜は、近くの安そうな居酒屋に入り、この日の締めくくりとした。

「まるで捜査一課みたいですね」

と浜崎さん。

「捜査一課？」

「警察の、殺人事件とか、凶悪犯罪専門の課です」

「あ、捜査一課ってそういう意味なんだ。知らなかった」

「問題はナユタが、いつどうやってその女性たちを知り、モデルにし、描いたのか？　ですよね～」

その通り。そこが問題の核心だ。たとえばナユタが事件をニュースかネットで見て、アップされてる写真を元に彼女たちを描いたとしたら。

三人が亡くなったのが一月二日。その十日後の十二日金曜日が『献体　ナユタ展』の初日であった。ナユタがその絵を描くには、十日間しかない。絵の搬入が遅くとも一日前にはあったはずだから実際には最大で九日。準備やら何やらで筆を取れるのは正味一週間ぐらいか。一週間では、いくら何でも無理である。

その前の年に描いたとしたらどうだろう。実際に絵の季節感は夏である。モデルたちの着ているものはどれも夏の装いである。りなさんは丈の短いワインカラーのタンクトップだし、ケイさんは黒のノースリーブでシースルーの際どいチャイナドレス、カナエさんは白のキャミソールワンピースだ。

ナユタと彼女たちがどういう関係だったのかは判らないが、仮に知り合いだったとして、あるいは行きずりで知り合ったとして、彼女たちをモデルに絵を描くとしたら。ナユタになり切って考えてみる。その行動を想像してみる。絵筆を持ったつもりになってみる。背景が街角というのがポイントだ。そこにイーゼルを置いて描いただろうか。風景画ならその可能性もあるが、人物画でそれはありえない。資料として写真を撮る方が現実的だ。写真だとしたら、本当に街で見かけた女の子に声をかけて、写真を何枚か撮って、おしまい。そんな状況も考えられる。その写真を元に絵を描く。充分ありそうな展開だ。しかし、この三人は描かれた後に死んでしまった。三人ともである。それが偶然に起きたということになる。人をたくさん乗せた観光バスの中から絵に描かれた三人だけを事故で殺すという殺人事件があったとしたら。不可能としか言いようがない。それを叶えるには、もはや本物の死神でも呼んでこないと。

「どう思う？」

私は浜崎さんの意見を求めた。

「んー、そうですねぇ……」

テーブルの上に置いた三枚の絵のコピーを睨みながら浜崎さんは考え込んだ。

「やっぱり死神がいるんですかねぇ」

改めて三枚の絵を見ながら、本当に死神の仕業かしらと考えるとゾッとしてくる。

「でも、結局バス事故の犠牲者の絵を持ち込んだことで、〝死神伝説〟が生まれたんですもんね。ということはやっぱりバス事故の犠牲者であったということは重要ですよ。展覧会十日前というのも重要ですよ。それによってこの不可能な状況が生まれてるわけですから。死神でもいないと説明がつかないという」

浜崎さんはいちいちもっともな考察をする。

「単なる偶然かも知れませんね」

「え？」

「描かれたモデル三人が、その後、三人とも亡くなった。まるで死神でもいたかのような話ですけど、世にそういう偶然があり得ないかといえば、なくもないかも知れません」

「まあ、そう言われればそうだけどね」

「あ、でも先輩。やばくないですか？」

「え？」

「謎を解いちゃったら」

「どうして？」

「だって〝死神伝説〟がなくなっちゃうじゃないですか、そしたらこの絵描きさんの価値が落ちちゃいません？」

「んー、価値が落ちるかどうか判らないけど。記事にしても却下されちゃうかも知れないね」

「でもそこに謎があると、解いてみたくもなりますよね。解いちゃいましょうか」

「うーん。解けるものならね」

「あたし解いちゃっていいですか？」

「どうぞ。解けるもんならね」

居酒屋を出ると、外は涼しい。少し寒いくらいだ。その気温に東京との違いを感じる。私たちはホテルに向かう道を徒歩で辿る。千鳥足で。

「明日はどうします？」

と浜崎さん。

「明日はね、ちょっと小樽まで」

「やったー。運河で写真撮りましょう！」

ホテルに着き、エレベーターに乗ると、不意に浜崎さんがこう言った。

「あ、ダンソンの記事読みました」

折茂羽膳という人の書いた記事のことである。

「確かに書いてありました。彼女たちは実名も顔写真も公開されていないって。どこを探しても
って」

「うん」

「確かに三人とも、身元のわからない、源氏名しかわからない女性たちでした。でも、ネットに
ちょいちょい写真ありましたよね」

「そうなのよ。だからあの書き方はおかしいよね」

「いや、おかしくはないんですよ。あの記事がアップされたのは一月十九日でした」

エレベーターが開き、私たちは降りる。六階の通路を歩きながら、浜崎さんは話を続けた。

「それより早くアップされた写真は見つからなかったです。なので、記事はその時点では正しかったんだと思います」

「え？　そうなの？」

「お店の子たちのツイッター調べたんですけど、バス事故直後のツイートは結構ありました。りなさんたちの名前もありました。職場の仲間たちが巻き込まれた大事故です。彼女たちのツイッターは蜂の巣を突いたような騒ぎでした。ただ写真は全然出てこない。なんかお昼間普通の仕事をしてるって子もいたり、いろいろ事情もあって写真を控える子も多いみたいです」

「なるほど。でも、そうなると……どうなる？」

「事件後に描いたって可能性が限りなくゼロになりますね。描きたくても写真がまだ世の中に出

回ってないことになりますから」

お互いの部屋は隣同士だった。ドアの前で浜崎さんは話を最後まで続けた。

「まあ、もともと一週間かそこらでは描けないんですもんね。ここはもう考えなくていいんでしょうね。スッキリしました」

「なるほどね」

「ただ、ひとつ謎があります。このダンソンのライターさん。彼がどうやって『花の街』のモデルとバス事故の犠牲者を紐付けられたのか。そこがどうもわかりません」

その時、私の手にしていたカードキーがドアに触れ、期せずしてロックを解除してしまった。浜崎さんはその音に反応した。

「あ、足止めして失礼しました。また明日。お疲れさまでした。おやすみなさい」

浜崎さんに見送られて、私は部屋に入った。ベッドの上に座り込むとスマホを取り出して、ダンソンの記事にアクセスし、改めて読み直した。

「……『花の街』のモデルは不幸にもこの事故で亡くなった3人である。しかし彼女たちはどこを探しても実名も顔写真も公開されていない。ナユタはどうやってこの3人を描いたのだろう。仮に何かしらのルートで彼女たちの写真を手に入れ、それを元に絵を描いたとする。ところが事故があったのは、1月2日。展覧会のオープン十日前である。事故後に絵を描いたのだとすると、彼は3枚の絵を僅か十日ほどで描いたことになる。そんなことが果たして可能なんだろうか」

浜崎さんの言う通り、確かにこの記事は一月十九日にアップされていた。何故この記者はここまでのことを知り得たのだろう。

もうそれ以上頭が回らず、私は諦めて寝支度を開始した。

＊

小樽はかつてニシン漁で栄えた港町である。古い建物が今も残る絵のように美しい街だ。こんな街で暮らしていたら、美的感覚も磨かれよう。ナユタの描く世界や空気感、それがこの北の地で育まれたとすれば、すごく納得がいく。その街景色を見て私は素直にそう思った。

この日、私たちが向かったのは、小樽市石山町、鈴木祥子《さちこ》さんという方のお宅だった。この方は真理子夫人主宰のオーガニック料理教室の参加者のひとりで、二人は今も時々連絡を取り合う仲である。地元の子供を集めて絵画教室を開いているが、かつては小学校の教員であった。

その母、鈴木玉緒は地元では有名な女流画家である。絵画教室を立ち上げたのも、この母であった。十三年前の春に脳梗塞で倒れ、ひとり娘の祥子さんは小学校教員の職を辞し、母の面倒を見ながら絵画教室を引き継いだ。鈴木玉緒は八年前になくなり、その後、祥子さんは絵画教室と塾講師で生計を立てている。

染井雄高の小学六年生の担任がこの祥子さんであった。そして染井に絵の手ほどきをしたのが鈴木玉緒なのであった。

ナユタとは縁の深い一家ということになる。

ホテルでバイキングを頂きながら、私は浜崎さんにそんなレクチャーをしたのであった。真理子夫人から送って頂いた料理教室の写真に鈴木祥子さんの姿がいくつもあった。彼女に限らず、写真に写る婦人たちの笑顔は皆、朗らかで、ナユタの描く世界とはあまりに無縁に思われた。浜崎さんは片手にフォークを握ったまま、その写真を一枚一枚眼光鋭く眺めていた。

「何探してるの？」

「いや、染井少年が写ってないかと思いまして」

「そこにはいないでしょ？」

「いないですね」

鈴木祥子さんの絵画教室は小樽湾を見渡せる眺めのいい坂の途中にあった。玄関に現れたのは写真に写っていたままの女性であった。

お宅にはご本人の絵と、亡き母の絵がいくつも飾られていた。祥子さんがひとつひとつ指さしながら、これは、母、これは私、と教えてくださるのだが、区別がつかない。まさに母親が師匠だったのだと祥子さんは語る。北海道の四季折々を繊細な筆遣いで描く。その作風は親子瓜二つであった。それはナユタに受け継がれた筆致に違いなく、そのことに私は興奮した。

開口一番、祥子さんは染井雄高の最期を嘆いた。

「染井くん、残念だったわねぇ。どうしてあんなことになっちゃったのか。お葬式にも行ってあげたかったけど、身内だけで済ませたみたいでね」

浜崎さんが怪訝な顔で私を見た。

あ、と思った。

迂闊《うかつ》にも、浜崎さんに、その話をし忘れていた。

「え？　ナユタ、死んでたってことですか？」

「ごめん。そこ大事だったね」

「先輩！　そこ大事過ぎます！」

私は改めて浜崎さんに染井雄高の死について説明しなければならなくなったが、その任は祥子さんが担って下さった。彼女のゆったりとした口調で語られる彼の死は、新聞記事より生々しかった。真理子夫人ですら口にしたがらなかったその話を臆さず語る祥子さんに私は畏敬の念を抱かずにはいられなかった。さすがはナユタの恩師というべきか。

それから、私は祥子さんに、染井雄高の小学時代について伺った。

「あの頃、私は日曜だけ、母の絵画教室を手伝ってましてね。染井くんも来てました。小学五年から、中学一年くらいまでかなあ。二年になると受験勉強とか、やっぱりそっちが忙しくなるじゃないですか。そういう事情だったんだと思いますね。絵は抜群に上手でしたね。憶えてることと言ったら、まあとにかく、女子にモテモテでしたよ。私は六年の時に担任でしたけど、クラス委員もやってましたしね。スポーツはちょっと自信なさそうなところがありましたけど。試験の成績は学年でトップクラスでした」

「性格はどんな子でした？」

「もう絵に描いたような真面目な子でしたよ。ホントです。悪いことをして叱られたことなんか一度もないような、そんな子でした。私も叱った憶えがないですもん。子供にしてはおとなしい子ではありましたね。友達もあまり作らない子で。必要ないなんて言ってましたよ。ひとりでいるのが好きだって。冬になると、雪の結晶を描いてましたよ。顕微鏡で観察して」

アルバムを見せて頂いた。絵画教室の生徒たちが集まって撮ったいくつかの写真の中で、彼はいつも隅の方に写っていた。それまで黙っていた浜崎さんが不意にこんなことを言った。

「この子、かわいいですね」

「え？」

祥子さんは、腰を折り曲げ、眼鏡を指で摘んで写真を覗き込む。

「いっつも染井少年の隣にいるんですけど」

そこには染井少年と同い年ぐらいの少女が写っていた。

「…ああ。小森さんね」

「小森さん？」

「小森美織さん」

祥子さんはその写真を見つめながら、何か言いかけたが、黙ってしまった。

「この子、どっかで見たことある気がする」

と浜崎さん。

「え？　何処で？」

「うーんー、何処だろう。んーっ…てん・てん・てん…」

浜崎さんは何も思い出せぬまま、その話はフェイドアウトしてしまった。

祥子さんのお宅をお暇《いとま》した私たちは、小樽運河に立ち寄って、写真を撮った。浜崎さんのこの観光気分に今ひとつ乗れない自分もいたが、逆に浜崎さんは観光を楽しみながら、鋭い推理を展開してくれるので、そこはありがたいし、少々のサービスはしてあげないと。浜崎さんのリクエストで私たちはボートに乗った。

運河をゆっくり移動する船の上で小樽の景色を眺めながら、浜崎さんは言った。

「染井少年も、この景色を眺めながらこの町で暮らしてたんですよね」

「そうね」

「なんでああなっちゃったんですかね」

それは私も同感だった。こんな穏やかな街で過ごしていた少年が、川崎に現れた時には、須藤兄弟ですら一目置く危険な少年に変わっていた。一体彼に何があったのだろう。

「焼身自殺……ほんとに自殺なんですかね？」

不意に浜崎さんがこんなことを言った。背筋に寒気が走った。自殺でないなら、何なのだ？

浜崎さんがスマホを空にかざした。見上げると、つがいのカモメが船の上を旋回していた。

＊

翌日、私たちは知床まで足を伸ばした。仕事抜きの完全な旅行であった。『花の街』は結局いつ描かれたのか、など、いまだ謎も多かったが、浜崎さん曰く、

「私はしばらく北海道を探検したいと思います。何か調べたいことがあったら何時でも言ってください！」

つまり、北海道に特派員をひとり確保できたのであった。ならば一日だけ気晴らしに使おうと思い立ち、知床を選んだ。知床には牛の版画の室井香穂さんが働いている牧場があった。まずはそこを訪ね、牧場を見学させて頂き、ご本人のアトリエにお邪魔したりと、結局は仕事になって

ゆくので、浜崎さんに笑われた。牧場のオーナー菅原さんが個人所有のマイクロバスを出してくれ、屈斜路湖と摩周湖を見て回った。夜は菅原さんたちとバーベキュー。菅原さんの弟さんが経営するロッジに泊めて頂き、翌朝はマイクロバスで能取《のとろ》湖、網走湖、サロマ湖を回った。無計画だったにも拘らず、室井さんと菅原さんのお陰で充実した旅になった。私は女満別《めまんべつ》空港から羽田行きの便に乗り、浜崎さんは鉄道で稚内を目指した。別れ際、浜崎さんは目に涙をいっぱいためていたので思わず抱きしめてしまった。

「なんで泣くの？」

「泣きません？　普通泣きますよ」

そう言われて私まで涙ぐんでしまった。

13　壁画

稚内を目指した浜崎さんだったが、宗谷岬にて、日本最北端の地を記念するモニュメント前で撮った写真を送ってくれた後は、大雪山や、富良野、美瑛などを巡り、北海道を存分に満喫している様子をその都度知らせてくれた。今時ならばインスタグラムに次々アップしそうなものだが。そんな話を本人にすると、仕事柄無理なんですという回答だった。なるほど、スパイとはそういうものか。私なんかには計り知れない苦労もあるのだろう。ひとり旅を満喫しながらも、こちらの動向も気になるようで、これまでの取材の経過を知りたいと言ってくれたりもした。特に写真周りの資料があったらぜひ見たいと。なにか思いついたのかも知れないと思い、ありったけを送ってあげた。染井雄高の実家で撮影させて頂いた、ナユタの未公開の絵や、子供時代の写真、最近の写真、あるいは、大和さんのタトゥー写真などなど。真理子夫人のオーガニック料理教室の写真も欲しいと言うので、それも送ってあげた。なにか相当細かく調べてるようではあったが、その後、しばらく連絡もなく、なんとなくそれっきりになってしまった。

加瀬くんには取材の件であちこち付き合ってもらった。そのお礼をしなければと、久しぶりの休日、彼のいるリフォーム中の建物を訪ねた。朝十時、南青山。リニューアルオープンをひと月後に控えたイタリアンレストラン。加瀬くんは壁に美しいレモン色のペンキを塗っていた。私はスターバックスのコーヒーを差し入れた。

加瀬くんは「ありがとう」と言いながら、仕事の手を止めない。私は早速鞄から割烹着を取り出して、頭から被り、加瀬くんの隣に立ってみせた。

「なに？　手伝ってくれるんですか？」

「こないだのお礼」

「いや、いいですよ。大丈夫です」

「やりたいの！」

加瀬くんは少し困った顔をしたが、私はそれを単なる遠慮だと思った。

「じゃあ、あそこ塗ってください」

加瀬くんは、そう言って、まだ何も塗られていない一角を指差した。そして私のためにペンキを容器に入れてくれた。レモン色ではなく、地塗り用のダークグレーのペンキだった。地塗りとは、表から見える色の下に置く隠し味とでも言おうか。

「つまり上から自分で塗りつぶすつもり？」

「まあ、そうなんですけど。でも地塗りも大変だから助かります」

「喜んで！」

私は作業を開始した。壁塗りとはいえ久しぶりに絵を描く感覚は最高だった。時を忘れ、あっという間に、昼休みになった。他のスタッフが次々現場から出てゆく中、加瀬くんは手を止めない。その横顔は集中しきっている。思わず見惚れてしまう。

「休まないの？」

「はい」

「いつもそうなの？」

「はい」

私は少し離れて彼の仕事ぶりを見守った。なにかオーラのようなものが出てる気がした。そんな風に見えるとは、よほど惚れてしまってるんだろうか。我ながら、恋に免疫力が足りない。そんなことを思ったりしながら、気がつけば昼休みも終わりを迎える。戻って来たスタッフに気づいて振り返った彼は、そこに私が立っているのを見て驚いたような顔をした。

「あれ？　ずっとそこにいたんですか？」

「いたよ」

「すいません。お昼食べ損ねましたね」

「大丈夫。後でなんか買ってくるよ」

「もう夕方まで休みないですよ？」

「え？　それあたしも？」

「あ、先輩はご自由に」

それから私は持ち場に戻り、再び自分の壁を塗った。三時過ぎ、さすがにお腹が空いて、割烹着を脱ぎ外に出た。ペンキの成分に酔って少しフラフラしながら通りを歩いた。手頃なベーカリーに入るとスタッフみんなの差し入れを買って戻った。親方が休憩にしようと言い、皆がパンの周りに集まる。

スタッフの一人が私に訊いた。

「あいつの彼女？」

「え？　違います。同じ高校の先輩後輩で。最近、ちょっと仲良くしてもらってます」

「それはもう彼女だろう」

「違いますよ」

そんなことを言われて満更でもないが。彼はどう思っているだろう。その彼は、やはり仕事の手を止めず、壁に向き合っている。親方が苦笑して私に言った。

「加瀬はちょっとおかしいよ。仕事バカっつうかさ」

「そうなんですね」

「まあでも、あの壁塗りは加瀬にしかできない。ウチのエースだよ」

そんな風に褒められて、私は我が事のように嬉しい。

五時に仕事が終わると、夕食は代官山のスペイン料理のお店へ。彼と再会した想い出の店である。無事に新装オープンを果たし、お客の入りも上々だった。店員たちはすっかり彼と顔見知りで、店に入ると、皆声をかけてきた。私たちは一番隅の席に案内され、そこに座ると、なんとはなしに、店の壁面を眺めた。その壁は白いが真っ白ではなく、塗りたてにも見えなかったが、エイジングをかけて使い古しているように見せかけているわけでもない。なんとも言えない白の中の微妙な色加減は店の照明をソフトに反射して真綿のような柔らかいもののように見えた。

「達人だね、君」

「そう？」

「すごい。塗装界の……なんだろう。塗装界のワイエスって感じ？」

「ワイエス好きです」

「でしょ。そう思った。でもなんか鬱陶しいね。こういう解説。ただ綺麗でいいのにね。仕事柄、なんか言わないとって思っちゃうの。そんな自分が嫌になる」

「平気ですよ。言いたければ言えばいいし、言いたくなければ言わなければいいし。あ、虫！」

加瀬くんは私の背後を指さした。一瞬判らなかったが、壁の色そっくりの蛾が一匹止まっている。

「わあ！」

私は思わず叫んでしまい、周りのお客さん達の注目を集めてしまった。顔が真っ赤になった。それにしてもなんでこんな虫がお店にいるんだろう。すると加瀬くんは腹を抱えて笑いながら、言った。

「絵ですよ、絵。それ」

まさか。私は改めて顔を近づけてその蛾を見た。

「いや、本物にしか見えないけど……あ、ほんとだ。絵だ。どうしてわかったの？　なんで絵ってわかったの？」

「だって僕が描きましたから」

「え？　そうなの？　なんでこんなもの描くのよ！」

「ははっ、先輩を脅かそうと思って」

「え？　それでわざわざこの席に座ったの？　え？　このお店の人も共犯？」

見るとここに案内してくれた店員さんが遠くからウケるとばかりに笑っている。

「もー、なんて人たち！」

私は真っ赤になって怒った。

小さな蛾の絵ではあったが、今想えばその上手さは尋常ではなかったかも知れない。その時は、ドッキリを仕掛けられて狼狽《うろた》えていたし、虫は生来苦手でもあったし、敢えてじっくり見ようとも思わなかったが。

遠くで笑ってた店員がシャンパンを運んできた。私たちは乾杯した。

「今日はありがとうございます」

と彼。

「いえいえ。取材に付き合って貰ったお礼」

と私。

「どうですか？　取材の方は？　北海道は？」

「うーん。だいぶいろいろわかっては来たけど、……だいぶ……精神的につらくはなってきたかな」

「そうなんですか？」

「うん。正直ナユタってどこかセンセーショナル過ぎて、純粋な芸術としてはいかがなものだろうって批判的に見てるところもあったんだけど、なかなかどうして。周辺を探ってるだけでも、もうヘトヘト」

「お疲れさまです！」

「ありがとう！」

私たちは再び乾杯した。それから私は北海道の土産話を延々と語り続けた。カレーの話や、知床の話、など浜崎さんとの旅の思い出話は聞かされる側も退屈だったかも知れないが、加瀬くんの反応がいまひとつ悪かった。『花の街』のミステリーはきっと加瀬くんも面白がってくれるだろうと思っていたが、何か話半分に聞いているような、どこかぼんやりしているようなところがあった。

「ちゃんと聞いてる？」

「すいません。なんか今日はアルコールの回りが早いです」

そう言いながら、彼はおしぼりで顔を拭った。バス事故の現場を見た話をすると、彼はおしぼりで顔を拭いながら、気がつくと、泣いている。

「どうした？」

「いや、なんか、その子たちのこと考えると、泣けてきちゃって」

それはそうなのだが。妙なタイミングで涙腺にスイッチが入る人だと驚いた。

かく言う私も、旅の疲れもあったのか、お酒の回りが早かった。酔うと気持ちも大きくなる。

彼に誘われたら今夜は断らないのに、と思いながら、店を出たのを憶えている。何かを力説しながら夜の目黒川沿いを歩いたのを憶えている。私たちはいつかきっと、ごく平凡にだけど、こんな夜を幾度も共にしたりするのかなあ、などと不覚にもそんなことを口走っていた気がする。共に愛を語り合ったり、一緒に朝を迎えたり、朝焼けを見ながら、将来を語り合ったり、一緒に海を見たり、映画を観たり、美術館に行ったりするのかなあ、などと、そんな話を口走ってしまった気がする。祐天寺駅まで歩いて、その別れ際、私は、自分から彼に寄り添い、腕に抱きつき、……さて、そこからの記憶がどうも曖昧だ。結納の話をした気がする。挙式の話をした気がする。家庭を持ち、子宝に恵まれ、その子宝も育ち、背を伸ばし、羽ばたき、巣立ち、私たちは静かに老い、衰え、いくつかの後悔を懐かしく想い出しながら、片翼ずつ羽根が落ちるようにどちらかが先に死に、どちらかが後に死ぬ、そんな人生をお互いに過ごせたら最高だね、と、そんな壮大な脳内イメージを酔いに任せて暴露してしまったような、しなかったような、そこから先は夢だったような、幻だったような……。

「こんなヤツにそんな話しちゃっていいんですか？」

「こんなヤツってどんなヤツ？」

朝、目覚め、それが彼の部屋ではなく、自分の部屋のベッドで、隣にいて欲しかった彼の姿はなく、いまだ残る酔いのせいで、視界は、天井は、ぐるぐると旋回し、頭の中では夢とも現《うつつ》ともつかない記憶の断片が次から次へと旋回した。

「こんなヤツにそんな話しちゃっていいんですか？」

「こんなヤツってどんなヤツ？」

「憶えてないいんでしょ？　僕のこと」

「高校時代の？」

「……違いますよ」

「違うの？」

「……違います」

翌日は辛くてほとんど仕事にならなかった。二日酔いのせいもあったが、それ以上に、昨夜のことである。夢だと思いたいが、きっと夢ではないのだ。その言葉のひとつひとつが蘇るたびに、全身が脈打ち、火で炙《あぶ》られるような羞恥心に苛《さいな》まれた。

それにしても、どういうことだろう。高校時代ではない、彼についての記憶？　どの記憶？

ああ、加瀬くん、君は一体、何者？

14　カナエ日記

函館から五稜郭の写真を送ってきた浜崎さんは、その後しばらく音沙汰がなかった。さすがにもう東京に戻ってきているのだろうと思っていると、不意に小樽運河の写真が送られてきて、まだそこにいたのかと驚いた。小樽という町が気に入ってしばらく滞在するのだという。素朴に羨ましかった。そのメールの最後、
［すごいもの発見してしまいました。読んでみてください］
こう言って彼女が送ってきたURLのリンクを開いてみると、『カナエ日記』とある。
浜崎さんによると、亡くなった三人のうちのひとり、カナエさんのブログだという。
［どうしてわかったの？］
［画像検索で。あの絵の顔に似た子を探して。一気には絞れませんけど、あとはほくろの位置などで。時間はかかりました］
［さすがプロの産業スパイ！］
［あざす！　調べ始めると止まんないでやんす！］

『カナエ日記』は自撮り写真を鏤《ちりば》めながら、日々の出来事や昔話を徒然《つれづれ》に書いた、形式上はありきたりなブログだったが、その内容はかなり異色な世界と言わざるを得ない。メンヘラという言葉があるが、こういうブログが世に氾濫しているのかと思うと、そら恐ろしい。

文体が些《いささ》かキャピキャピし過ぎて読みづらいので、時系列に整理して纏めてみた。若干の推測、憶測を含みつつ、ここに紹介させて頂きたい。人名がイニシャル表記なのはブログのままである。

＊

〝夢カナエ〟

これは彼女が小学二年生の時に思いついた芸名だったという。女優になりたい。それが子供の頃からの夢だった。夢は叶えと念願すれば叶うもの。そんなスローガンと信念を彼女は幼い頃から持っていた。

〝夢カナエ〟

もし女優になったら、芸名はこれでゆく。そう決めていた。しかしその夢が果たされる人生は彼女には待ち受けてはいなかった。

父は警察官、母は不動産屋で事務の仕事をしていた。

カナエが小学三年の時、両親は離婚し、母はひとり家を出て、不動産屋Hの家に身を寄せた。不動産屋のHは虐待で女房子供に逃げられた悪名高い男だった。母はこの不動産屋と入籍してしまった。思春期の彼女には受け入れ難いものがあった。

一家が住んでいたアパートの裏手に、森があった。人も滅多に入らないその場所は、夏は草が生い茂り、冬は雪の底に沈む。人目にもつきにくいその場所には、石を重ねた小さな塔がいくつもある。賽《さい》の河原を思わせるその小さな石のオブジェたちは、幼い頃、カナエが五歳年上の姉と作った墓だった。

娘たちを見捨てて男に走った母がどうしても許せなかったカナエは、久方ぶりにその秘密の墓地へ行き、石を積んで母の墓標とし、スーパーで買った線香を焚き、手を合わせた。そして南無妙法蓮華経を何度も唱えた。こうしてカナエはまだ生きている母を葬《ほうむ》ったのである。

生きながら娘に葬られた母も哀れだが、この禁じられた遊戯に関して、カナエは何とも不思議な話を書いている。

あれはまだ幼い頃、四歳とか、五歳の頃である。姉は動物好きで、誕生日の度に犬や猫をねだり、その度にミドリガメやインコやハムスターで妥協させられ、それでも熱心に飼育するのだが、結果的にはどれも死に至らしめてしまうのであった。死なせる度に姉は墓を作った。そんな姉の姿を傍で見ていたカナエは、自分も真似をして、スズメやコガネムシの死骸を見つけると、ここに運んで、墓作りを楽しんだ。

そんな頃、カナエはコロボックルに出会った。コロボックルとはアイヌの伝説にある小人のことである。アイヌの迫害を受け、その地を離れる時、呪いの言葉を言い残した。トカップチ。水は梱《か》れろ、魚は腐れという意味だった。それが十勝という地名の由来である。そんなことは後年、学校の図書室で調べて知ったことである。幼少期はコロボックルの存在すら知らなかった。コロボックルは一人ではなかった。朧《おぼろ》げな記憶では四人か五人はいた気がする。もっといたかも知れない。一人や二人で現れる時もあった。男もいたし、女もいた。何をして遊んだのか、何を話したのかは記憶にない。ただその中の一人がある日、大怪我をした。キツネに襲われた、そう仲間が説明したのだろうか。記憶の中ではキツネに襲われたことになっている。カナエは家から何か薬を持って行って怪我をしたコロボックルに塗ってあげた。介抱の甲斐もなくコロボックルは死んだ。仲間は残念そうに去って行った。彼らが死体をそのまま放置して去って行くのが意外だった。カナエは姉の手ほどきで埋葬法を会得していたので、土に穴を掘り、コロボックルの遺体を、穴に埋め、土をかぶせると、石を積んで埋葬した。

あれ以来、カナエはコロボックルの存在をずっと信じていたが、小学三年生にもなれば、易々《やすやす》とは受け入れ難い現象であった。あれは一体何だったんだろう。夢だったのだろうか。いくつもある墓の中にあって、コロボックルの墓がどの墓だったのか、カナエはもう憶えてはいなかった。

小学四年の時、父が新しい母を連れて来た。

カナエはあの墓地へ再び足を踏み入れた。母の墓の隣に石を積んで、あと二つ墓をこしらえた。父と新しい母の墓であった。まだ生きている親たちに手を合わせ、今生の別れを告げたのである。

小学五年になった春、高校一年生になったばかりの姉が亡くなった。この姉に一体何があったのか、カナエはあまり詳しく書いていない。むしろ話題は秘密の墓地の方である。カナエは墓地を訪ね、姉の墓をこしらえた。火葬の時に盗んだ一片の骨をそこに埋めた。手を合わせながら、そう遠くない未来、自分はこの町を出て行くだろうと直感したという。

気がつくと、見慣れないひときわ美しい墓がある。白い平たい石を重ねたその墓の周りには色とりどりの瑪瑙《めのう》が円を描くように配置されていた。なんだろうこれは。誰がやったんだろう。まさか五つも年上の姉が今更こんなところにやって来て墓を作ったとも思えない。

あ、ひょっとしたら。

カナエはふと、思った。コロボックルか。他のコロボックルたちがこの色とりどりの石を並べたのか。でも、まさか。そんなことが。

カナエはその積まれた石をのけてみた。掘ってみた。すると。土の中から小さな骨が出て来たのである。

「やはりコロボックルは実在したんだ」

カナエは興奮した。この世界は、コロボックルや妖精たちが自由に暮らしていて構わない世界。それを信じるかどうかは本人次第。信じるか否か。大事なのはどっちが幸せになれるか。それで決めればいいこと。カナエはブログにそんな見解を書いている。

＊

中学時代、高校時代についてはあまり目立った記事はない。小樽を飛び出す遠因となった、ある初恋にまつわる話ぐらいだろうか。

高校時代の友人に、Yという女子がいた。同じクラスのKという生徒に恋をしていた。カナエもまた、このKが好きだったが、黙っていた。

ある日三人でファミレスに入る機会があった。Yはなんとそこで K に告白した。しかもKはなんとその場でカナエの方が好きだと答えた。以来Yはカナエを憎み、恨み、あらぬ噂を立てた。

たとえばN先生と生物室でセックスをしていた、というような。カナエはどうにも居たたまれなくなり、学校に行けなくなった。

不登校になったカナエをKは心配して、元はと言えば自分のせいだからと、勉強まで教えてくれた。Kとのひとときは、カナエにとって、人生で一番嬉しく、楽しい想い出となった。二人はクリスマスイヴの夜に結ばれた。カナエは女の喜びというものを知った。お互いにぎこちないセックスではあったが、ただ抱きしめてもらえているだけで至福であった。人生にもう思い残すことは何もない。このまま死んでしまおうかと考えたカナエは久しぶりにあの秘密の墓地を訪ねた。予め日用雑貨店で買っておいたロープを鞄に忍ばせた。真冬のその場所は雪に埋もれていた。雪の合間から顔を出していた倒木を腰掛けにして、ひとりぽつねんとしていると、樹々の陰から小さな小人たちが現れた。カナエはその数を数えたという。総勢で十二人。カナエに家へ帰れという。荷物をまとめて家を出ろという。遠くへ行きなさいという。自分の居場所を探しなさいという。夢を追いかけなさいという。

夢。ああそうだ。私の夢は女優になることだったなあと。

カナエは急に元気が湧いてきた。

休みの日にバイトなどしてコツコツと貯めた貯金が十万円ほどあった。その金と多少の衣類と下着を小さなトランクに詰めて、家を出た。駅まで徒歩十二分の道のりが、とにかく長く感じられた。『脱出』という言葉が何度も脳裏をよぎった。緊張しすぎて、誰かに呼び止められたら心臓が止まってしまったかも知れない。しかし彼女を呼び止める者は誰もいなかった。駅で切符を買い、一路新千歳空港へ。車窓から眺める景色に、心躍った。

新千歳空港に着くと、東京羽田行きの便に乗った。初めて飛行機に乗った。小さな窓からまるで地図と同じ姿をした下北半島が見えた。

もう帰らない。小樽へは。カナエはそう心に誓った。

*

羽田には二時間足らずで到着した。東京の風は少し暖かく、その温度に、これが東京かと感じた。生まれてはじめての東京だった。モノレールに乗って浜松町まで。大きな京浜運河を眺めながら、この街でいったいどうやって生きてゆくんだろうと不意に不安になってきた。浜松町で乗り換えて、とりあえず山手線を一周してみた。東京タワーが見えた。東京はあまりにも巨大な町だった。どこから手をつけていいかさっぱり判らない。カナエは途方に暮れた。

女優にならないと。さて、どうやって？　カナエはともかく電車を降りた。

秋葉原。そこは不思議な街だった。バイトは呆気なくもすぐに見つかった。メイド喫茶。一週間のトレーニングを受けて、店に立った。店には従業員のための寮もあったので、住む場所にも困らなかった。一ヶ月でその店のエースになった。他の店から、あんなチャチな店じゃもったいない、ウチに来たら倍のギャラを出すと言われたりもした。そういう話はよく判らなかった。だいたいこの街が何なのかよく判らなかった。仲間と将来の話をするのは楽しかった。彼女たちはいろんな情報を持っていた。自分は女優を目指したいのだと言うと、事務所のオーディションや、劇団の情報が手に入った。秋葉原にいたら、なかなか女優なんかにはなれないよ、と言う先輩もいたが、その人も女優志願だった。

五年という歳月があっという間に過ぎた。十七歳のカナエは二十二歳になっていた。店のエースの座はとうの昔に新人に奪われ、常連客からオツコツさんなんていうあだ名までつけられた。漢字で書けば〝乙骨〟。お局《つぼね》さんという意味らしい。いたたまれなくなって、カナエは秋葉原から、高円寺に移り住んだ。

ネットカフェ暮らし。居酒屋で働き、そのバイト代のほとんどをつぎ込んで役者の養成所に通った。講師のTという男は、プロデューサーが本業で、何本か映画のプロデュースをした人物だった。ヤクザのような人相の男で、実際にヤクザの役で映画に出たこともあるという。女優になるにはどうしたらいいか尋ねると、相談に乗ってやるから連絡先を教えろと言われ、こんな人を頼ったら何をされるか判らないと不安に思いつつ、渋々連絡先を教えた。以来、Tは熱心に電話をかけてきた。SNSを使いこなせない昭和気質の人だった。連絡は必ず電話。しかし、意外にも彼の電話はどれも純粋に仕事の話だった。実際に芸能プロダクションのマネージャーを何人か紹介されて、名刺をもらったりもした。そんな中のひとりに、AV女優でよければすぐに仕事があるとも言われ、カナエが戸惑っていると、バカなことを言うな、この子はそんなことはしない、とTは彼女をフォローしてくれた。カナエはTに感謝した。恩を感じた。このまま女優になれなくても、女優になって有名になっても、この人には一生感謝しようと思った。Tは時々、エキストラの仕事を持ってきてくれた。長い待ち時間の後、ようやく出番がやってきたが、カメラから随分遠い位置に立たされて、ほとんど映らないところで、ただ歩くだけだった。こんな仕事が何回かあった。それでもカナエにはありがたいことだった。

どこかでTに見限られたのに気づかなかった。Tはいつも優しかったが、気がつくと連絡が途絶え、電話しても、会おうかとは言わなくなっていた。こちらから会って欲しいというと、スケジュール出すよと言いながら、次の電話がかかって来ることはなかった。また電話してみると、やはり同じように優しく、そうだねえ、今週は忙しいから来週の金曜日あたりでどう、などと言うのだが、直前でキャンセルのメッセージが入る。この頃になるとメッセンジャーやLINEの使い方をすっかりマスターしていた。そして返信は尽《ことごと》くメッセージで片付けられるようになっていた。Tさん、電話くれないかなあ。もうダメかなあ、と思っていると、ある夜、Tから電話が入った。

「今新宿で飲んでるんだが、来ないか？」

喜び勇んで出かけてゆくと、Tは元気のない様子で焼酎を飲んでいた。黒いネクタイをしていた。通夜の帰りだという。知り合いが自殺したのだという。Tは焼酎をチビリチビリと飲みながら、黙っている。間がもたず、カナエは尋ねた。

「男の人？　女の人？」

Tは返事をしない。

「女の人でしょ。昔の彼女？」

「違うって」

そう言ったきり、Tはまた黙り込んでしまう。焼酎のグラスが空になると、Tはグラスの底の氷をひとつ口に放り込んで嚙《か》り出した。

「おかわりしますか？」

Tは頷きもせず、首を横にもふらず、眠そうな瞬きをしながら、タバコに火をつけた。そしてぽつりぽつりと語り出した。

「男だよ。フリーライターで。自殺しやがった」

「仲良かったんですか？」

「いや、そんなでもない。全然そんなことない。よく知らないと言ったほうがいいかも知れないなあ。何度か仕事の話もあったんだが、なんやかんやで実現せず、何度か飲んだ程度だ。そんな程度で通夜なんか行ったもんだから、知ってる顔もいなくてさ、ビールなんか飲まされても、話す相手もいない。誰か知り合いでも来ないかなと思いつつ、二時間ぐらい粘って飲んでたんだが、あの男なかなか帰らないぞと思われるのもイヤだしな。タダで飲み食いできるからそこにいると思われるのはイヤだろう。別にそういうつもりじゃない。呼ばれたから来たんだ。まあでも、長居しててもいいことはない。というわけで、引き上げて来たんだが、なんか後味が悪くてな。たいして知らないヤツの通夜なんか行くもんじゃない。なんであいつは死んだんだろうなんてさ、ひとりで推理してたらさ、自分が死にたくなってきた」

「それで電話くれたんですか」

「なんかパッと明るい気分になりたくてな。悪かったな」

「いえいえ。光栄です」

カナエはTに焼酎のお湯割りを作ってやり、自分はビールを注文した。なんとかTを元気にしてやりたかったが、通夜帰りの男にくだらないジョークを連発するのもためらわれ、二杯目のビールジョッキから焼酎に変えた頃には、知りもしないそのフリーライターの男を思って涙が出た。

Tはそれを見てお前が泣くことはないだろうと大笑いした。

「まあしかし、あいつもお前にまで泣かれちゃ成仏しないわけにはいかないなあ」

店を出たのは、夜十一時。雪がわずかに降っていた。

「東京の雪は好き」

とカナエは言って、Tの腕に抱きついた。

「北海道の雪はね、しつこいから嫌い。東京の雪は好き」

「お前、北海道の出身か」

「小樽です。履歴書読んでないんですね」

「そんなところまでは読まないよ。趣味と特技ぐらいさ。見るところなんて」

通り道にベンチがあったので、二人はそこに腰掛けて抱き合った。キスをした。

Tも興奮してきて、

「どっかあったかいところに行こうか」

と言いながら、なかなか切り上げられず、カナエの胸元に指を這わせ乳首を探した。男に体を触らせるのは、K以来だな、とカナエは思った。けどTさんでいいのかと自問自答した。いい人だけど。おじさんだし。ちょっとキモい。やめとこうかな。やめさせてもらえるかな。急に怒ったり暴れたりあたしをひっぱたいたりしないだろうか。そんなことを考えていたら、不意にTの動きが止まった。

「なんだいこれ?」

Tはカナエの胸を揉んだ。

「しこりがあるぜ」

「え？」

カナエは自分でも触ってみた。確かにグリグリしたものがある。

「何かな？」

「病院で診てもらった方がいいんじゃないか？　乳癌だったら大変だ」

「乳癌って歳じゃないと思うけど」

「歳関係あんのかな？」

Tはその場でスマートフォンを使って乳癌を調べ始めた。

「まあ確かに若い子には少ないようだけど、『若年齢で発生した乳癌は活動的である』とさ」

「どういう意味？」

「進行が速いってことだろうな」

カナエは頭が真っ白になった。興奮もすっかり冷めてしまい、思わず身震いした。露わになった胸元をTが直してくれた。

「まあ病院に行ったほうがいいよ」

カナエは頷いた。しかし困ったことがあった。家出娘のカナエは健康保険証を持っていなかった。保険の利かない状態で癌の検査なんていくらぐらいかかるものなんだろう。思い切ってTにそのことを相談した。

「保険証がないのか。それは困ったなあ。なんで持ってないんだ？」

「ちょっといろいろ事情があって。あたし家出娘なの。税金も年金も払ってないの」

「それはよくないなあ。まあでも今言っても仕方ないなあ」
Tはこれで足りるかなあ、と言いながら、一万円だけ貸してくれた。そして別れ際、Tは何かあったらすぐ電話くれ、と言ってくれた。カナエはTがいてくれて助かったと思った。Tさんは本当にいい人だ。もし病気だったら彼を頼ろう。そう思うと少し元気が出た。公園の多目的トイレに忍び込み、上半身裸になり、自分の乳房を鏡に映してみた。これがなくなるのはいやだ。だったら死んだ方がマシかも知れないと思った。
カナエはネットで病院を調べ、さっそく翌朝、訪ねてみた。川崎の大きな総合病院だった。担当医が書かれたボードを見つけたので、乳腺外科の担当医の名前を調べた。その医師はブログにはSというイニシャルで登場する。何が嬉しかったのか、カナエはこんな風に喜びを表現する。

〝S先生！ヾ(￣▽￣=ノ♪〟

診療時間の終了間際になって、待合ホールもだいぶ人が少なくなってきた。それでも暫くソファに座っていると、Sというネームプレートをつけた医師が目の前を通り過ぎた。

〝S先生！⊃(≧▽≦)⊃〟

カナエは外に出て、玄関に張り込んだ。三十分ほどして仕事を終えたS先生が出てきた。パーカーにジーンズ。医者には見えない。

カナエは尾行した。駅に着いた。帰宅者で混み合うホームの中、S先生は次の特急の列に並んだ。カナエはすぐ後ろに立った。電車が到着し、乗客が混雑した車内に強引に乗り込んでゆく。カナエはS先生から引き離されまいと懸命だった。ドアが閉まり、電車が動き出す。カナエはS先生の真後ろについた。

さて、どうしたものか。

S先生と個人的に仲良くなって、タダで胸を診てもらおうという魂胆だったのだろうか。あるいは純粋に好みの男性に出会って追いかけたくなってしまったのだろうか。ここら辺の彼女の行動原理、というか、動機についての描写はもう少し後に出てくるのだが、いずれにせよ、かなり無謀な行動であったことには違いない。尾行しながら、さあ、どうしようかと彼女は悩む。いきなり私とデートしませんかと言ったら逃げられてしまうかも知れない。とはいえこのまま何もしなければ、彼は自分の駅で降りてしまうだろう。家まで追いかけるか。追いかけてどうするか。玄関のドアを叩いて、中に入れてくれ、というわけにもいかない。あれこれ考えていたので、暫く気づかなかったが、誰かが自分のお尻をさわっている。完全に背後からなので顔を見る手だてがない。指が足の間を這う。カナエはこれは使えると思った。黙ってS先生の腕に摑まった。S先生は驚いてカナエをチラッと見た。

「すみません、ちょっと・・・」

カナエはS先生の耳元で囁いた。そして痴漢のことを言おうとしたが、ためらった。

この人が正義感に溢れた熱血漢だったらどうしよう。この場で痴漢を取り押さえようと大立ち回りが始まるかも知れない。さてどうしようか。

「あの、ちょっと気分が悪くて」

これは我ながらうまい手だ、とカナエは思う。そもそもこの人は医者だ。病人に出会ったら助けるのが仕事。そのまま立ち去るわけにもいかないはずだ。

「大丈夫ですか？」とS先生が言った。

「ええ、なんか貧血が……」

痴漢の手が止まった。そして足の間から撤退してゆくのを感じた。

「次の駅で降りたいんですけど」

「手伝いましょうか？」

それから二分ほどで電車は次の駅に着いた。S先生はカナエの手を取って、人垣をかき分けた。カナエはチラッと振り返って痴漢の顔を確かめようとしたが、どいつもこいつも怪しく見えて、容疑者を特定することはできなかった。

S先生は電車を降りると、カナエをホームのベンチに座らせた。

「どんな感じですか？　気分悪いですか？」

「はい」

「暫く座っていれば、じきによくなると思います。けどあなたラッキーですよ。僕医者やってるんですよ」

「そうなんですか？　それは、ラッキーでした。すみません。お忙しいところ」

「いや別に、もう帰るだけですから」

「実はあの、痴漢だったんです」

「え？」

「痴漢に触られてて」

「・・・え？　あ、そうだったんですか。痴漢なら痴漢って言ってくれたら、捕まえたのに」

「そうなんです。そうなったらおおごとになっちゃうと思って」

「・・・なりますね」

「ごめんなさい。嘘ついて」

「いいえ。そんな嘘ぐらい。でもなんか具合も悪そうですよ」

気がつくとカナエは病人の演技をまだ続けていた。しかし急にやめるのも難しい。

「痴漢に遭いましたから。気分悪いです」

「そうでしょうね」

次の電車がやって来た。

「もう大丈夫ですかね」

「はい大丈夫です」

「乗らないんですか？」

「あ、はい。乗ります」

二人は電車に乗り込んだ。

「どちらまでですか？」

「横浜です」

「あ・・・あたしもです」

横浜までの沈黙。S先生はずっと自分のスマホをいじっている。電車が横浜駅のホームにさしかかった時、カナエはS先生の耳元で囁いた。

「今日はほんとにありがとうございました」

「いえいえ」

「あの、もしよかったら、連絡先を教えてください。お礼のメール送ります」

「いいですよ。気にしなくて」

体よく断られた。再び沈黙が。俯いたまま顔を上げられずにいると、S先生は名刺を差し出した。

「……これ」

「あ、どうも、ありがとうございます。あたし名刺持ってなくて」

「ああ、いいですよ。気が向いたらメールでもください」

「ありがとうございます」

電車を降りた二人は、一緒に改札を出た。

「大丈夫ですか？　お加減は？」

「あ、大丈夫です」

「どっち方向ですか？」

「あっちです」

「あれ？　僕もあっちです」

「え？　そうなんですか？」

カナエはS先生についてゆく羽目になった。はじめての横浜。右も左も分からない。

「実家と職場は川崎なんですけど。大学がここら辺だったもんだから、その時に一人暮らしを始めて以来ずっとここら辺ですよ」

S先生の家は駅から徒歩五分のマンションだった。

「じゃ、僕ここなので」

「そうですか。じゃ、あたしもっと向こうなので」

「どの辺ですか？」

「もうちょっと、あっちの方です」

どぎまぎしながらカナエは答えた。それ以上質問されても横浜については何も知らないし、答えられない。運よくS先生はそれ以上深追いしてはこなかった。

「じゃ、ここで失礼します」

「ありがとうございました」

マンション入り口の扉を開けて、S先生は中へ。カナエはアリバイ作りのために暫く歩いた。五十メートルぐらいのところで踵《きびす》を返し、駅に向かって引き返す。途中で立ち止まり、渡された名刺を見る。

間違いない。子供時代によく遊んでくれたお兄ちゃんだ。お父さんもお医者さんで、きっと彼も将来医師になっているだろうとは思っていたが、いつだったか、東京についてからすぐに、ネットで名前を探すと、同姓同名が一人出てきた。掲載写真を見ると、だいぶ精悍な青年に変貌してはいたものの、紛れもなく本人だとわかった。フェイスブックのアカウントを見つけて、友達申請したら、承認された。それから時々更新される彼のフェイスブックを眺めていた。メッセンジャーを使って話しかけることもできたが、躊躇《ちゅうちょ》があって、どうしてもできなかったようである。こうした経緯があった。そうでもなければ、例えば不意に街角ですれ違っても、彼だと気づくことはできなかっただろう。現に彼は気づいていない。気づくはずもない。カナエを憶えていたとしても、それはまだ幼い頃の彼女の姿だ。

自分の背後を歩いている通行人が気になり振り返ると、なんとS先生であった。

「あれ？　また会いましたね」

カナエはパニックになった。

「あ、いえ……あの……あれ？　……あなたは？」

「これからひとりメシですよ。その辺で。よかったら一緒にどうですか？」

「え？　そうですね」

期せずしてカナエは夕食を共にする機会を得た。二人は駅前の中華料理屋に入った。個室だった。

「ここは小籠包がうまいですよ。頼みますか？」

「あ、お任せします」

しかし、ここから先は全くのノープランである。どうやったら彼に診察してもらえるだろう。素直に診てくれとお願いすればいいのだろうが、言えない。繋がりはできたし、また後日相談でも、という気にもなって来る。

［少しずつ、少しずつ……］

料理が来た。こんな美味しい料理を食べるのは久しぶりだった。S先生に苦笑されて我に返る。

「いや、あまりにも旨そうに食べるから」

カナエは顔が真っ赤になるのを感じた。紹興酒を飲み、気を紛らわす。さて何処から話の口火を切るべきか。とりあえず、何処からでも。

「お独りですか？」

いきなり唐突な質問をしてしまった。

「独りってどういう意味ですか？　独身とかそういう？」

「そうです」

「独りです」

「あ、ごめんなさい。余計なこと訊いちゃいました」

「いえいえ大丈夫です」

「あ、大丈夫ですか？」

次が浮かばない。さてどうしようかと迷いながら小籠包をくわえ込み、舌先を火傷する。

「舌、火傷したみたい」

「はい、お水お水」

水を口に含む。そして舌を出してみせる。

「火傷してますか？」

「いや、わかんないですね。ま、大丈夫でしょう。ただし舌は専門外ですけど」

「そういえばお医者さん！」

「はい」

「なんのお医者さん？」

「乳腺外科です。乳癌とか、そっちです」

「へえ。あたしも診て欲しいな」

そんな台詞が口を突いて出た。咄嗟であった。

「今度是非。病院にいらしてくれれば」

「なんかちょっと胸にしこりがあるんですよ」

「え？」

「往診はやってないんですか？」

「往診ですか？」

不意にS先生はあたりをキョロキョロして、

「診てあげましょうか？」と言う。

「ここでですか？」

「そうですね。ここでってわけにはいかないですよね。どっか行きますか？」

「え？」

「診るだけですよ」

「どこへですか？」

「そうだなあ」

「ラブホテル？」

「いや、そんな、ウチでよければ……」

「診るだけですよ」

「もちろん」

出たとこ勝負ではあったが、辛くも目的は達成できた。ボギーを何度も叩きながら、どうにかカップインに成功したようなカナエであった。

「そう言えば、まだお名前を伺っていませんでしたね」

とS先生。

「……あ」

カナエは一瞬言葉に窮した。咄嗟に偽名を使った。

「カナエです」

「かなえさん……」

「はい」

正体がバレたら……父親に通報されても困る。そんな思いが脳裏をよぎった。

「どう書くんですか？」

「カタカナです」

「上のお名前は？」

「……あ」

「いや別に、言いたくなければ」

「夢です」

「ゆめさん。ゆめは？　夢を叶えるの夢ですか？」

「そうです」

「いい、お名前だ。夢カナエ。ああ、ほんとに夢を叶えるってお名前ですね」

「はい」

「何か、夢は叶いましたか？」

「……いえ、なんにも」

「そうですか。ま、いつか叶うといいですね」

「はい」

「どんな夢を叶えたいですか？」

「んー、女優です」

「ほお」

「あ、無理って思ったでしょ？」

「いや、逆です」

「ほんとですか？」

「ほんとですよ。夢カナエっていうのは芸名ですか？」

「はい」

「そっか。……いつかその夢が叶うといいですね」

食事が終わると、S先生はカナエを自宅マンションに連れて行った。大きな間取りの部屋だった。十四階のリビングからは海が見えた。レインボーブリッジかと思ったその橋がベイブリッジだと教えてくれた人物がいた。この男は最初から部屋にいた。誰もいないものかと思っていたら、ソファにこの男が寝転んでいたので、カナエは戸惑った。髪を伸ばし、髭面の男はホームレスのようだった。この豪華な部屋とその男の風体は、なんとも似つかわしくない、とカナエは思った。

S先生はカナエを自分の書斎に連れて行った。部屋にはまた何とも不気味な絵が飾られていた。思わず見入ってしまう。S先生が言った。

「さっきいた、あいつが描いたんだ」

「絵描きさんなんですか？　あの人・・・上手ですね」

「上手ですよ。画家だから」

「死んでません？　この人」

「それ、あいつが描いたオレ」

「そうですか」

S先生はカナエを椅子に座らせ、乳房を触診した。そして腫瘍の可能性は否定できないと告げ、病院でちゃんと診てあげるから明日にでも外来に来るように伝えた。しかしカナエは病院には行かなかった。カナエは大丈夫と言って欲しかっただけだった。大丈夫じゃないんだとしたら、その先のことは考えられなかった。

＊

彼女のブログから知りうる物語はこのあたりまでだった。
［つきなみな表現だけど、マジ頭の中が真っ白になった］
それが彼女の記した最後の言葉であった。日付は２０１７年3月16日。
彼女はちゃんと診察を受けたのだろうか。受けずにそのままにしていたなんてことはなかっただろうか。私がそんな心配を浜崎さんに書いて送ると、すぐに彼女からの返信が来た。
［受診しなかった可能性高いですよね〜。ブログを読む限り、その可能性は否定できないですよね〜］
彼女からのメッセージは続く。
［それもありますが、注目すべきは〝S先生〟です。染井氏と同じ乳腺外科の医師ですよ。川崎の病院に勤務していたところまで一致します］
［S先生とはナユタ？　だとすれば、バス事故の犠牲者の一人は、ナユタと接点があったということになります。これって一体どういう事でしょう？　うーん、どういうことでしょう？］
［カナエが部屋で会ったという画家も気になりますよね。ナユタの友人の画家が遊びに来ていたということか。その画家によるナユタの肖像画が存在するということですよね？］
［ともかくカナエ日記の登場で謎は更に深まりましたね］
浜崎さんの言う通りだ。ブログの最後の書き込みの後、カナエとナユタとの間に一体何があっ

たのだろう。きっと何かがあったのだ。その約十ヶ月後、バス事故で亡くなったカナエは、その十日後にはナユタの絵の中にいたのだから。
浜崎さんから更にメッセージが届いた。
［ところで、例のダンソンの記事を書いた人ですけど。折茂羽膳。これってある人のアナグラムな気がします。オリモを逆さから読むとモリオ。羽膳＝UZENをアルファベットで逆さ読みするとNEZU。ネズモリオ。この方ご存知ですか？］
私は鳥肌が立った。浜崎さんの次の説明を待つまでもなく。
［根津杜夫。この人、ナユタの絵を扱ってる画廊の店主なんですけど］
となると、あの記事は根津さんが書いたということか。
［この人なら、バス事故の女性と『花の街』の因果関係を知っても、まったく不思議ではないですよね。先輩、この方、ご存知ですか？］
ご存知も何も、である。
かくして私は、根津さんと私の関係について浜崎さんに書いて送らねばならなくなった。最初の出会いから、現在に至るまで、事細かに書いてゆくうちに、この謎の画廊の店主が何やらますます不気味な妖怪のように思えて来て、背筋が寒くなるのであった。

＊

それから数日後、そんな妖怪根津杜夫からショートメールが届いた。

「江辺さん、取材可能かも知れません」

一瞬、何の取材だろうと思った。続けてメッセージがもうひとつ。

「ナユタの件です。やります？」

「どういうことでしょう？　江辺さんって江辺罪子さんですか？」

「そうです」

「彼女がナユタをご存知なんですか？」

「それは江辺さんに訊いて下さい」

相変わらずの、にべもない返答であった。それにしても、妖怪の次がいきなりのラスボスである。心が折れそうだ。しかしこうなっては。もう飛び込むしかない。火中の栗は拾うしかない。

私は、江辺さんにメールを打つ。恐る恐る。正直ビビりながら。

「ナユタの件について、取材したいのですが」と。

返事はすぐに戻ってきた。

「いつでもよいですよ」と。

少しフレンドリーな対応に束の間安堵しながら、加瀬くんにメッセージを打つ。

ナユタの件で、江辺罪子という画家に取材することになったという事と、来週どこか空いてないかという事と。

その返事はやけに遅かった。しかもその内容は短かった。

「僕は行けないけど、頑張ってください」

……と。

15　恒河沙

海の見えるその高台には、別荘のような建物が点在している。長者ヶ崎の近く。住所は横須賀になる。横須賀市秋谷。葉山に隣接する街である。根津さんのメッセージには『恒河沙《ごうがしゃ》』という看板の建物を探してくれとあった。そこが江辺罪子のアトリエであると。

急な坂道の突き当たりにその看板を見つけた。四角い鉄の板をくり抜いて『恒河沙』と刻まれていた。知らない人はレストランかと思うような白いギリシャ風の建物だ。

呼び鈴を鳴らすと、インターホン越しに江辺さんが「入って」という。同時にドアのロックが解除される。

中に入ると、もうそこがアトリエだった。江辺さんが取り組んでいるらしい描きかけの新作がど真ん中にあった。江辺さんはモデルのようなポーズでソファに寝転んでいた。

「すごいですね！　ここがアトリエなんですか？」

「私のもんじゃないわよ。私は単なる居候。根津さんのお得意さんの持ち物でね。根津さんがその人に作家を集めたアトリエを作りたいんだと話していたら提供してくれたんだって」

「画家さんには最高の環境じゃないですか」

「どうだかね。身の丈に合わない贅沢なんかしてるとダメになるってこともあるんじゃない？　とはいえ、ここを使えるのに断る気にもならないけどね」

「他にもいらっしゃるんですか？」

「今は私だけ。去年までは二階にひとりいたんだけど」

「そうですか」

私は我知らず新作のキャンバスに歩み寄った。人物の顔だけが描かれていないシュールな絵だった。

「今回は顔がないんですか？」

「違うわよ。顔はね、最後に描くの」

「そうなんですか。なんか最初に描きたくなっちゃいますけど」

「私は顔が最後。人それぞれじゃない？　そこは。顔に頼るのが嫌なのよ。顔無しで納得できるまで描きたいの。よっぽど気が済んだら、やっと顔に入る」

「なるほど。でも、なんかこのままでも充分表現ですよね」

「みんな言う。私も時々そう思う。座って」

江辺さんは気だるそうに立ち上がって、キッチンの方へ。私は彼女が指さした椅子に腰掛ける。

「コーヒーでいい？」

「あ、はい」

江辺さんはミルクパンでお湯を沸かし、水切りかごに伏せられていたマグカップを二つ、シンクの中に置いた。調理台の上ではなく、シンクの中にである。何をする気なんだろうと思っていると、江辺さんが言った。

「こないだはお世話様でした。あの記事、評判良かった」

「あ、読んで頂けました？」

「私は読んでない。まわりから評判を聞いただけ。私は読まないよ。前に一回自分のインタビュー記事読んだことあるけど、何喋ってるのか、自分でもわかんなかった」

お湯が沸くと、江辺さんはミルクパンにインスタントコーヒーの粉をそのまま入れた。鍋の中のお湯が一気に噴き上がり、泡立つのが自分からも見えた。江辺さんはその泡をシンクの中へ。そこにあるマグカップに注ぎ込んだ。確かにそれを調理台の上でやるのは無茶かも知れない。それにしても不思議なスタイルである。

江辺さんはマグカップを両手に持って戻ってきた。片方のマグカップを私の椅子の隣の小さな丸椅子の上に置く。自分はソファに戻り、腰掛けると、マグカップを床に置いた。

「あ、あの今日はお時間取って頂いてありがとうございます。改めまして、今回、ナユタさんの特集を企画しておりまして、メールにも書きましたが、根津さんから是非江辺さんに話を訊いてみろと言われまして……」

「何を聞きたい？」

「え？　……あの……詳細をあまり教えてもらえてなくてですね。江辺さんがナユタさんについて知ってることが何かあれば教えていただきたいと。すいません、こんな状態でお伺いするのも失礼かとは思ったんですけど」

江辺さんは足元のマグカップを手に取った。

「ちょっとこのコーヒー飲んでみてよ」

「え？　あ、はい」

私は言われるがままにマグカップを手に取り、コーヒーを一口飲んだ。

「おいしい？」

「あ、はい」

「ああやっていれると美味しいんだって」

私はもう一口飲んだ。

「あ…ほんとに美味しい！　インスタントっぽくないですね」

「インスタントの割にはね。とある知り合いが教えてくれた」

「そうですか」

「去年まで上にいたやつが」

少し意味ありげな言い方と眼差しだった。鈍い私も察しがついた。

「ひょっとして、ナユタさんですか？」

江辺さんは小さく頷いた。

「上にいたんですか。なるほど。それじゃあ、よくご存知なんですね」

「根津さんからは何処まで聞いてるの？」

「なんにも教えてくれません。自分で調べなさいってスタンスです。なんかまるで謎解きゲームでもやらされてるみたいで」

「ゲームだとしたら、あなたの遊び相手は根津さんじゃないわね」

「え？」

「ナユタでしょ」

「そうなんですか？」

「だって根津さんはナユタの言うことを聞いてるだけだから。ナユタについてはどこまで知ってるの？　染井が死んだのは知ってるの？」

「あ、はい」

「ナユタってね……二人いるの。それは知ってる？」

「二人？　そうなんですか？」

「染井と、あともう一人いて。二人で作ったユニットがナユタ」

「……ユニット。そうなんですか？　じゃ、もう一人いるんですか？」

「だからいるって言ってるじゃない。いるから、取材の許可が下りたんじゃないの？」

「そうなんですか？」

「そりゃそうでしょ」

「じゃ、その方は生きてるんですね。そのもう一人の方は」

「生きてるから取材許可を出したんじゃない？」

安堵感が全身に溢れた。そのまま力が抜けて椅子から滑り落ちそうになるのをどうにか耐えた。

ああ、よかった。ナユタは生きている。いや、一人は亡くなってしまったわけだが、もう一人が生きている、という意味で、ナユタは生きている！

「あ、二階、覗いてみる？　ナユタの絵が置いてある」

江辺さんはそう言いながらソファから立ち上がった。釣られて私も。しかし江辺さんは歩き出す気配がない。ひとりで見て来いというつもりなのか。私は歩き出す。階段に向かって。そしてその一段目に足を乗せる直前に振り返った。江辺さんは、依然その場所から動かず、どうぞ行ってらっしゃい、という顔をしている。

階段を昇る。二階の工房は吹き抜けで、一階より薄暗い。カーテンが窓を塞いでいる。キャンバスを載せたイーゼルが何点か置かれていて、上から布がかけられている。

部屋の中央に立つイーゼルに歩み寄り、布の覆いをめくってみる。

そこに現れたのは、『蛹《さなぎ》』の一枚である。その両隣に、あと二つの『蛹』がある。シュールな裸体像の連作である。その三つの作品はそれぞれ、『蛹1』『蛹2』『蛹3』と名付けられている。

『蛹1』は両手両足を後ろに縛った女性の、胴体から太腿までが克明に描写されている。身体を仰け反らせ、乱れ髪に覆われた顔は見えない。『蛹2』は麻のような布が全身に纏わりついている。頭部と肩から先、両足の膝から下を、布が絡みつき隠している。女体の胴体と、太腿と脛とによって象《かたど》られるそのフォルムがどこか蝶の蛹を連想させる。この首と手足を奪われた女体が蛹なら、そこから何が羽化しようとしているのだろう。そんなことを想像させる二作品だ。そして『蛹3』はまさに羽化した女体図である。薄いスリップを纏い、アスファルトの地面に横たわる女性。身体を真横にして、その右足を前に、左足を後ろに。寝姿ではあるが、どこかサモトラケのニケを思わせる。そして何より目を引くのはニケ同様に背中に生やした羽である。しかしそれは鳥類の翼ではなく、透明な昆虫の羽である。まるで妖精のような姿だ。しかし背景のアスファルトと同化した黒い髪によって、頭部は千切られ、失われたかのように見える。両腕は太腿の間に挟み込んでいるような形でやはり見えない工夫がされている。

江辺さんが階段を上がってくる。

「そのモデルさんの消息はわかったの？」

「……いえ。この絵の調査はこれからです」

江辺さんは少し意味ありげな表情を浮かべたが、不意にそっぽを向くと、工房の中を歩き回り、イーゼルの覆いを次々と剝いでゆく。

『伴侶』がある。『カラス公園』がある。『花の街』がある。すべて本物だ。感動が波打つように私の全身に押し寄せる。私は丹念に見て回る。その一枚一枚を。

「二人いたというのは？　どれをどっちが描いてたんですか？」

「一緒に描いてたのよ」

「一緒に？」

「そう。気持ち悪いでしょ？　でもそういうユニットだったのよ。ナユタって無限におっきな数の単位でしょ？　彼らのナユタは二つの才能を掛け算したら無限大になるっていう意味らしいわ」

「なるほど。そんなこと出来るもんなんですか？」

「例えばヴェロッキオとレオナルド・ダ・ヴィンチとか？　運慶と快慶とか」

ルネッサンス期の絵は工房方式で、マエストロの指揮のもと、何人かの絵師が筆を揮ったというし、運慶は快慶と弟子らとともに、奈良東大寺南大門の金剛力士立像二体を数ヶ月で作り上げたという。

ナユタの創作というのも、そうしたスタイルだったのだろうか。

私は暫く絵を観て歩いた。そのうち壁に貼られた何枚かの写真に気づいた。男性が二人で写っている写真である。片方は染井雄高である。染井産婦人科でも写真を見せて頂いた、そのままの面影だ。

そしてもうひとりの男性。

「これがナユタのもう一人ですか？」

私は江辺さんに訊ねた。

「そうよ」

どこかで見たことのある顔である。

「どうした？」

「いえ……やっ……あの……ある人によく似てて」

「加瀬真純」

「え？」

「加瀬真純。彼がナユタのもう一人」

私は思わず振り返り、江辺さんを見た。どんな顔で見ただろう。余程呆けた顔だったに違いない。その顔を見て江辺さんは吹き出しそうになった。

「ちょっと、なんて顔してんの？　知り合い？」

「あ、はい」

「知ってる」

「え？」

「高校の先輩後輩なんでしょ？　なんかあなたが彼に油絵を教えたって聞いたけど、そうなの？」

「あ、いや、はい」

「だから、私に質問するのはお門違い。彼が全部知ってるわ。連絡してみれば？」

「え…あ……」

動顚…頭が働かない。

「私が連絡してあげようか？」

江辺さんはスマホを取り出して、彼に電話しようと…が、しかし、私は……。

「…あの、でも、取材はできないって言われてるんですよ」

整理がつかない。

…なぜ彼は？　…なぜ言わなかった？　…なぜ隠していた？

「ナユタに取材をするのは無理よ。もうないんだから。解散しちゃって。でも彼になら聞けるんじゃない？　この取材オッケーしたのは彼でしょ？」

「そうなんですか？」

「そうよ。他に誰がいるのよ」

私は思わず膝から崩れ落ち、そのまま暫く放心状態であった。ナユタの絵に囲まれて、まるで自分が呪いの魔法陣のど真ん中に立たされているかのような、これから死神が現れて、自分の心臓を抉《えぐ》る儀式が始まるかのような、そんな具体的な妄想が脳裏を去来したわけではないが、何かそれに等しい、鉄の棒で後頭部を引っ叩かれるような、そんな衝撃があった。

居並ぶ作品を悠然と眺め歩く江辺さんの声だけが背後から届いた。

「本当はね、もっといっぱいあったんだけど。ほとんど実家に送っちゃって。彼の実家にね。捨ててなければ色々あると思う。そっちも取材してみれば？」

何かを取材すれば、と言われたのはわかったが、何のことか理解しきれず、とにかくもうわけが分からず、何かを考える余裕はなかった。

「お酒でも飲む？　今日は泊まっていけばいいじゃん」

彼女の強引で事は進む。江辺さんは腰砕けている私にグラスを持たせ、有無も言わせずワインを注ぐ。もはや、なし崩し、なす術なし。気がつけば、ナユタの絵に囲まれながら床に座ってワインを酌み交わしていた。

「染井や加瀬と初めて会ったのはこの場所だった。この二階のアトリエ。奴らがここを使ってて、球体関節人形作ってる人が下に一人いてね。私は最初のうち隅っこ借りてやってたんだけど、人形造りが立ち退いてくれたんで、下を独占できた。その人、なんでいなくなっちゃったか知ってる？　上の連中は呪われてるからだって。〝死神伝説〟をマジで信じてた」

「私もわかりません。そんなバカなとは思うんですけど。なんか調べていくと。だって『花の街』とか、絶対にありえないですよ」

「呪われてはいるよ」

「そうなんですか？」

「それは間違いない。私はそう思う」

「そんな人達が上にいて、怖くなかったんですか？」

「かっこいいじゃない？　染井」

「知りません」

「そっか。でも、その魅力には勝てなかったね。と言っても染井は滅多にここには来ない。普段お医者の仕事があるからね。上にはいつも加瀬がいて、ほとんど住んでたからねここに。私もたまにはお泊まりすることもあるけど、あいつはもうずっと上で、なんかせっせと描いてたよ。染井は時々ここに来て、加瀬といろいろ侃々諤々《かんかんがくがく》議論戦わせたりね、時々、一階に降りて来て、私と飲んだりね。酔っ払って一緒に寝ちゃったりとかね。気がついたら私の方がかなりどっぷり依存症になってたかも。こんな話聞きたくないか」

「いや、大丈夫です」

咄嗟にそうは答えたが、自分の中では頭の中が錯乱しっぱなしだった。だって加瀬くんは、私と一緒に現地を訪ね、モデルの関係者に会っていたではないか。いやいや、そうじゃない。会っていなかった。『カラス公園』の時も、彼は関係者とは会わなかった。田中医師とも。染井雄高の両親とも。唯一、須藤大和さんとは会った。あれは、大和さんが加瀬くんの顔を知らないと踏んだから？　自分の顔を知っている人間、面識のある人間は避けたのだろうか。

なるほど、だから自分は行けないって言ってたんだきっと。

江辺さんの前に現れたら、途端に「あら、加瀬じゃん、どうした？」ということになるわけである。そんなことを頭の中でぐるぐる巡らせているうちに江辺さんは自分の思うがままに喋りたい話をするのであった。その物語は、あっちに行ったりこっちに行ったり、難しい芸術論に走ったりして、終わった頃には、空が明るくなりかけていた。日のあるうちから飲みはじめて、朝を迎えてしまったのである。ワインの瓶を何本も空にしながら、私はまるで酔えなかった。江辺さんもしまいにはだいぶ酔ってはいたが、最後まで話の内容はしっかりしていた。

そこから得られた情報を整理し直してここにまとめてみようと思う。

ナユタとは何者だったのか？　その始まりとは？

長い話の途中で、江辺さんは脱線するように染井雄高の中学時代の話をしてくれた。時系列的にはこの話が最も古いので、まずはここを皮切りに江辺さんの話を始めてみたい。

16　罪子の話

「染井の親は産婦人科。それは知ってる？」

「はい。知ってます。川崎のご自宅にお邪魔させて頂きました」

「親が産婦人科。そんな仕事をしているというだけでも染井は耐えられなかったんだって。生命の誕生に立ち会う仕事なんて、お医者の中でも幸せな方なんじゃないの？　でも、彼は苦手なんだそうよ。血腥《ちなまぐさ》いって言ってた。でもその血腥い仕事を代々継承するのが染井家の伝統だったわけで、この予め敷かれたレールが本人、嫌で嫌で仕方なかったみたい。中学時代、川崎に移り住んでからは、暴力団まがいの連中と悪いことしてた時代もあったそうよ」

その辺は大和さんや武尊さんから聞いた話である。しかし、そこからの顚末はいささか趣が違った。事実関係は須藤兄弟から得た話とほぼ同じ内容でありながら、江辺さんが染井の口から直接聞いた物語は、時には寝物語に聞かされたそれは、ひと味もふた味も違っていた。

江辺さんはある時、染井に死にたかったのか？　と訊いたことがあった。染井の両の手首には数多くのリストカットの痕が残っていたからである。

その答えとして彼が語ってくれた話というのが、美夜から始まる物語であった。

染井は中学三年の秋に、川崎の中学に転校してきたという。その前に小樽に住んでいたわけだが、江辺さんはそこまでは知らされていなかった。彼女が染井から聞いた話は、川崎からということになる。

さて、転校してきた染井に関心を持った生徒がいた。美夜である。

この美夜、須藤兄弟の末の妹である。三兄弟が制御不能な淫乱アバズレと呼び、持て余したあの妹のことだ。その美夜が染井に関心を寄せ、接触して来た。美夜は最初からセックスが目的だったと、染井は言う。

「美夜はまだ中学生。そんな女がいると思う？」

罪子は私に問う。私は「想像できません」と答えるしかない。

武尊と命人がこの不幸な妹に虫がつかないように警備を怠らなかったというが、その兄たちの目をかい潜って美夜は染井との密会を繰り返していたという。

美夜という女子の早熟さも然《さ》る事ながら、その相手ができた染井もすごい男子である。

遊び感覚で窃盗を繰り返していた須藤兄弟は、普段から中学生離れした現金を持ち歩いていて、どうやらそのお金を妹が勝手に使っても、気にもしない羽振りのよさだったという。そんなあり得ない環境の中、美夜は中学二年でありながら普段から金遣いは荒く、染井と遊ぶ時は、代金はすべて彼女が支払っていたという。ゲームセンターでも、カラオケでも、ラブホテルでも。兄貴たちが盗んだ泡銭《あぶくぜに》をひたすら染井に注ぎ込んでいた美夜は、それほどまでに染井を好いていた。

主導権は常に染井が握っていた。こんなマセた淫乱な女、面倒でさえあった。しかし同時に美夜に溺れて止められない矛盾した染井がいた。

「……セックス中毒」

江辺さんはそう言う。

耳にしたことのある言葉だったが、いくらなんでもそんな中学生がいるだろうか。

「自分でもコントロールできないんだ。これは本人が言ってた。まぁそれ以上に、私も知ってるんだ。コントロールできない彼のセックスを。そこ、もう少し詳しく知りたい？」

それを聞くのには甚だ抵抗があったが、取材だと思えば、そこで躊躇もしてはいられない。

「ぜひ聞かせてください」

と私が言うと、

「いやよ」

と。

しかし、この〝いやよ〟は一体何だったのか、江辺さんは続きを躊躇なく話してくれた。

「長いのよ。とにかく長い。もう何時間でもよ。絶倫よ。いつまでもやめてくれない。そのうちどんどんエスカレートして、もう身も心も完全に壊れる寸前。最後には私のほうが耐えられなくて、泣き出しちゃうの。もう号泣。いつもそのパターン。まあ、私の話はいいとして」

江辺さんは須藤兄弟に話を戻す。

「美夜が淫乱の売女と揶揄《やゆ》されるようになったのは、実は染井のせいだったんじゃないかと思う。染井は美夜をたらしこんで、弄《もてあそ》んでいた。そんな気がする」

いや、しかし……。

「それはでも、まだ子供の世界ですよね。そんな男女の力学が、こんなところにまかり通るものですか？　不可能としか思えないです」

思えないが、しかし生憎《あいにく》、私には経験がない。

江辺さんは言う。

「でもそのくらいのことやってて丁度いい、染井だから。モンスターだから」

どうも違和感がある。鈴木祥子さんのお宅で拝見した中学時代の彼の写真。あの子が川崎に行って突如そんなモンスターと化すなんてことがあるのだろうか。

正直、それは江辺さんなりの解釈、江辺さんなりの脚色ではないだろうか、と私は思った。江辺さんは染井をモンスターにしておきたいのだ、きっと。それが誇張を生み、フィクションを生む。作家とは、そういう思考回路であり、作家としての理にかなっているかも知れない。しかし私が知りたいのは事実だ。須藤兄弟が、自分の血を分けた妹を性欲のモンスターのように語っていた。彼らからすれば恥ですらあるそんな妹の性癖を誇張して言うとは考えにくいのである。となれば、美夜と染井の関係をよりリアルに言い得ているのは須藤兄弟たちと考えるべきではあるまいか。そんな分析が頭の中で巡った。

どちらの愛欲が上回っていたのかはともかく、派手な逢瀬を繰り返していた染井と美夜の噂は、瞬く間に須藤兄弟の耳にも届き、ある日染井はチームに呼び出され、激しい暴行を受けることになったのである。それは武尊さんから聞いた話と一致する。須藤兄弟の話では、染井は、何度殴られても立ち上がり、天晴《あっぱ》れな奴と武尊さんはその姿に男気を感じて仲間として迎え入れたと、そんな話であったが、江辺さんが染井から聞いた話には、その時の染井自身の心象が克明に残されていて興味深い。

命人の暴行を受けた時、染井は彼自身驚くほど自分が死にたがっていたことに気づいたという。ここでこいつに殴り殺されれば手間が省けるとさえ思ったのだという。その時は痛みも感じず、殴られる度に恍惚感が溢れ、こんな快感の中で死ねるなら最高だとまで思ったのだという。その恍惚感が忘れられなくなってしまった。

染井は須藤兄弟の寵愛もあり、チームの中でも一目置かれる存在になって行った。美夜はすっかり染井の彼女気取りであったが、染井は彼女が目障りにさえ感じるようになっていた。それ以上に鬱陶しかったのが命人だったという。同級生でもあった命人は、四六時中、染井とツルみ、誰よりも自分が染井と仲がいいんだとアピールしているかのようだった。年上の武尊すら一目置く同級生を独占し、自分のポジションを優位にしたがった。

「バカなガキほど、そういうつまらない計算をするんだって。そういうもの？」

と江辺さん。

そんなある日、彼らは警察の白バイに追われた。四方八方に逃げる中、命人は染井を乗せて原付バイクで走っていた。命人は無免許で、そのバイクは彼が盗んだ他人のバイクだった。警察がやって来たのは、そのバイクのせいだった。どんなに逃げても白バイが追いかけてくる。

その時である。染井は閃《ひらめ》いた。ああ、今なら死ねると。

交差点の反対車線に右折しかかった車が見えた。その車を躱《かわ》そうと命人は重心を左に倒す。染井は自分の重心を逆に、右に寄せた。抗《あらが》う命人の重心を感じながら、染井は更に強く、右に身体を倒した。バイクは車に激突した。命人は死に、彼は生き残った。

須藤武尊の直感は正解だったのか。人を殺していた。染井雄高。

命人の死を悲しむ命人の兄弟、家族、チームの仲間たち。この下町の人たちは悲しみ方を知ってるのだと染井は思った。しかし自分には判らない。

「両方の触角をむしり取られた昆虫、とか、水の中からこの世界を見ている感覚、とか、そんな言い方をしてたかなあ、本人は」

そんな感覚に苛まれる染井には、彼等の表現する喜怒哀楽が何ら心に響かない。ところがどうだ、そんなどうでもいい連中の一人に過ぎなかったはずの命人。その命人という存在が染井には手で触れた感触まで実感できるほどになっていた。付き纏われていた時は面倒だと思っていたヤツが、今は物静かに、自分の傍らにいて、自分の病める精神をこんなにも慰めてくれようとは。

気がつけば、染井はスケッチブックに命人の顔ばかり描くようになっていた。狂ったように描いた。そしてその手で触れる魂を実感し、自分が生きていることを実感するのだった。

しかし、それも束の間であった。半年もすると、命人の存在は薄れ、彼の傍《そば》からやがて消えてしまった。逆に罪悪感が彼を苛んだ。自分はあいつを殺したのだ。染井は半年もかかってようやくそこに辿り着いたのである。

「ここまでが、ナユタっていう作家の、半分が出来上がる、そこまでの物語ね」

と、江辺さん。

私は息苦しくなった。染井は命人という友人を殺したのだという。しかもわけの判らない動機で、だ。

しかし彼の気まぐれが引き起こした殺人事件は、白バイに追いかけられている最中だったということもあり、誰も気づかずに終わったのである。彼は自ら引き起こした殺人事件を法の許で裁かれることもなく、病院から退院して、皆から祝福されるという奇妙な状況に立たされた。

「免責。これがあいつを狂わせたんだと思う」と、江辺さん。「彼が住んでいたのは、こっちじゃなくて、あっち。あっちでしか生きてる実感が持てなかった。でも、それって死んでるってことなんじゃないの？　自分は死んでいる。そう思うことで彼は彼自身を実感できていた。彼自身が幽霊。彼自身が死神」

その後、彼は命人の兄、武尊に可愛がられ、〝アマラ〟という音楽ユニットをプロデュースするに至るわけだが、そのあたりは江辺さんも知らなかった。

「へえ、そんなこともやってたの？　その兄貴も気の毒。自分の弟を殺した奴を何も知らずにかわいがるって、どうなの？」

染井は、その音楽ユニットで既に〝那由他《ナユタ》〟を名乗っていた。そのことは重要なポイントである。この時点で、染井はもうひとりの相棒に出会っていたのだろうか？　つまりそれは加瀬くんのことなのだと、そう思うと急にまた息苦しくなる。加瀬くんのことは、心の整理がついていない。しかし江辺さんは容赦してくれない。

「染井が加瀬真純と出会ったのは高校時代……」

染井にとって高校生活は退屈だった。彼にとって潑剌《はつらつ》と学園生活を送る生徒達の存在感は極めて希薄で、何か薄衣越しに眺めている遠くの景色のようだったという。そういう集団からはぐれてぽつねんとしている、生霊みたいな生徒にしか目が行かなかったという染井。

彼は江辺さんに語った。

「俺自身が生霊だった。そして気の合う生霊を探していたんだな、きっと。そして出会ったのが真純だった。まあ暗いヤツさ。誰とも付き合わない。それがよかった。二人で学校を抜け出して、何かするわけじゃない。ただ、ぶらぶらと、横浜駅界隈をブラついたり、気がついたら、新子安の方まで歩いて、おい、ここ何処だよ、みたいな。そのまま川崎まで歩いてウチに一泊させてまた一緒に学校に行ったこともあった」

私がぼんやり平凡な学園生活を送っていたその同じ場所に、染井という死に取り憑かれた少年が棲み着いていて、加瀬少年に取り憑いたということか。途轍もない違和感。そんな生徒が何故ウチのような高校に。まあだから本人も自らを生霊と呼び、我々を〝存在感は極めて希薄〟と感じていたのだろうけど。〝黴《かび》〟を連想して気味が悪くなる。一定の暗さと湿度を与えれば、見える大きさに繁殖する〝黴〟。

染井は江辺さんにこう続けた。

「あいつの趣味は絵だったが、異様に上手い。レベルがもう高校生じゃない。プロだよ、プロ。見ればわかるよ。絵には俺も相当な自信を持っていたが、こいつには勝てないとすぐに悟った」

ある時、染井は奇妙なことを思いついた。加瀬くんに自分の遺体を描いてくれと頼んだというのである。

「あの頃、俺は何度も自殺しようとして、その度に挫折してた。自傷行為ってやつも繰り返してた。生と死の境目がよく判らなくなってた。俺は死にすら見捨てられた。死神に見捨てられた男。そんな自分をあいつに描いて欲しかった。俺はあいつを工場の跡地に連れて行って、いい場所を探して、自分から寝転がって見せて、こうやって遺体で転がってる俺を描いてくれと、頼んだわけさ。今想えばなんとも、恥ずかしい。ナルシスト。でもあいつはつきあってくれてさ。描くって言ってくれた」

ところがその作業は簡単ではなかった。そして彼らの拘りも、尋常なものではなかった。

「生きた俺じゃ意味がないんだ。死んだ俺を描いて貰わないと。高校の同級生に頼むにはハードルの高い注文だ。そもそも遺体とはどんな顔をしてるんだ？　俺たちは、まず資料集めから始めた。俺は俺で染井家の蔵書の中から、検死解剖の写真とか、遺体の写真とか、そういうのを探してはあいつのところに運んだ。あいつはあいつで図書館で遺体の絵を探して研究した。ジャン＝ポール・ローランス『マルソー将軍の遺体の前のオーストリアの参謀たち』だったり、オラース・ヴェルネの『死の天使』だったり、ポール・ドラローシュ……ジョン・エヴァレット・ミレー……あんなことがなかったら、一生覚えもしなかったような絵や画家の名前を覚えたもんだ」

背中に戦慄が走り、同時に身体の血が熱くなる。

ジョン・エヴァレット・ミレー……『オフィーリア』……私が加瀬くんと遭遇した図書室の場面とはまさしくこの時だったのか。

「そんなことをしているうちに気絶でもしたら遺体っぽく見えるかも知れないってあいつが言い出してさ。俺も格闘技で落とすやり方は知ってたから、それをあいつに伝授したりしてさ、何度かあいつを締めて落とした。要領はわかったってことで、今度は奴が俺を締め落とす。俺も何度か落とされた。でもなんか物足りなさそうな顔をしている。本当は俺が死んで、その死に顔をあいつに見せてやれたら、それが一番いいんだろうけど、今まで死に損ねてきた俺にはなかなかその勇気もない。まあ、勇気がないから、その代わりにその絵を描いてくれって頼んだわけだから。

そこで俺がまたひらめいてしまった。ＡＥＤってわかるかい？　自動体外式除細動器。よく映画やドラマにも出てくる。死にかけてる人の心臓に電気ショックを加える装置だ。町中でも時々見かけるやつだ。あれを使ったらどうだろうと考えた。あれは止まってる心臓を動かす装置だと思ってる人が多いが、逆なんだ。心臓を止める装置なんだ。無脈性心室頻拍と心室細動は心臓マッサージが効かない。心臓が痙攣《けいれん》してるので、いったんその痙攣を止めなきゃいけない。それでＡＥＤを使って、いったん心臓を完全に停止させるってわけだ。つまり一回殺すんだ。それから心臓マッサージで蘇らせる。それがＡＥＤってやつなんだが、俺はそれを自分に使ってみようと考えた。使えばきっと一度死ぬ。あいつは死んだ俺を見ることになる。充分見たと思ったところで、心臓マッサージだ。蘇ったら拍手喝采。失敗したら、まあ、その時はその時だ。それを思いついたら、なんかへんな嬉しさがこみ上げてきて、笑いが止まらなかったよ。生きてる実感を生まれて初めて感じた瞬間かも知れない。俺たちはそれを実行した。そしてあの絵がある。そして俺は今でも生きている。もうあれから一度も死にたいなんて思わなくなった。何かが一致したんだな。自分の中の、ズレてた何かがさ。今思えばろくでもないガキの悪戯だ。絶対にお勧めはしない。無事蘇生した時には、代償として肋骨が三本折れてた」

江辺さんが脇の下を指で擦る。染井もきっと同じようにしたのだろう。江辺さんの前で。そんな光景が私の目の前に浮かび上がる。言葉や仕草を介してすら、江辺さんの描写力は精緻で繊細であった。

「……まあ、こうやって彼らの共犯関係ってやつが生まれたってわけ。加瀬という才能に出会って、彼はもう自分で描く必要がなくなってしまった。加瀬をコントロールして自分の絵を描いてもらう方法を選択した。彼はそういう言い方をしていたけど、本当かな？　その決断に至る前には大きな、加瀬という才能に対する敗北があるわけよ。その才能を自分じゃない誰かが持ってるなんて、私だったら到底耐えられない。染井だってきっとそうだったと思う。加瀬をコントロールしたなんて、ある意味、負け犬の遠吠えでしかない。まあでも、彼の場合、前提として、大きな虚無を抱えていたから。虚無とか、厭世観とか。自分が何者であるか、なんてどうでもよかったのかも知れないけど。あるいは才能とか、個性なんて縛りが彼には世知辛い貧乏くさいものに思えていたのかも知れないけど」

染井が医大生時代に描いた『献体』は最後の仕上げを加瀬くんに依頼したという。加瀬くんの筆遣いを染井は間近で観察して、その技術を盗もうとしたと。

「だから、まだ絵に対する向上心だけはあったってことよね。だけど、染井は画家を目指さず、医者の道を選んだ。産婦人科の実家の跡を継ぐ気は更々なかった人が、死に取り憑かれた男が、結局は医者を目指した。そこはとっても不思議な気がするけど。お金？　経済的安定？　そうとは思えないよね。彼の中で何かは渦巻いていたはず。それって大事でしょ？　私もそこが知りたい。だって彼は最後に死を選んだのよ？」

ナユタが何故死んだのか。染井雄高が何故死んだのか。そこはナユタの最大の謎であった。この謎が解けない限り、この取材は終わらないのかも知れない。

「あいつこんなこと言ってた。俺は、誰も幸せにできないし、誰も救えないって。俺にはそういう呪いがかかってるって。自分が棄てた女にでも言われたのかしらね」

空が明るくなってきた頃、江辺さんはソファに横になり、小さな寝息を立てていた。私は一階に行き、空いてるソファに横になってみた。

江辺さんから伺った物語はそれだけでも充分なボリュームがあった。これでまだ半分なのか。ナユタにはもうひとりの作家がいるわけだから。ため息が出る。

加瀬くんがナユタ。ナユタが加瀬くん。このことがどうしても理解できない。頭の中で繋がらない。繋いだが最後、私は彼を信用できなくなるだろう。当然だ。私を騙していたのだから。そのことが怖かった。

取材は続けよう。それは私の仕事だから。そう自分に言い聞かせる。

見回せば、笑う他人の顔が朝ぼらけの空に照らされ青く浮かんで見える。江辺さんの絵に囲まれながら、眠りにつくのは難儀であった。視界の先に人形が見えた。球体関節人形というやつである。人形はあどけない顔でこちらを見つめていた。江辺さんが来る前にここにいた人の置き土産か。

人形は小さなテーブルの上に足を伸ばして座っていた。ここで人形を作っていた人は、江辺さんがここに来るまでのナユタを知ってることになる。あんな部屋の片隅で人形を作っていたその人は、ここでどんなナユタを見ていたのだろうか。できれば一度話を聞いてみたい。

人形の青い二つの大きな目玉が次第にぼんやりしてきて私は眠りに落ちた。

……それにしても。この日のことを改めて辿ると、江辺さんは最も核心の部分を知っていながら、何も語ってくれなかった。そして私は彼女からそれを直接伺う機会をいまだ得ていないのである。

17　コロボックルの骨

恒河沙《ごうがしゃ》で江辺さんと過ごした一夜の後遺症は予想以上だった。

染井という人間の悪魔のような思春期、青春期。その毒気にやられたということもあったが、しかし、やはり私にとっては、それより遥かに、ナユタが加瀬くんだったということが、その衝撃があまりにも大き過ぎた。

あれから一週間、私はナユタの仕事にちゃんと向き合えなかった。江辺さんから伺った話。それを纏める作業。しかし、身も心もこれを拒絶する。そんな状態が暫く続いた。先輩たちから頼まれる雑事があった。それらに身を委ね、どこか現実逃避しながら暮らす。そんな日々が続いた。時々、根津さんからショートメールが届いたが、無視した。この人は何か企んでいる。私にナユタを調べさせて、何をしようというのか。

加瀬くんからは何の連絡もなかった。私も連絡できずにいた。彼はこの件にどこまで関わっているのだろう。普通に考えれば根津さんの共犯者だ。いや、むしろ首謀者かも知れない。

彼は何を考えているのだろう。どうしたいのだろう。

何食わぬ顔で私を現場まで送り届け、私の話を黙って聞いていたのである。川崎で、大和さんのお宅で、他人のふりをして染井の過去話を聞いていたのである。そこまでしてどうして自分の素性を隠す必要があるんだろう。一体何のために。ナユタが匿名で覆面の作家だからか。それが彼らのルールなのか。壮大なドッキリでも仕込んで私をからかってでもいるのか。思い詰めると目眩がしてくるので、できる限り考えたくはなかったが、どうしたことか、いくら考えないようにしても、どうしても考えてしまう自分がいて苦しかった。

十日ほど無為な時間を過ごした。さすがにこのままではまずいと思った。

仕事は仕事だ。割り切らないと。

江辺さんの、恒河沙のまとめをいったん保留にして、私は少し楽そうな所から着手することにした。ナユタの取材に楽そうな所なんかあるだろうかと想いを巡らせるうちに、ナユタと関わりがあった、ある人物を思い出した。江辺さんが恒河沙に来る前にいたという人形作家。

ネットで検索してみる。検索ワードは、［人形作家］、そして［恒河沙］。

……出てきた。

芽路千里《めろちさと》。

＊

球体関節人形作家の芽路千里。鎌倉出身で、父は湘南大学の文学部哲学科教授の芽路肇。ウィキペディアに名前ばかりか、長い解説が載るほどの人物だったようである。その父の書斎にあったハンス・ベルメールと四谷シモンの人形写真集を小学時代に見てしまい、人形の虜《とりこ》となった、とブログのプロフィールに書いてある。芽路肇の死後、母や姉たちと大船に移り住み、今は東京目黒住まいで、週末には人形教室を開いて十人程度の生徒に人形作りを教え、月に一度は老人福祉センターのカルチャースクールにも参加していた。善良な市民たちとの交流を好み、自然環境問題にも強く関心を持つ。そんな人物像が本人のブログやSNSから見て取れる。

サイトに彼女のメールアドレスが記載されていたので、そこから取材の打診をしてみた。ナユタの特集を組もうと思っているのだが、恒河沙でご一緒であったと江辺罪子さんから聞き及び、是非お話を伺いたい、という旨を書いて送ると、本人から、いつがよろしいですか、と、ただそれだけの、極めて淡白な返事が返ってきた。ひとまず十月十七日木曜日の午後一時にアポを取ることが出来た。

彼女のアトリエは目黒本町の下町風の狭い路地の並びにあった。二階建ての古民家を改造した味わいのある工房であった。

実際に本人にお会いするると、どちらかというと人見知りそうな雰囲気の方であった。お茶をテーブルに置き終わると、アンティーク風の椅子に腰掛け、そのまま動かない。こちらの質問を待っているのか、そうでないのかもよく判らない佇まいである。

無口な人だと聞ける話も多くはないんだろうと、期待せずに始まった取材であったが、人は見かけによらないものである。芽路さんは喋りだすと止まらないタイプだった。

「本日は大変お忙しい中、お時間いただきましてまことにありがとうございます」

「いえ。染井さんはお気の毒でしたね」

「あ、はあ。実は私もこの取材をするまで亡くなったことを知らなくて。そもそもナユタという作家は一人だと思ってたんですけど。実際は染井さんと加瀬さんと二人で創作活動をされていたんですね」

「はいはい、そうですね。そうですけど、染井さんは言うだけの人ですから、実際は加瀬さん一人の創作だと私は思っていました」

「ああ、そうなんですか。お近くで加瀬さんの創作活動をご覧になっていらしたと思うんですけれども、そんなふうに思われていたんですか」

「本人たちはああいう創作スタイルをなんですか、ユニット、ですか。そんなふうに言ってましたけど、まぁそれもすごく現代的なものの考え方で全く否定するつもりはないんですけど、ただやはりあたしも職人なもんですから、やっぱり、せこせこと手を動かす人が作家なんじゃないかと、古い考え方かも知れませんけど」

「いえいえ。それはとても貴重なお話です。染井さんはほとんど筆は執らなかったんですか。彼もなかなかの腕前だと聞きましたが」

「下書きの段階とか、そういう時は自分で描いたスケッチか何かを加瀬さんに見せたりしていましたけどね」

「そうですか。江辺さんによると、二人は一緒に絵を描いてたと」

「見たことない。江辺さん、誤解してるんじゃゃない？」

「そうなんですかね。どうでしょう。あの秋谷のアトリエ、えっと恒河沙ですか。あそこには何年ぐらいいらしたんですか」

「あたしは、二年、いや、三年位です。でした」

「そうですか。それはあの、根津さんのご紹介で？」

「はいはい、そうですそうです」

「恒河沙にはどちらが先に入られたんですか？」

「あたしです。あたしがそこに入ったときには二階には別の絵描きさんがいらっしゃって、結構ご高齢の方で、油絵を描いてましたけど、えらいへたくそで、その人の代わりに入ってきたのがナユタでした。後でわかったんですけど、あのえらいへたくそな絵描きはあそこのオーナーさんでした。なんでそれ先に言ってくれないの、と根津さんに言ったんですけど、最初に言ったじゃないと。あたしの方が忘れてたみたいです。あなた下手ね、なんて言ったら追い出されるところでした」

芽路さんは苦笑した。

「それで、芽路さんがあそこを出て、その代わりに江辺さんが入ったんでしたっけ？」

「いえいえ、途中から一階をシェアしてましたね。彼女が来る前にも何人か、出たり入ったり。あたしもそんなに場所を取らないものですからね。でも二階はずっとナユタさんらが独占してましたね。恒河沙というのも、染井さんが勝手に付けた名前で、もともとは名前もなかったんですよ」

「そうですか」

そこで芽路さんは不意に言葉を止めた。少し遠くを見ながら、何かを想い出しているようだった。次に何を訊こうかと私が思案していると、彼女の口から思いがけない名前が飛び出した。

「カナエさんという人がいてね」

「え？」

「しばらくあそこにいたの」

「恒河沙にですか？」

それはまったく予期していなかった。

「知ってるの？」

「あ、はい。『花の街』のモデルさんのひとりですよね？」

芽路さんは小さく頷く。遠くを見ながら。その瞳に涙が浮かぶ。

「想い出すわ。雨の日でね。加瀬さんは確か徹夜して二階で寝てたのかな。あたしはあの頃は大船の実家から電車とバスを乗り継いで通ってたのね。あそこまで。その日の朝は大雨でね。玄関のところにびしょ濡れの女の子が立っていて、どうしたんですかって訊くと、行くところがなくて、染井さんに相談したら、この場所を教えてもらったと。びしょ濡れで寒そうにしてたから、ひとまず中に入れてあげたのね。それから、二階の加瀬さんを呼んで。彼女が言うには、皆さんの身の回りの世話と、あと必要ならモデルとか、何でもやりますって。加瀬さんとは前に会ったことがあるって、彼女は言っていて、それは加瀬さんも憶えていて、あー、染井のマンションで会った子だよねって。それでしばらく住むことになったの」

「どんな子でした？」

「最高でしょう」

「は？」

「作家にとってはすこぶる創作意欲をかきたてる、何かもう、存在自体が作品のような、改めて作家にとってのモデルっていうのが、作品の良し悪しに大きな影響を与える存在なんだということを、まぁほんとに、改めて思い知らされたというか。最初のうちはね、何かお買い物も行ってくれるし、便利だなぁと思ったんだけど、モデルでも何でもやるって言うから、最初は加瀬さんが彼女をモデルに絵を描き始めて、それはもう、どっぷりはまってしまってね。『蛹』っていう作品を立て続けに三枚も描いてね」

「『蛹』のモデルってカナエさんだったんですか？」

「そうよ」

『カナエ日記』から『花の街』までの空白。その間に『蛹』というピースが嵌《はま》るとは。それにしても、どっぷりはまってって。加瀬くんが、カナエさんに？

「あの子、裸になるのも気にしない子だったから。気にしないというか、あたしたちの役に立つなら、何でもしますっていうような子だった。あたしも彼女をモデルに一体作ったの。見たい？」

彼女が案内してくれたのは二階の作業場であった。狭い階段を上る。作りかけの人形が何体も狭いスペースにひしめいている。その光景だけでもなかなかの芸術的風景である。私は許可をいただいて写真を何枚か撮影した。この中にカナエさんの人形があるのだろうか。そう思いながら周りを見渡すが、彼女に似た面影の人形を探しきれずにいると、芽路さんは奥の部屋から一体の人形を抱いて戻って来た。

椅子の上に座らされたその人形は、ちょうど子供のような大きさだが、その顔には確かにカナエさんの面影があった。

「二分の一スケール」

「そっくりですか？」

彼女はうなずいた。

「こういう姿の人でした」

目を細めて微笑むその顔には懐かしさが滲んでいた。

「楽しかったなぁ。あの子があそこにいた、あの日々のことを想い出すと。何かかけがえのない、ああいう時ってあるもんなのね。人の人生には」

そう言って芽路さんは人形のカナエの頭を愛しげに撫でた。

アーティストたちのためのコワーキングスペース、とでもいうかシェア型のアトリエというか、それが恒河沙であった。カナエさんはそこに住み込みのスタッフとして寝泊まりするようになった。芽路さんは自宅からそこに通っていたが、加瀬くんはほとんど家に帰らず、二階に棲みついているといった状況だった。

あの大きな屋敷の間取りを考えると、あともう何人か住んでいてもおかしくない状況ではあったと思う。ただ、夜毎に加瀬くんとカナエさんがたった二人きりでひとつ屋根の下で過ごしていたのである。二人の間に何かがあっても決しておかしくない状況ではあっただろう。実際どうだったのだろう。知りたい衝動にかられはしたが、しかしさすがにそれは取材の範疇《はんちゅう》を超えた質問である。なかなか訊いてみることができずにいると、幸いかな、芽路さんがそこら辺の状況を語ってくれた。

「本当は最初、カナエちゃんがあそこに住むのは、いいとは思ってなかったの」

「そうなんですか」

「そうよ」

芽路さんは眉間に皺を寄せ、唇を尖らせた。

「加瀬さんはほとんどあそこに住んでたようなもんだし、まぁプライベートスペースは分けられたとしてもね、ゲストルームだけで三つぐらいあったからあそこ。とはいえ、まぁ同じ屋根の下に寝泊まりするわけだから、一線越える位のこと起こりそうなもんじゃない？　まぁ男と女の事だし、彼女ほどチャーミングな女性はそうなかなかいるもんじゃないと思うし、そこってどうなの？　ってカナエちゃんに訊いたんだけど、皆さんにこんなによくしてもらっているのに、そんなこと考えるわけないじゃないですか。そう彼女は言ってた。それを聞いて、あたしほんとなんか嬉しくて泣いちゃった。何の嬉し涙かわかる？　あたし、実はどこかで加瀬さんのことが好きで、加瀬さんを彼女に取られたくないって、ずっと心のどこかで思ってた気がするのね。でも加瀬さん、こっちを恋愛対象みたいには思ってないっていうのはわかってた。それはわかってても、だからって都合よく誰かのことを好きになるの我慢したり、諦めたり、そんな器用にできるもんじゃないですよ。加瀬さんに何の思い入れもなかったら、カナエちゃんの住み込みには反対したかも知れない。けど、どこかでそんな思いがあったもんだから、逆に、ほら、その気持ちが彼にバレたりとか、そうなるのが怖くて、不承不承ではあったけど、いいんじゃない？　みたいな反応してしまったんじゃないかと。今にして思えば、そんな気持ちの揺れ動きがあった気がするなぁ。自分でも気づかないところでね。でもカナエちゃんすごくいい子だったし、一緒にいたら、なんか大好きになっちゃって、気がついたら、彼女のことを考えてなんか胸のあたりがあったかくなるというか、幸せな気持ちになるっていうか。でもその彼女は二階で裸になって加瀬さんの絵のモデルなんかやってるわけよ。なんかそれを思うと、ちょっと辛くてね。いっそ二人が本気で付き合ってくれたらあたしの気持ちも少しは落ち着いたのかも知れない。でも加瀬さんは、あくまでカナエちゃんをモデルとしか見ていなくて、時々あたしが見に行っても、平気な顔してるわけ。絵に集中しちゃってて、あたしに気づかないこともあった。モデルさんってそうなっちゃうとなんかもう生贄の羊みたいでしょ。絵のためにその身を捧げているわけ。それはそれですごく高尚なことなのかも知れない。けどなんか、あたしはそこが割り切れない人なのかも知れない。あぁ、あたしはそこが割り切れない人間なんだなぁ。あの時、それを思い知らされた、すごく。自分だったらどうだろう。彼女をモデルに何か作ったら、もっと何かこう二人でコラボしているようなそんな二人の関係を築けるんじゃないかなと思って。そんな思いもあって、あたしにも、あなたを作らせてってお願いしたの」

「やってみてどうでした?」

「いい線行ってたと思うの。でもなんか加瀬さんと、まぁ何か同じ地平に立って逆に自分が全然彼に追いつけてないのがわかってしまったというか。あぁ、やっぱり作品の前でモデルはあくまで生贄でないと。なぜなら作家自身が作品の生贄なんだから。それが加瀬さんから学んだことかな。見てこの子。他の子たちと何かどっか違わない? これって絶対加瀬さんの影響。この子を作るときだけは、あたしも少し気が変になってた」

そこで芽路さんは首を激しく横に振った。

「いやいやなんかこんな話がしたかったんじゃなくて。何が言いたかったんだっけ? あ、そうそう。二人の関係を訊いたのよ。あの子は何にもないって言うの。そしたらなんか急に嬉しくなって、泣いちゃって。でもそれはあたしが加瀬さんのことを好きだったたっていうのもあるけど、どこかでカナエちゃんのことも好きで、加瀬さんがカナエちゃんのことを好きかもと思うとカナエちゃんに嫉妬するし、カナエちゃんが加瀬さんのこと好きかもと思うと加瀬さんに嫉妬するし、でも二人がそんな関係じゃないとわかって、なんだろう、あたしも仲間に入れてもらえたのかな、そんな気がして、それが嬉しかったのかな。それが泣いた理由」

私もどこかで安堵した。そうか、何もなくてよかった。そう思う自分がいた。

「まぁでも、ほっとしたのもつかの間、二人がベッドの中にいて。いつまでたっても降りて来ないから覗きに行ったら加瀬さんのベッドにあの子がいたの。もうショック」

私もショックだった。思いがけないくらいのショックがあった。実はこの日、芽路さんから聞いたどの話より、このショックの方が大きくて、気を取り直すのに一週間ぐらいかかったかも知れない。気を取り直してからである。改めてこの日伺った話と向き合い、そのあまりに奇異なる物語に、目眩を覚えたのは。

「でも仕方ない。あたしおばさんだから。そこでショックって顔とかもできないでしょ。そういう時、おばさんていうのはお得なモンよ。もしあなたただったら許せなくて、恒河沙を飛び出しちゃうんじゃない？　でもおばさんがそんなことしたら変でしょ？　なに？　あの人加瀬さんが好きだったの？　とかいう話になったら、後はもうただの笑い者。まぁ、だからおばさんはそこでぐっと我慢するわけ。身の程を知りなさいと。自分に言いきかせて。だからおばさんっていうのは何も失わない。失うことがない。ほらお得でしょ？　でもねなんかそんな生活してたらこの三人の不思議な暮らしがほんとにいとおしくなってきて。あたしにとってあれはあれでひとつの家族だったのかも知れない。こんな話聞いてくれてありがとう。言葉にできて少し気が楽になった。多分あの二人からしたら、あの二人に見えてたあたしは恒河沙の一階の片隅でセコセコ人形を作る無口な人形職人だったんだと思う。んー、無口っていうのは違うか。くだらない話はいっぱいしたから。手を動かすと、なんか勝手に口も動き出すのよ」

「ああ、なんかわかりますそれ」

「わかる？　そうでしょ？　そういうもんよね。でも一番心に秘めてることになると、人ってほんとに言葉にできないものよね」

「くだらない話はどんな話をしたんですか？」

「くだらない話？　なんだろう。何の話をしたかな？」

芽路さんは少し考え込んだ。そして何か想い出したようである。

「……あ、血ってあるでしょ？　この人間とか動物の身体の中の血、あれを彼女、子供の頃、『チガ』だと思ってたって言うの。血が出るといつも、『チガが出た！』って言ってたって。チガまでがひとつの名詞なのね。えー、あたしもおんなじこと考えてたって。蚊、いるじゃない？　虫の蚊。あれをあたし子供の頃『カガ』って名前なんだと思ってたの。『蚊が飛んでる！』って言うじゃない？　あれは『カガが飛んでる！』って言ってるんだと思ってたの」

「え？　なんでですか？」

「なんか一文字だけでは、何も言い表せないって思ってたのね。二文字以上になって初めて意味をなすって、なんかそういう固定観念に縛られてたのね。子供のほうが固定観念に縛られてるものよ。子供は無邪気なんていうけど、大人よりよっぽど思い込みや決めつけが激しいと思う。蝶じゃないやつの方の蛾。あれも『ガガ』だと思ってた。レディー・ガガが登場した時、蛾を思い出したもん。とかね、そんな話」

「それは相当くだらないかもです」

「くだらない、くだらない。でも毎日そんなくだらない話で盛り上がって、毎日笑って暮らしてた。楽しかったなあ。カナエちゃん、変わった子で、いろいろおかしな話してくれたけど、その中でぶっちぎりにぶっ飛んでたのが、コロボックルの話。子供の頃に本物のコロボックルを見たって言うのよ。証拠まであるって言うのよ。嘘でしょって思って。ほんとだって言うの。お墓があるって」

ブログに出てきたあの奇妙な話である。

「じゃあみんなで見に行こうって。そのコロボックルとやらをと。今考えたら馬鹿みたいな話。でもあの時はこんなあたしでもアドレナリンが少しだけ高かった。それはもう朝から晩までね。それでほんとに三人で北海道に行ったの。札幌、小樽。彼女の故郷。あの時の想い出を、加瀬さんが絵に描いたのね。『花の街』っていう。ああ、本当に懐かしい。想い出すともう泣けてくる」

芽路さんは首から下げたエプロンで涙を拭った。

こうして三人の奇妙な旅が始まったのである。季節は初夏。北海道の緑は目にも優しい若草色をしていたことだろう。どの木々も。銀杏も欅《けやき》も白樺も。コロボックルを見に行こうという荒唐無稽な旅の目的もありはしたが、それは半ば口実に過ぎず、明日の予定を立てるでもない風の向くまま気の向くままな旅だったと芽路さんは当時を振り返った。

加瀬くんと芽路さんはそれぞれスケッチブックを持ち歩き、札幌や小樽を巡りながら、その街景色を絵に描いた。それらの街並みを背景にカナエさんを描いた。

「加瀬さんが何故か気に入ったのが、ススキノの朝の景色。特にカラスがゴミを散らかしてる風景が気に入ったみたいでね。せっかく北海道まで来て、どうしてそんな汚いものを描きたいの？　って訊いたら、それがナユタだからって言ってた。ナユタじゃなかったら何を描いてた？　って訊いたら、きっと、もっとつまらない、退屈な、されど美しい絵かな、って。あたしはそっちの絵の方が観たかったな」

『花の街』は、北海道から帰った加瀬くんが半年がかりで仕上げた大作であるが、あれを〝大作〟と呼ぶのはいささか違和感があると芽路さんは言う。

「あれはあくまでスケッチの延長線上だから。完成度の高さとか、そういったものを目指した作品じゃない」

というのが芽路さんの分析だ。

滞在は十日ほどだった。

「月曜に出発して金曜日には帰る予定で。四泊五日の旅。最初はそういう予定だったの。でも結局は十日ぐらい居ることになって」

コロボックルの墓を訪ねたのは、予定していた最終日の前日。木曜日だった。

カナエさんが作った墓地。芽路さんのイメージではもう少しちゃんとしたものかと思っていたが、それはただの雑木林であった。カナエさんはしかし迷うことなく一点を目指し、これがそうだと指差すその先の茂みの中に確かに際立った墓があった。白い平たい石を重ね、周りには色とりどりの瑪瑙《めのう》が円を描くように置かれていた。冬になると雪に埋もれてしまうので、この季節で良かったと、カナエさんは言った。ひとまず雨に降られなくてよかった。見上げれば今にも雨が降り出しそうな空模様だった。

彼らは日用雑貨店で買った家庭菜園用のスコップで墓を掘った。

骨らしきものが確かに一本、土の中から出てきた。芽路さんも加瀬くんも興奮しながら、しかし慎重に土を掘り進めた。骨は少しずつ土に紛れて姿を現し、やがて頭蓋骨と肋骨と脊椎がきれいにつながったひとかたまりが出てきて、二人は歓喜した。カナエさんは、さも当然という顔で、ほら言った通りじゃないか、と。出土した骨を拾い集めてその場に並べてみる。確かに人間にしては、仮に赤ん坊だとしても小さすぎる、何者かの骨であった。加瀬くんは地面に鼻の先がつくほど顔を近寄せて、慎重に土を掘りながら残りの骨のかけらをくまなく探した。芽路さんも掘った土にも骨の欠片《かけら》が紛れてないかと懸命に探した。何かこの時点で次にやるべきことが二人の間で一致していた気がすると芽路さん。それは考古学者なら必ずすること。つまり復元である。

「お土産に買ったお菓子の箱があったから、お菓子だけ出してそこに集めた骨をひとまず入れたの。持ち帰っていいのかと、持ち帰りたいんだがと、あたしたちが言うとカナエちゃんは、そんなことしたらコロボックルの神様が罰を与えるよ。きっとあなたたちに、と、そんなふうに言ったけど、引き止めはしなかった」

ホテルに戻ったのが午後六時。雨が降り出していた。夕食を食べに繁華街に出ようか、そんな話をしていたが、カナエさんがちょっと体調が悪いと言い出した。彼女を部屋に残し、芽路さんは加瀬くんと食事に出かけた。ホテルに戻ると、カナエさんの姿がない。ホテルのフロントに訊いてみると、外出した姿が目撃されていた。その夜も戻らず、一日待ってみたが戻らなかった。

警察に言うべきか。しかし彼らはその時、彼女について知りうる情報をあまりにも持っていなかった。本名も知らない。知ってたのは本人が名乗っていたカナエという名前だけである。

「このホテルにチェックインしたときに、名前書くよね。あの子、自分の名前なんて書いたのかしら」

今回の旅行の段取りは、エアチケットの手配も、ホテルのチェックインも、これらすべて二人のアシスタントでもある彼女が担っていた。そのやり取りを辿れば、彼女のフルネームに辿り着ける、というわけだ。

二人は再びフロントへ行き、受付係の女性に尋ねた。

「ちょっと変な話ですけど、今自分たちが探している女性の名前を自分たちは知らないんですけどって、教えて頂けますかって、まあなんかもう説明はしどろもどろだったわね」

受付のスタッフは彼女が書いたレジストレーションカードを見つけてくれた。そのカードには、こんな名前が書かれていた。

〝夢カナエ〟

「これが名前？」

芽路さんは驚いた。

「どう見てもペンネームとか芸名だと思うけど」

加瀬くんもただ黙り込んで、カナエさんが書いたその文字を見つめるばかりであった。

芽路さんは、ふと気づいた。染井がちゃんとした名前を知っているんじゃないかと。加瀬くんにメッセージを書かせた。三人で小樽にいるということ、カナエさんが一昨日から行方不明であるということ、警察に相談したいのだが彼女の本名が判らない、君が知っていたら教えてくれないか。

加瀬くんは芽路さんと相談しながら、そんな内容の文章をこしらえて、染井に送った。

「あの時の彼ったら、てんでだらしなかった。全然役に立たないって感じ。なんかちょっとイライラしたけど、ちょっとあたしに頼ってくる感じが、可愛くもあったけど」

染井から連絡があった。まずその三人とは誰のことなのか、そこからわかっていない様子だった。彼は芽路さんを下の千里という名前で覚えていたので芽路さんと認識できなかった。

「その雑なところは彼らしくもあった気はするけど」

カナエさんの方はというと、誰のことかまるで判らないという風であった。妙に話が込み入ってきたので、電話に切り替え、直接話すことにした。

「夢カナエさんっていう人なの。行くところがないって言うんで、あなたが秋谷のアトリエ、恒河沙わかるよね、あそこに行けって、そう言ったんじゃないの？」

芽路さんは染井にまくし立てた。

私は驚いた。カナエさんが恒河沙にやってきた当時、この人たちは染井とその話をしていなかったのである。

「こんなことになると思わなかったからね」

と芽路さん。

「いや普通知らない人がやってきて、少し住み込むことになったら、確認しません？」

芽路さんは答える。

「まぁそれがあたしの客人だとしたら、訊いてたかも知れないけど、彼女はあくまで二階のナユ夕の客人だったわけで、そこは加瀬さんに委ねていたって感じだったわよね」

その加瀬さんはというと、染井に何ら問い合わせをすることもなかった。何かそこに加瀬くんと染井の不思議な距離感が窺《うかが》える気もした。

さて、電話のやり取りだが、染井がカナエさんを横浜のマンションに連れてきた、あの日のことに話が及び、ようやく彼も彼女のことを思い出した。そしてその女性が彼らと北海道を旅していること、それ以前に恒河沙で寝食を共にしていたことを理解し、驚いたようである。

「恒河沙に行けなんて一言も言ってない」それが彼の言い分だった。「そもそも彼女に会ったのは二回きりで、一回目は横浜のマンションに連れて行った日、もう一回はあれから半月ぐらいしてからかな。電車の中で、偶然」

偶然と染井は言うが、カナエさんは再び彼を尾行していたのかも知れない。あれから病院へ行ったのか、彼がそう訊くと彼女は、行った、とだけ答えたという。

「で、どうだったの?」

と訊くと、

「何でもなかった」

そう答えたという。そして彼女とはそれっきりだったというのである。

「ああそういえば」と、彼は付け加えるようにこう言った。「その時、恒河沙の話をしたかも知れない。あそこにアトリエを持つことが決まって、案内用の葉書を作ったろう。あれを彼女にも渡したかも知れない。はっきり覚えてはいないが」

まるで狐につままれたような話だった。芽路さんにとっても、加瀬くんにとっても。

染井は彼女の名前を覚えてもいなかった。名前ぐらいは聞いたかも知れない、聞いたが忘れてしまったのかも知れない。聞かなかったかも知れない。ちょっと記憶にない。彼女に対する染井の記憶は、それほどに薄ぼんやりとしたものだった。

芽路さんたちは、途方に暮れてしまった。やむを得ず警察に出向き、事情を説明した。夢カナエという名前も伝え、本名かどうか判らないが、それしか手がかりがないということも伝えた。担当の警察官は極めて事務的で、こちらの困惑した状況に、向き合うつもりはないというような、そんな態度だった。

「まあ、仕方ないよ。おまわりさんを悪くは言えない。あたしたちだって相当なもんだから。ひとときを一緒に暮らしてた仲間の本名も素性も知らないっていうんだから。本名も素性も知らない人と、一緒に暮らしてたってんだから。一緒に旅までしちゃってるんだから」

それから二日ほど小樽に留まってはみたものの、消息は判らぬままで、二人は諦めて帰ることにした。

こうして二人はカナエさんを失ったのだった。

いったんキャンセルしたフライトのチケットをもう一度取り直す必要があった。だがその時、芽路さんはあることに気づいた。コロボックルの骨である。荷物チェックのX線のゲートにあれを通したら、どうなるだろう。一悶着あるかも知れない。ちょっとこれはなんですかと。それはまた面倒だ。二人は飛行機をやめて開通したての新幹線を選んだ。新函館北斗駅からはやぶさに乗り、新青森、盛岡、仙台、大宮と停車して、五時間足らずで東京に到着した。

その後、芽路さんは、大船の自宅には帰らず、旅の荷物を恒河沙のカナエさんが使っていたゲストルームに運び込んで、しばらくそこに寝泊まりしたという。夜ごとカナエさんのベッドで、カナエさんを恋しがり、泣いたりしたという。

それから三ヶ月、芽路さんが取り組んだのは、あのコロボックルの骨の復元であった。足りない部位は粘土で作り、継ぎ足した。完成した骨格標本を実際に見せて頂いた。桐の箱の中で眠っていたその骨はアイヌの衣装を着せられていた。紺色の生地に細やかな刺繍が施されていた。頭にはバンダナを巻いている。アイヌ語でマタンプシというものだ。

「これが、コロボックルの骨ですか」

「不思議でしょ？」

「いやぁ」

俄《にわか》には信じ難い。手のひらに乗るような大きさである。頭がやけに大きい。三頭身か四頭身ぐらいだろうか。まるで漫画のキャラクターである。

「ごめんなさい。あのすいません。これ、いや。芽路さん、私のこと担ごうとしてません？」

「してないしてない！」

「いやこれどう見ても、作り物ですって」

「まぁちょっと、仕上げはね、きれいにしすぎたかも知れないけど。そのままだとあまりにも汚らしくて不気味だったから」

彼女の言う通り、その骨格標本は彼女の作品の、他の人形たちのような、クレンジングとエイジングが施されていて、言うなれば、リアルに仕上がっていた。そのあまりにも高度な職人技のせいで逆にこの標本が偽物に見えてしまうという奇妙な目の錯覚もありはしたが、この際それはどうでもいいだろう。こんな小人が存在するわけがない。どこかのお寺に人魚の木乃伊《ミイラ》が存在するという、写真付きの記事を何かで見た記憶があるが、あんなのはきっと作りものである。ああいうものを疑いもなく本物だと信じる人が果たしているだろうか。

眼の前の、このアイヌの衣装を身に纏った骨格標本も、まさにそういう類のものだった。

「芽路さんは信じてるんですか？　これがほんとにコロボックルの骨だと、そう思ってらっしゃるんですか？」

「信じますよ。だって信じてあげないと。あの子のかけがえのない想い出だと思うから。そのくらい信じてあげてもバチは当たらないでしょ？」

芽路さんのその想いに私の胸が熱くなった。しかし、これがかつて生きて歩き回っていたとは到底考えられない。となるとやはり誰かが作った偽物と考えるのが自然である。カナエさんでなければ、一体誰が、こんなものを作り、かの地に埋めたというのだろう。私の頭の中は疑問符だらけであった。

さて、芽路さんがこの骨を復元していた時、加瀬くんは二階のアトリエでひとり『花の街』に取り組んでいた。彼は彼で居なくなったカナエさんのことを想い、その想いをキャンバスにぶつけていたに違いない。

やがて根津さんの紹介で新しい同居人がやってくる。江辺さんである。

「あの人ちょっと耐えられなかった」

芽路さんは言う。

「江辺さん、結構独創的な性格ですよね」

「まぁそこは気にならなかったけど。絵を描いてる時は静かな人だったから、あたしのおしゃべりにもあんまり乗ってこなかった。それよりあの絵ですよ。あの絵に一日中囲まれてご覧なさいよ。精神が持たない」

「あれが苦手だったんですか。笑ってるのがダメなんですか」

芽路さんは激しく首を横に振った。

「笑ってないのあれ。笑ってるように見えるけど、本人曰く、苦悶の表情なんだって」

思いがけず江辺さんの絵の秘密を知ってしまった。しかしそれはどこか自分の中で腑に落ちる真相だった。江辺さんの笑う絵画の中の登場人物たちは決して楽しそうではなく、何かじっと耐えてるような、それをまた見る側にも強要してくるようなそんなところがあった。

「あんな顔がいっぱい同じ空間にいるわけよ。一日中。耐えられるわけがない。とはいえ江辺さんに出て行ってくれと言うわけにもいかないでしょ。あの人が一生懸命描いている作品が耐え難いから出て行ってくれって、それって何か創作活動そのものを否定することを意味しない？　だから自分から出て行こうと思った。江辺さんにはナユタは呪われてるから、あたしもうここには居たくないなんて言ってね。でもちょうどよかった。いつまでもカナエちゃんの想い出に浸ってるわけにもいかなかったしね。いい意味でいろんなもの吹き飛ばしてくれたわ、江辺さんの絵は」

芽路さんは根津さんに相談し、別なワークスペースを探してもらった。運良くいい物件が見つかった。それがこの目黒本町の古民家だった。

こうして芽路さんは恒河沙を去ったのであった。

18　トリック

　芽路さんの取材はもう少し軽く片付くだろうと思っていたが、その予想は大きく外れ、寧《むし》ろいわば傷口に塩であった。カナエさんという存在が私の前に大きく立ちはだかり、嫉妬なのか、妄執なのか、煩悩なのか、正体のよく判らない想念に苛まれて、私はもう満身創痍。漸《よう》く気持ちが落ち着いてきた頃には、今度は何やらコロボックルの呪いに取り憑かれたかのような、鬱のような、虚無のような、そんな精神状態に陥ってしまって、ほとほとまいった。今振り返ってもあの時期が一番精神的には不安定だったかも知れない。

　度々届く根津さんからのショートメール。それを開いてみる気にはなれない。

　そもそもこの人は、私が調べて得た情報なんか端《はな》っから知っていて、その上で私を取材現場に放り込んだに違いない。まるでゲームのように。それを思うと怒りよりむしろ恐怖が先に立った。どういうつもりだろう。きっとこの人は、私を使って何かしようとしている。わずか八ページの特集記事には見合わない何かを、私に背負わせようとしている。いや、既に私はもう背負いきれないぐらいのものを存分に背負わされた。

こちらがいったん無視を決め込むと、根津さんはしつこかった。いつもは素っ気ない人だが、人から素っ気なくされるのは嫌な人なのかも知れない。メッセージの数は日に日に増えてゆく。スマホにポップアップされる通知はさすがに目に入ってしまう。

やがて編集部経由で催促が来るに至り、さすがに無視できなくなってきた。渋々彼のメッセージを開けてみると、なんと全く別な仕事の相談であった。

［連絡ください！］

ある写真家が写真集を出すので、その特集を組んで欲しいというのである。一度そのカメラマンと会って頂きたいのだが、とある。別件なら気も楽だ。一瞬そう思ったが、しかし、それもきっと罠なのだとすぐに悟った。そのカメラマンは私の知ってる人であった。

高田タダノブ。

ススキノでお店の子が私と浜崎さんに見せてくれた写真があった。ナユタの絵だと偽って。あの写真を撮った人物である。どういう偶然だろう。偶然ではないのだろう、きっと。背筋が寒くなる。しかし私には火中の栗を拾う選択肢しかないのである。

高田タダノブのメールアドレスは既にアドレス帳に登録していた。久しぶりに連絡を取り、渋谷道玄坂のカフェで待ち合わせた。高田さんは待ち合わせ時間から十五分遅れてやって来た。

「寝坊しちゃって。すみません」

そう言って苦笑いするこの人物が、写真家、高田タダノブである。五十三歳。鼻から下はびっしりと胡麻塩の髭に覆われている。ニットキャップの下の頭部は確か相当な薄毛だった気がする。

「お久しぶりです。憶えてます？」

私がそう言うと、

「え？　どっかで会ったっけ？」

高田さんは戸惑い気味に頭を掻いた。

「以前ウィリアム・ウィロウズにいまして。一度現場でご一緒したことが」

「ああ、そうなんだ。何の仕事？」

「化粧品の」

「ああ……」

「フォトジェニーの」

「あー、あー、あー」

どうも憶えていなさそうだった。

彼は鞄から自分のパソコンを取り出し、ＰＤＦファイルを開いた。写真集のサンプルである。

高田タダノブは広告業界では第一線のカメラマンだったが、広告写真ばかり撮っているものと思っていたら、写真芸術家としての高田タダノブが撮る写真はまるで別世界で、明らかに風俗嬢とわかる女性のポートレイトだらけだった。私の心の中を見透かしたのか、釈明するように彼はこう言った。

「広告の仕事ばっかりだと欲求不満になるからね。まあこっちは俺のライフワークで」

「そう言えば、こないだ札幌に行きまして、高田さんに写真撮って貰ったという子に会いましたよ」

「え？　何処で？」

「ススキノで」

「そういうお店に行ったの？」

「取材ですよ？」

「そういう取材もするの？　〝絵と詩と〟も流れが変わった？」

そういうことではなかったが、ナユタの取材について語るつもりもなかったので、うまく否定できなかった。

「今まで『オンナタチ』ってシリーズで写真集を三冊出してるんです。今日それも持って来たから。荷物になって悪いけど」

高田さんは、ずしりと重い紙袋を私に手渡した。中身はその三冊の写真集であった。一冊手に取り、ページをめくってみる。やはり同じような歓楽街の女性たちのポートレイトである。

「俺にとっては風俗が恋人だから。つまり俺にとっては恋愛写真であり、純愛物語だ」

それにはまったく共感できなかったが、彼の写真には正直かなり圧倒された。好き嫌いは措《お》いておくとして、彼の情熱と感性は本物だと思った。

ページをめくるうち、一枚の写真が私の目に留まった。そこに写ってる女性に見覚えがあったのである。その子は確かケイさん。『花の街』に描かれていた女性の一人だ。

「この人私知ってます」

「ああ、知ってる」

と高田さん。

「今、ナユタの取材やってるんだろ？　それでこの子に気づかなかったらちょっとまずい」

『花の街』の。でも、偶然ですか？」

「本当は誰にも言わない約束なんだけど、根津さんからは、君に訊かれた事は何でも話してやってくれって言われてるから」

高田さんはそう前置きした。やはりそうか。予想通り罠は仕掛けられていた。しかしここまで来たら、もう引き下がれない。

「どんなことが知りたい？」

そう問われると、何も思い浮かばない。

「死んだ子たちのことかい？」

「そうですね。ナユタの取材なので。ナユタに関することですかね」

「ナユタについては俺より根津さんに訊いてもらった方が早いけど」

教えてくれないのだ。そう言おうかとも思ったが。

「まあ、じゃあ、まあ、俺の知ってることを話すか」

「お願いします」

「俺が知ってるのは『花の街』って絵についてだけでね」

『花の街』について。それはナユタの謎の核心部分じゃないのか。不意に身が竦《すく》む。

「大丈夫かい？　なんか顔色が悪いけど」

言葉がつかえてすぐに出てこない。

「……あ、……いえ。大丈夫です」

地雷を踏んだらこんな気分になるだろうか？　そんな気分に目眩がする。

「バス事故があったのが……去年の一月の二日だったかな」

「一月の二日です」

「僕は……たまたまそれをネットのニュースで見たのかな。こんな写真撮ってるから、まさかひょっとしたらって思うじゃない。それで知り合いの店に電話してさ。亡くなった三人の子について訊いてみたのよ。ニュースには札幌在住の女性としか出てなかったからね。その仲のいい店の支配人が教えてくれた。悲しいことに三人とも僕の写真の中にいたんだよ。根津さんとは一つ前の写真集の打ち合わせしていた頃で、ちょうどその三人の写真も根津さんとシェアしてたもんだから、すぐに連絡して、ファイル番号をさ、送ってあげて、バス事故のニュースのリンクと一緒にさ。遺族に問い合わせて改めて許可を取り直す必要があった。写真はさ、撮った時に本人から承諾のサインもらってるから、問題ないっちゃないんだけど、まぁでも本人亡くなっちゃってるわけだし、出版した後に遺族から文句言われても困るだろ？ ま、そんなやりとりを、根津さんと。そんな最中に、根津さんから連絡があって。あの亡くなった三人の写真を絵の素材にお借りしたいと。ナユタが描きたいって言ってると。俺はナユタさんのファンでもあったから、すぐにオッケーしたよ。俺はオッケーだが、問題は遺族だ。本人の許諾が取れない以上、遺族の同意ぐらい取っておかないと、後からトラブルになっても困る。根津さんはそこはちゃんと当たると約束してくれた。それならば、と。こちらも快諾したわけだけど。ナユタさんの展覧会は根津さんにも誘われてたから、初日に観にいったんだよ。『花の街』。驚いたよ。亡くなった三人がそのまま絵になってた。一週間と経たずにだ。しかも俺の写真をそのままなぞり描きしたわけじゃない。俺の知らないアングルとポーズ。でも間違いなくあの子たちだ。その会場にはナユタさんもいたらしい。だが、正体を明かしていないからね、ナユタって。根津さんは、この会場の何処かにいますよ、って笑ってたよ。それにしたって連絡貰ってから五日も経ってない。これ五日で描いたのか？　っていうと、根津さん、顔だけ描き直したんだと。なるほど、それならわかる。それにしても五日で三人の顔なんて描き直せるものかね。よっぽど描くのが早いんだろうなあ、ナユタさんは。その時根津さんが、ひとつ困ったことがあると言い出して、三人の身元が判らないんだって言うんだ。お店に問い合わせてみたけど、警察も手を焼いてると。しかしナユタは構わず描いてしまった。却って身元がわかるかも知れないと。まあ、それも一理ある。だったらこっちも写真集で取り上げようかと。出版社とも話して、彼女たちを載せようってことになった。あ、ちょっといい？」

高田さんは私の手の上にあった写真集をつまみ上げると、ページをめくり始めた。

「この子に最初に会ったのは昼間のススキノで、コンビニの買い物袋のさ、一番ちっこいのをぶら下げてた。この袋に何が入ってるのか聞いてみたんだ。爪切り。彼女はそう答えた。何枚か撮らせてもらった。その中の一枚がこれ。我ながら会心の作になった」

私に向かってかざしたそのページにいたのは『花の街』の中の一枚と同じ人物であった。

「これ、カナエさんですね」

「そう。いい写真だろ？」

「はい」

確かにそれは胸を打つ一枚であった。その一瞬の表情。そこに彼女の人生が写っているかのようだ。これが写真の力か。ため息が漏れた。

「写真ってのは時には、ものすごく残酷で罪深い。撮るのなんて一瞬さ。その一瞬で撮ったポートレイトが本人の死後も残るんだよ。それってどういうことなんだろう。いまだに自問自答してる」

と高田さんは言った。

打ち合わせが終わり、高田さんが帰ると、私は彼の写真集を手に、暫く呆然としていた。直前で描き変えられた顔。それが『花の街』のトリックだったのか。改めて写真集『オンナタチ』を手に取ってページをめくった。

カナエさんの写真を見た。

不意に背後から歩み寄る人影に気づき、振り返ると、そこには根津さんが立っていた。あまりに不意を突かれて私は絶句するしかなかった。

「なんて顔ですか？」

根津さんは苦笑しながら、私の対面に座った。

「どうでした？　高田さん。いい写真撮る人でしょ？」

「あ、はい。ええ」

「もっと評価されていいと思ってます。いいもの持ってる人ですから」

「写真は、素敵でした」

「でしょ？　本人は広告以外では、まあつまり趣味としての写真は好きなものしか撮りたくないそうで。それがああいう写真なんだそうで」

「それはそれでひとつの個性だと思いますけど」

「そうなんですよね。僕は頭が硬すぎるんですよ。それがよくないのはわかってるんですけど。あんまり無責任なことも言えなくてですね」

正直、逃げ出したい気持ちで一杯だった。全身が全霊で逃げたがっていた。

「……さて、どうですか？　取材の方は？」

「あ、はい……まあ、ぼちぼち」

「それは結構」

「あの……加瀬くんは……」

そこで私は言葉を詰まらせた。加瀬くんがナユタだった……そう言おうと思ったが、私の切るカード次第で、この人はまた何か仕掛けてくるに違いない。そう思うと何も喋れない。それを察してか、根津さんは私の言葉を引き継いで言った。

「加瀬くん？　そう。彼がもう一人のナユタです」

「あれ？　今日は夕ネ明かししてくれる回ですか？」

根津さんは、口許にうっすらとほほ笑みを浮かべ、頷いた。私は心のなかで何かに安堵し、何かが氷解した。仕組まれたゲームではあったが、やっとそれが終わるのかも知れない。そう思うと涙まで溢れてきた。

「大丈夫ですか？」

「はい」

「けどもうあなたは、ほとんどの秘密をご自分ですっかり解き明かしたんじゃないんですか？」

「そんなことないです。わかんないことだらけです」

「私が答えられることは、たぶんもう、そう多くはない気はしますが、知ってる限りお答えしますよ」

「ありがとうございます」

「いえいえ」

「さっき、高田さんから聞きました。『花の街』のトリック。あれは三人の顔を展覧会直前に描き直したことで成立したんですね」

根津さんはそれには答えず、高田さんの写真集を手に取って、ページを捲った。

「彼が撮った女性の数は本人によれば千人を超えるそうで。しかも彼はそれを几帳面にファイリングしていて、何年何月何日何処で撮ったか、ということまでわかるそうです。そんな彼がある日、バスの事故のニュースを偶然見た。それがススキノのキャバクラの、とある系列の慰安旅行のバスだと知って、自分の撮った写真の中に、その亡くなった女性たちがいるんじゃないかと、そう思って、彼は知り合いのお店に問い合わせた。すると、三人とも彼が撮ったことのある女の子だとわかったと」

「それは聞きました」

「うん。ごめんなさいね。時系列順に思い出さないと途中から話せなくて。もう歳かな」

根津さんは苦笑しながら、写真集をテーブルの上に置く。

「実はね、あの『花の街』シリーズは殆ど完成はしていたんだが、出品する予定ではなかった」

「どうしてですか？」

「加瀬くんが乗り気じゃなかった。加瀬くんはあの絵を仕上げきれなかった。札幌に旅行に行った話は聞きました？　モデルの女の子が行方不明になった話です」

「はい。芽路さんと三人で」

「そうです」

「芽路さんもショックを受けてました」

「そうでしょうね。それは加瀬くんもきっと同じだったのでしょう。『花の街』はその人を想って描いた三枚の作品でした。しかし肝心の顔を描ききる前に加瀬くんは筆を投げてしまった。とはいえ絵がないと展示スペースの問題もあって、何とか展示させてくれないかと随分交渉したんですが、なかなか加瀬くんが首を縦に振ってくれない。半ば諦めかけていた時でした。年が明けて、バス事故。高田さんがその話をしてくれて。僕はそれを染井くんに話した。ほんとに、何の気もなしに。そして亡くなった三人の写真を見せた。染井くんはその写真を食い入るように見ていました。そのうちこんなことを言い出しました。この写真を絵の素材に借りてもいいかと。インスピレーションが降ってきたんでしょうな。天からか、宇宙からか。僕は高田さんと話して、なんとか承諾を得た。染井くんはその写真を加瀬くんに渡して『花の街』の完成を頼んだ。そして搬入の日……」

根津さんは、そこで言葉を切った。遠くを見るような眼差し。当時の光景を脳裏に想い描いているに違いなかった。根津さんは話を続けた。

「搬入の日、僕は朝一番に恒河沙を訪ねましてね。なんと二枚の人物画は完成していた。加瀬くんは残りの一枚の絵を必死になって描いていた。染井くんはソファで高いびきですよ。染井くんの手もシャツも絵の具だらけで。時間がないので彼も手伝ったんでしょう。だから『花の街』は加瀬くんと染井くんの共作です。僕は染井くんが筆を揮ってる姿を見ることはできませんでしたが、江辺さんは覗き見したそうで、そんな突貫工事で仕上げるなんて絵画をバカにしてるって怒ってましたけど、加瀬くんの絵を上描きして違和感ないんですから、そこは江辺さんも舌を巻いてましたよ」

「上描きする前の絵には、誰が描かれていたんですか？　芽路さんの話からすると、カナエさんですよね？」

「そうです。そのうち二枚の、描きかけのカナエさんの顔を消して、二人の女性の顔に描き変えた、というのが真相です」

「カナエさんの顔をわざわざ消して？　どうしてそんなことを」

「その時の僕はよくわかっていなかった。まあしかしナユタですからね。そういうのを描くのが好きですからね。そのぐらいにしか思っていなかった」

「加瀬くんがそんなことするでしょうか？」

「まあ、結果してしまったわけですよ。そこ大事な所です。そこは是非調べてくださいよ。さて、ひとまず加瀬くんが最後の一枚を仕上げてる間、僕は先に完成した二枚を他の作品と一緒に運ぶことにしましてね。まだ乾いてない作品ですから、運ぶのも大変でした。最後の一枚は完成したのが深夜です。オープニングの前夜でした。染井くんは起きないし、加瀬くんも少し眠りたいというので、彼らを恒河沙に残して絵と一緒に急ぎ美術館に向かいました」

根津さんはふと顔を上げた。遠くを見た。頭の中に当時の記憶が蘇っているのだろう。

「壮観でしたよ。三津島記念美術館ギャラリーA。ひとつの駄作もない」

それは同時に私の脳裏にも浮かぶ景色でもあった。会場となった青山の三津島記念美術館には私も何度か足を運んだことがあった。バックヤードに足を踏み入れたことはなかったが、まだ見ぬその場所が鮮明に脳裏に浮かんだ。搬入口から運ばれるナユタの絵。ひとつひとつ丁寧に展示されてゆく彼らの絵。

「あれは事件でしたよ。本物の名画を見たことのある人は数多《あまた》いるでしょうが動く名画を見れる人は少ない。展示されてる絵と違って、搬入の時の絵は空間を移動する。あの醍醐味！　わかります？　ああ、自分たちが能動的にこの名作に関わっているという緊張と興奮。そんな気持ちになるのはよっぽどの作品ですよ。その迫力が彼の絵にはあった。もうこれは理屈じゃない。改めて僕は確信したもんです。とんでもない才能と出会ってしまったと」

そこまで興奮して喋っていた根津さんは、いったん話を切り、コーヒーカップに手をかけた。しかし、不意に表情が変わり、その手を離した。

「ところが展覧会が始まって、ネットで妙な噂が流れ始めたんです。十日前にバス事故で死んだ女性三人の絵が存在するらしいと。更に、ナユタという画家がそれを描いたとか、誘拐された女の子の絵も存在するらしいとか、ナユタの〝死神伝説〟が形を帯び始めて、瞬く間に、あれよあれよという間に……あの都市伝説は、多分、わずか三日程度で完成してしまった。ひょんなバズから展覧会には人が押し寄せました。しかし、それは、全部染井くんが仕組んだことだった。狙いは、ナユタが絵を描いた後に女性たちが亡くなったというストーリーだったんですよ。ＳＮＳのバズも、裏アカを使った自作自演だった」

「何故そんなことを？」

「まあそこまでして、初めての展覧会を成功させたかったのだろうと、僕は最初そう思いました。ところがそうじゃなかった。彼は突然こんなことを言い出したんですよ。『ナユタは本物の死神になれたぞ！』って」

「本物の死神……」

「狂ってるでしょ？　だから狂ってんですよ。あの人は。あの時ばかりは殴ってやろうかと思いましたよ。殴りはしませんでしたが、言ってやりました。あんたはナユタを台無しにしたんだと。あの人はキョトンとしてね。僕の言ってることがイマイチよくわかってない。説明してやりました。〝死神〟なんて渾名《あだな》のついた絵描きなんて、ろくなもんじゃないだろうと。そいつに絵を描かれたら、死ぬなんて、そんな物騒なバンクシー、ネットニュースの餌ぐらいにしかならんだろうと。そう思いませんか？」

「思います」

「しかし染井くんは違いました。物騒なバンクシーがいいんだと。画壇なんてちっぽけな世界でいくら認められたって意味がないだろうと。まあ一理あるでしょう。けど、結局は世間に嘘をつくんです。そんな茶番劇がバレたら、画壇どころか世間から総攻撃だ。何のメリットもない、と。そう思いませんか？」

「思います」

「すると彼はこう言うんです。本当に終わるのかと。逆だろうと。その時こそ、世間が最も注目して、誰もがナユタを記憶に刻むビッグイベントになるんじゃないかと。大失敗。それ以上に世間が好物なネタがあるかい？　どうやってこの大失敗を演出するか。根津さん、俺はたぶんきっとそこに興味があるんだよ。と、言うわけです。そんなのただの炎上商法じゃないですか。でも彼は違うんですよ。炎上商法がいいんですよ。炎上商法大礼賛論者なんですよ。炎上商法で失敗した奴を知らないって言うんですよ」

「いっぱいいるでしょう？」

「いますよ。けど彼は違うという。失敗したのは炎上商法のせいではなく、罪悪感だと。大勢の罵詈雑言に耐えられないのは、そいつがいい人を捨てられないからだと。月並みな良心を捨てられないからだと。世紀の芸術家を作り上げるのに、そんなもの必要かと」

私はため息が出た。

「悪魔ですね」

「悪魔です。しかし結局は彼の思惑通りに事は運んだ。彼の奇抜な演出は成功した。展覧会は興行的にも大成功に終わりました。単なる死神伝説だけだったら、ああはなっていなかった。結局は加瀬くんの絵の力ですよ。それが圧倒的だったから、死神伝説という陳腐な演出さえ、易々と追い風にしてしまえたわけです。脱帽です。何か本当に人の生と死を見極めてるかのような、そこに本物の何かが宿っているかのような。染井くんはそこまで読んでいたわけですから。悪魔かも知らんが、プロデューサーとしては天才かも知れない。染井くんはなかなか絵を売ろうとしなかった。こんな値段じゃないと踏んでたんです。ナユタの絵は、今も評価は右肩上がりです。すべて彼のシナリオ通りってわけです。知ってますか？　とあるネットの記事。折茂羽膳とかいうフリーライターの書いた……もう読んだんじゃないですか？」

「折茂羽膳……ああ、はい。でも、あれって……根津さんでは？」

「おや、察しがいいですね」

「アナグラムですよね。モリオがオリモ？」

「そうそう。根津はアルファベットで逆さ読みしてUZENで。でも違います。あれを書いたのは染井くんですよ。彼が勝手に僕の名前をいじってペンネームにしたんですよ」

「迷惑な人ですね」

「ほんと、迷惑な人なんですよ。でも、そうやって彼はナユタという不世出のアーティストをこの世に送り出したわけです。勿論そこには加瀬くんという、これまた不世出なる才能があったわけですが」

「無敵のコンビですね」

「いや、それはどうだろう」

根津さんはそこで一度言葉を切った。そして私を見た。そしてひとつひとつ言葉を区切りながら、こう言ったのである。

「加瀬くんは、あれを最後に、絵をやめてしまった。今では御存知の通りの塗装工です」

「それは、…どうして？」

「きっと二人の間に何かあったんでしょうね。まあ結局ナユタは解散。その翌月には加瀬くんが恒河沙を離れ、染井くんが死んでしまって。去年の二月の事です」

二月、私は何をしていただろう。

広告代理店でサービス残業に耐えながら、死にものぐるいで働いてはいたが。何かの企画会議でナユタの話題が出たのを想い出す。また胡散臭い輩《やから》が出てきたもんだと、皆で嗤《わら》ったものである。私にしたところで、あちら側にいたのであって、加瀬くんが苦しんでいるその最中に、同情心などカケラも持たず、広告には使えないネタとして切り捨て、二度と顧みなかった者である。あの頃は……いや、今だって。タイムラインに日々流れてくる人の失敗や挫折やその痛みや苦しみを片っ端から人差し指で弾き飛ばしているのが私である。

やるせなさで一杯になった。俯くと膝の上には写真集が開いたままになっていた。そこにはカナエさんの姿があった。涙がその上に落ちた。その涙を拭おうと思ったが、更にもうひとしずく、ポトリと彼女の上に落ちた。

「加瀬くんはしかし、筆を捨てられなかった。それで始めたのが塗装のバイトです。彼は絵を描くしかない人なんです。だけどもうこの世界を描けない。だから壁に向かい合って、『壁』シリーズという抽象画を描き続けている。僕にはそう思えてならない」

いくつもの涙がカナエさんの上に落ちた。ああ、彼に会いたい。会う資格なんてないけど、彼に会いたい。そんな私の心の中を見透かしたように根津さんが言った。

「彼とは話したんですか？」

私は首を横に振った。

「あれから会ってないです」

「会ってあげてください」

「……でも」

「前に言ったでしょ。スタヴローギンは苦しがってるって。救ってあげなきゃ！　彼を！」

「私にはそんな資格ないですよ」

「もうあなたしかいないんですよ。彼を救えるのは」

「どうしてあたしなんですか？」

「彼は待っている。あなたが彼のすべてを理解してくれることを。わがままな男です。あなたが単に久しぶりに再会した同窓生ぐらいじゃイヤなんですよ」

彼を救えるものなら救ってあげたい。しかしどうやったら？　気の利いたアイディアなんてすぐには浮かばなかった。でも、私が何とかしないと。そんな想いが沸々と湧いてくる。何故だろう。ああ、そうか。大事なことを想い出した。

「彼に油絵を教えたのは、私なんです」

「そうですってね」

外を見た。夕焼けが真っ赤に空を染め上げていた。

19　スケッチブック

十月二十七日日曜日、横浜駅周辺を散策。駅西口を出て、帷子川《かたびらかわ》沿いの住宅地を暫く歩くと、母校である霞ヶ丘高校が見えてくる。ここで私は加瀬くんと一年間を過ごしたことになる。

私は塀の外から懐かしの校舎を眺めた。元女子校だったこともあり、女子の多かった我が母校。男子なんて所謂《いわゆる》草食系しかいないと勝手に思い込んでいたが、そんな生徒たちの中に、加瀬くんと染井雄高がいて、ＡＥＤで自殺紛いのことをしていたのだから判らないものである。

さて、横浜駅周辺を散策したのも、母校の前を通り過ぎたのも、ある目的のついでに過ぎなかった。

根津さんと会った翌日、彼からメールが送られて来た。メッセージは実に短く、どこかの言語で、

［Удачи вам!］

とあった。検索をかけてみると、ロシア語で「がんばれ」という意味だった。

そのあとに、住所が二つ書かれていた。加瀬くんの実家の住所と、彼が今住んでいる下北沢のアパートの住所。

ここへ行けということなんだろう。私の中に迷いはなかった。私にできることがあるのならば、なんだってやろう。それが加瀬くんのためになるのなら。

横浜市西区戸部町《とべちょう》。

高校時代の私の通学路からは学校を挟んで反対側に位置する町であった。高校の近くでありながら、足を踏み入れた記憶がない。私にとっては未踏の地であった。その街に加瀬くんの実家はあった。スマホの地図アプリを頼りに家までの道を辿る。迷いそうな狭い路地。見慣れない白い小鳥が数羽、行く手に屯《たむろ》していた。私が近寄ると、逃げはするが、またすぐ先に着地する。まるで道先案内のようにいつまでも私の行く手に羽ばたいては着地を繰り返す。餌をくれると思ってるのかも知れない。白と黒の尾の長い鳥である。セキレイの一種だろうか。

そのうち渋い、味わい深い商店街に遭遇した。昭和の面影がまだ芳《かぐわ》しく残っている。こんなロケーションに遭遇するとは思わなかった。私はスマホで写真を撮り歩いた。あまりに図々しく写真を撮り続けていたせいで、通りすがりの女性にすごい形相で睨まれた。私はスマホを鞄にしまって、先を急ぐ。

商店街を通過すると、待ってくれていたのか、先程の小鳥たちがまたしても視界の先に屯している。そしてまた私の行く手を飛びながら、道先案内をしてくれた。なんだろうか、この不思議な小鳥たちの演出は。ナユタの鳥の連作を想い出す。『カラス公園』、『カナリアの家』、『サギの森』、そしてあとひとつは……『セキレイの小路』ではなかったか？

　いやはや、なんだろうかこの偶然。きっと偶然なのだろうけど、気味が悪い。この路地の先は冥界にでもつながっているのか。鬼が出るか、蛇が出るか。と言ったところか。いずれにせよ、ナユタ探しの旅はもう佳境に違いない。そう思うと、妙なアドレナリンが溢れ出てくるかのような、なにか愉快な気分にもなるのであった。

　加瀬家は特に古風な雰囲気の一角にあった。小さな庭に洗濯物が干してある。人の気配がして背後を振り返ると、恰幅のいい中年の女性が立っていた。買い物袋を手にぶら下げている。さっき商店街で私を睨んだ人だ。あれから尾行して来たのだろうか？

「ごめんなさい。後、尾けて来ちゃった」

　女性は言った。尾行して来たのだ。

「なにか？」

「あなた真純の彼女でしょ？」

「え？　真純って加瀬さんですか？」

「そうそう。ウチの子」

　驚いた。加瀬くんの母親だった。

「いや、彼女っていうわけではないですが」

　何故彼女は私を見てそう思ったのか。何故私のことを知っているのか。ひとまず自分の素性を明らかにしておこうと、鞄から名刺を出した。

「あ、私、『絵と詩と歌』という雑誌の編集をしている者で。八千草と言います」

お母さんは名刺を見ると、私の名前を読み上げた。

「やちぐさかのんさん……」

「はい」

「でも、息子のお知り合いでしょ？」

「あ、はい。高校が霞ヶ丘で」

「あら、そう！　でも彼女なんでしょ？　本当は。違うの？」

「いや、違うと思いますけど」

「ウチに来たんでしょ？　さ、どうぞ。お茶でも飲んでいって」

断るわけにもゆかず、私は加瀬くんの家に足を踏み入れることになった。

玄関に入る。下駄箱の上に一枚の絵が飾られている。

「見て見てこれ。息子が描いたのよ。これってあなたよね」

十号キャンバスに描かれた油彩画は、否定できないほど私によく似ていた。

「憶えてる？　この絵。あの子が高校時代に描いた絵。あの頃からこんなに上手だったのねえ」

「いや、ちょっと記憶にないです」

「え？　あなたこの絵のモデルやったんでしょ？」

「いえ、やってません」

「じゃあどうやってこれ描いたの？　写真？」

「空想で描いたんじゃないでしょうか？」

「そうなの？　空想でここまで描けるものなの？」

　リビングに通された私は思わず、「おお！」と声を上げてしまった。壁には老人の鉛筆画が一枚。

「これも彼の絵ですか？」

「そう。おばあちゃん。大学時代のね。ずっと病気してでね。亡くなった時にあの子がここに飾ったの」

　恐らく『揺籃』のエスキースである。

　お茶を淹れてくれるというので、私はソファに腰掛けた。座るとギリリと鈍い音がした。かなり年季の入ったソファである。部屋の片隅に小さな仏壇があった。遺影と思しき一枚の写真。写真の中の若い男性は歯を見せて笑っている。

「あちらは……」

　私は訊ねた。

「あれは、主人です」

　加瀬くんのお兄さんかと思うほど彼の父は若々しく、私たちぐらいの年頃に見える。

「お若いですね」

「神戸のね、震災で亡くなって」

「聞きました」

「そうなのよ。娘もいたんだけど、このひとと一緒に亡くなってしまって」

　もう少し詳しく伺いたかったが、あまり話したくないのか、お母さんはすぐに話題を変えた。

「絵、見る？　あの子の部屋にいっぱいあるわよ」

「ほんとですか？　わあ、見たいなあ」

お母さんに案内されて、私は二階の部屋を覗いた。彼のアトリエ、と思いきや、そこはもはやキャンバスに埋め尽くされた倉庫と化していた。

「葉山の方にアトリエがあったんだけど、去年そこを出て下北沢に引っ越したの。その時にいらないって絵が全部ここにやって来たってわけ。どうにかしろって言ってるんだけど。捨ててくれって」

「え？　勿体ない！」

「ねえ、せっかく描いたのに。でもこのままにもしとけないでしょ？」

「勿体ないですよ」

「気味の悪い絵ばっかりでしょ？　あの子ね、子供の頃から霊感が強いのよ」

その言葉に私は息を呑んだ。根津さんによって彼の死神伝説がフェイクだと判明したところに、この母の言葉である。まさか。本当に……？

「霊感って、幽霊が見えるんですか？」

ひとまず当たり障りのない所から訊ねてみた。

「何なんだろうね。死んでる人を見つけるのがうまいのよ」

「え？　なんですかそれ」

「震災の時ね、遺体を何人も見つけたの。瓦礫《がれき》をどかすとその下に遺体があるのよ。どうしてわかったのって訊くと、かのんが教えてくれたって」

「かのん？」

「娘の名前。あの子のお姉ちゃん」

「かのんって……私もかのんです。同じ名前です」

「ね？　さっき名刺見て気づいた。すごい偶然ね。ウチの子は平仮名だったけど。まあでもあの子には忘れ難い名前だと思うわ」

「そうですか。そのお姉さんの、かのんちゃんが、教えてくれたってどういうことですか？」

「そうなのよ。教えようもないのよ。その時はもう亡くなってたからね。びっくりしたわ。主人と娘の写真でもあればよかったんだけど。震災の火事でみんな燃えてなくなっちゃったから。真純にね、かのんのこと描いてって言ったこともあったけど。絵でもあったら毎日手を合わせてあげられるでしょ？　でもあの子、憶えてないって」

　想い出すだけでも辛そうだ。

「なんか、パン屋さんだったって伺いました」

　少しでも平穏な話題に戻したかったのだが。

「ウチは、ちっちゃなパン屋でね。朝早いのよ。地震があったのはまだ夜明け前。まだみんな寝静まってる頃ですよ。こっちはパンの下ごしらえをしてたんですよ。だから他所より逃げるチャンスがありそうでしょ？　全然！　あの地震はおっき過ぎて。二階建ての家のね、一階がパン屋でね、その一階部分がぺしゃんこですよ。私は辛うじて這い出せたけど主人は建物の下敷きで、どうなったか判らない。火を使ってたから。煙が凄かった。とにかくまずは子供たちをなんとかしないとって思って。二階の窓を割って中に入って、びっくりした顔の真純がそこにいて。あたりを見るともうグチャグチャで。急いで真純を抱えて外に飛び出して、辺りを見回したら、どのお宅も潰れちゃっててね。ひとまず真純を道の真ん中に降ろして。もう道の真ん中しかなくてね。普段だったら車が通るから一番危ない場所でしょ。でも、車なんか走れる状態じゃなかったから。電柱も倒れちゃってるし。真純には、ここでじっとしてなさいって言って、もう一度中に入ろうとしたんだけど、火の回りが早くてね。もう無理だった。かのんがまだ中にいたから、名前を呼んだんだけど。返事もなくて。何度も呼んだんだけど。もう火が凄くて近くにもいれなくて。真純も危ないからって、いったん真純のところに引き返そうとしたの。ああ駄目だ。これは何度想い出しても辛い。苦しい」

そう言ってお母さんは大粒の涙を拭った。

「〝ママッ〟て聞こえたの。あの子の声が。一回だけ。もう私も気が狂ったように名前を呼んだのよ。かのん！　かのん！　って。気がついたら、真純が腰にしがみついてた。私のこと引っ張って。危ないって思ったのねきっと」

暫く沈黙が流れた。お母さんは何度も鼻を啜り、涙を拭った。

「それから何日かは避難所に身を寄せて。真純と二人で。財布も何も持たずにね。私は仕事着の白いエプロンを身に着けてたけど、脱いで捨ててしまった。だって、ウチが火元で何軒も焼けちゃったからね。両隣のお宅は誰も助からなかった。ウチがパン屋じゃなかったら、助かってたかも知れない。ほんとに申し訳なくて。人の顔が見れなかった。何も考えられなかった。主人がいなくなったことも、娘を亡くしてしまったことも、ウチから火を出してご近所さんたちを死なせてしまったことも。主人と娘の遺体は名古屋の火葬場に運ばれてね。こっちに住んでた両親とか、兄とかが来てくれて。兄はアグレッシブな人でね。いろんな段取りをつけてくれて。もう人に頼るとダメね。弱気が噴き出して、なんにもする気がなくなってしまって。この家も、兄が見つけて来てくれて。だいぶ傷んでた空き家を綺麗にリフォームしてくれて」

そこまで喋ってお母さんは不意に沈黙した。庭先に視線を向け、瞳にうっすら涙を浮かべている。様々な風景が、想いが、その胸の内に去来しているのだろう。

「大変でしたね」

私もそんな言葉しか思いつかなかった。お母さんは苦笑した。

「人生いろいろあるもんよ。パン作りはもうできないなあってずっと思ってたけど、最近ね、星川のベーカリーで働いてるのよ。結局パン作るくらいしかできないから」

「ご主人も嬉しいんじゃないですか、その方が」

「そうね。……ごめんなさいね。こんな聞いても楽しくない話しちゃって」

「いえいえ」

「欲しい絵でもあったら持って帰って」

「いいんですか？」

「いいんじゃない？　本人は捨ててって言ってるんだから」

そう言い残して、お母さんは階下に降りていった。一人残された私は、そこにある絵を一枚ずつ丹念に見る機会を得た。そこはもう私にとっては宝の山だった。裏を向いたキャンバスを返して、窓の光に当てて見る、という作業を繰り返しながら、私は何度「凄い」という言葉を発したことか。無造作に積み上げられたスケッチブックを開いてはその中身に幾度「おお！」と声を上げたことか。エスキースや、十号キャンバスに描かれた試作品の数々。あれら傑作を天才は一気に描き上げているのかと思ったが、そうではなかった。こうした下ごしらえが存分にあって、あの傑作らが誕生していたのだ。私は胸打たれた。『蛹』のためのスケッチだろうか。カナエさんの肖像画がいくつも出てきた。全裸のデッサンも出てきた。さすがにこれは見てはいけないものなのかも知れない。しかし見ずにはいられなかった。嫉妬が全身を駆け巡る。自分が獣にでもなったかのように、気がつくと荒い息が鼻から出ていた。そのうちクシャミが止まらなくなって来た。窓から刺す陽射しに埃の粒子がキラキラと輝いて美しかったが、その濃度は尋常ではなかった。やがて鼻水を絵に落とさないように気を付けるほどになって来た。ハンカチで鼻を押さえながら私は発掘を続けた。

ある一枚に私は思わず息を呑んだ。それは紛れもなく、私が彼と初めて言葉を交わした時の風景。霞ヶ丘高校の図書室で、ミレーの『オフィーリア』を見た、あの二人の姿が克明に色鮮やかに描かれていた。それで終わりではなかった。そこから先にあった一群はどれも私の絵だった。これは気恥ずかしい。要するにきっと彼は私のことが好きだったんだ。片想い。高校時代の秘めたる甘い想い出。こんなものを私が勝手に見ていいのだろうか。得《え》も言われぬ罪悪感を感じながら、私はそれとは裏腹の得も言われぬ恍惚感に満たされる。あの高校の校舎の中で、廊下で、階段で、体育館で、グラウンドで、そして図書室で、彼は私を見つめ続け、そして描き続けていたのか。そう思うと、彼が愛しく思えてならなかった。

彼が描いていたのは、高校時代の私だけではなかった。私を少し幼くして、まるで小学生のような姿の私をも描いていた。何を描いているのか。そんなスケッチブックがいくつも出てきた。さすがにそれには笑ってしまった。ランドセルを背負っている私の姿もあった。それはもう妄想の世界か。さすがにちょっと悪趣味だ。パジャマ姿。ベッドに座っている。

「ちょっとやめてよもう！　なによこれ」

パジャマ姿のまま、公園らしき場所でベンチに座っている幼い私。

ベッドに横になり、心細そうにこちらを見ている幼い私。

「まさかヌードとか描いてないでしょうね」

そう独り言を言いながら、ページをめくっているうちに思いがけない絵が出てきた。それは私以外の肖像画だった。幼い少年である。

息を呑んだ。

私はこの少年を知っている。何故知ってるんだろう。そこで遠い記憶が繋がった。私はそのスケッチブックを持って一階まで階段を駆け下りた。そしてその絵をお母さんにかざした。

「この子誰ですか？」

「え？　……真純ね。入院してた時のだわ。こんなのも描いてたのね」

「入院してたんですか？」

「そう。小学校の時にね」

「どこの病院ですか？」

「横浜大の付属病院」

「そうですか。なにか……病気だったんですか？」

「絵があんまり上手だから。なんか異常でしょ？　そこまで上手いと。小学生なのに。震災のこともあったし、なんか心配になってね。病院連れて行ったの。そしたら記憶障害っていうのがあって。なんかいろいろ憶えてないわけよ。まあでも、震災の時は私にもあったからね。そういうこと。後でどうしても想い出せないってことがいっぱいあった。近所のお宅のご主人も亡くなって、奥さんが玄関先でうずくまって泣いてる時に、私が手を握って一緒に泣いたんですって。その奥さん、私の涙で気を取り直したって、あとで感謝されてね。でも、全然憶えてない。え？私そんなことした？　って。いまだに想い出せないの。誰か別な人と勘違いしてるんじゃないかってくらいよ。……とかね、そんなことがいっぱいあった」

「その、彼の記憶障害は治ったんですか？」

「よくわかんないままよ。二週間くらい入院して退院したかしらね」

私は二階に戻った。そしてまた彼の部屋に行き、勉強机の椅子に腰掛けた。そしてまたスケッチブックをめくってみた。一枚の絵は鳩だった。私はこの絵を知っている。見たことがある。

私は幼い頃から絵を描くのが好きだった。入院中も院内学級の授業があったが、図工の時間を何より楽しみにしていた。その授業で、ちゃんと絵を描かない子がひとりいた。絵が嫌いなのかと思っていたが、病院の中庭で、ひとりスケッチブックに向かい合う姿を時々目撃するようになった。ああ、きっと絵が下手なのを気にして、ひとりで練習してるんだなあと思った。健気だなと思った。

ある時、こっそり近寄って後ろから覗こうとしたが、気づかれた。彼は大慌てでスケッチブックを閉じた。見せてくれと言ってもなかなか見せてくれなかった。

「僕の絵は気持ち悪いよ」

気持ち悪い絵と言われると、ますます見たくなる。しつこくせがんでやっと見せてもらった。

「うそ！　なによ！　上手じゃない！」

「そう？」

「上手よ。うん、たしかに気持ち悪いくらい上手」

まるで写真のような鳩の絵であった。

他にはないのかと訊くと、その子は私を病室に連れて行き、秘蔵のスケッチブックをベッドの下から引っ張り出してきた。そこには、入院していた子供を含め、この病院に集う人たちの姿が描かれていた。そのスケッチブックの一冊を彼は私にくれた。そのスケッチブックには私の肖像も描かれていた。

何という図々しい記憶の改竄《かいざん》。ウチにあったあのスケッチブックは私が描いたものではなかったのか。

やがて私たちは高校で再会した。私は全く気づかなかったが、彼は気づいていた。ずっと憶えていた。

……私のことを。

彼に電話をしてみた。そうせずにはいられなかった。彼が出た。しかし電話越しに何故か黙っている。私から声をかけた。

「あの、私です」

「ああ」

「今ね、君の実家に来てるの」

「え？」

彼の驚いた声が聞こえた。

「君の部屋にいるの。君の絵を見てた」

「……ええええ。それは恥ずかしい」

「ごめん」

「いや、いいですけど」

「今、どこ？」

「え？　家ですけど」

「下北の？」

「はい」

「行っていい？　今から」

「え？　……ああ……はい」

「会いたい。今すぐ会いたい。そこで待ってて」

電話を切ると、私は彼の部屋を飛び出し、階段を駆け下りる。お母さんと目が合う。

「ちょっと出て来ます」

近所に買い物に出るみたいに、お母さんにそう言い残して、私は彼の家を飛び出した。

20 インタビュー

渋谷で井の頭線に乗り換えて下北沢へ。午後四時少し前。陽が暮れかかる。気がつけばもうすっかり秋だ。根津さんから受け取った住所を頼りに、私は加瀬くんのアパートを探した。小学校の西側の狭い路地に古い二階建てのアパートがあった。各階に二つドアが見える。階段を昇り、奥のドアが加瀬くんの住まいであった。ノックしてみる。

部屋の中で物音がして、ドアまで歩み寄る加瀬くんの気配がわかった。ドアが開く。加瀬くんが顔を見せる。

「どうも」

と加瀬くん。

「あの……」と私。「ナユタさんですか？」

「え？」

「取材させてください」

加瀬くんは苦笑いして、こう答えた。

「取材はお断りしているんですけど。でも、先輩ならいいですよ」

しかし、目の前にいるのはナユタなのだ。私はあの絵の数々を描いた画家と今、向かい合っている。そこを意識すると、このはにかみ屋の後輩に、気圧《けお》されそうなオーラすら感じて身が竦む。

「どうぞ」

ナユタは一歩下がり、身を斜《はす》にして道を作る。それに応じて、私は部屋に足を踏み入れる。

1DKの、モノの少ない部屋である。

ユニットキッチンの傍にテーブルと椅子が二つ。ナユタはその椅子と机を少し部屋の中央に寄せ、片方の椅子を引いて私の席を作る。

「座って下さい」

「あ、はい」

ナユタはキッチンに立ち、ポットでお湯を沸かし始めた。

「手伝おうか」

「あ、大丈夫。座っててください」

やっぱり加瀬くんだ。その声も身のこなしも。勿論姿形も。頭の中が混乱する。ポットのお湯が沸くと、加瀬くんは、コンロに火をつけ、空のミルクパンをその上に乗せ、沸いたお湯をその中に注いだ。ジュオンとキレのいい音がする。

「インスタントコーヒーですけど」

そう言って加瀬くんはインスタントコーヒーの粉末をスプーンで掬《すく》って、鍋に放り込む。わずかスプーン一杯の粉末が泡となって溢れ出し、加瀬くんはそれを慣れた手捌《てさば》きでコーヒーカップに注ぐ。

「江辺さんがそうやってた」

「僕が教えてあげました。僕は、母親から習いました。母はオヤジから習ったそうです」

加瀬くんは出来立てのコーヒーをテーブルに置く。私の分と、自分の分と。

「どうぞ」

私は一口飲んでみる。江辺さんのコーヒーより少し薄くてまろやかな味わい。加瀬くんが椅子に座り、インタビューの準備が整う。

「おなかすいてません？」

「大丈夫」

「終わったらメシ行きましょうか」

私は曖昧に頷いた。このインタビュー次第では、どうなんだろう。黙って帰るしかない選択肢もきっとあるんだろう。壁には白紙のキャンバスがいくつか立て掛けられている。その中に一際目を惹くのはコロボックルの骨の絵である。芽路さんはあの骨の復元を完成させていたが、彼もまた同じ題材に挑んでいたのだ。黒い穴がこちらを睨んでいるようで不気味だった。この骨に睨まれながら、加瀬くんとも、ナユタともつかない人物へのインタビューはスタートした。

「何が聞きたいですか？」

「そうですね。いろいろあるんです」

「なんでもどうぞ」

「まずは『揺籃』についてお話を聞かせてもらえますか？」

「『揺籃』ね。あれは大学一年の時です。五月の初めにお祖母ちゃんが脳梗塞で倒れて。何日も意識不明で。毎日なんか、胸騒ぎみたいな、ざわざわした気分でした。最初はお祖母ちゃんを心配しているからだと、そんなつもりでいたんですが、勘違いでした。自分はお祖母ちゃんを描きたいと思っている、その衝動こそがその胸騒ぎの正体でした。彼女がこの世から消えてしまう。自分が描いてあげなければ。彼女を残してあげなければ」

ある日、ナユタは画材を持って密かに祖母の病院を訪ねる。彼の祖母はベッドに横たわり、微動だにしない。意識もない。人工呼吸器が彼女の肺に空気を送り続ける、その音だけがシンとした部屋に響いている。この時ばかりは、二週間、スケッチを描き続けたという。その中の数枚が戸部の実家にあったものだろう。『揺籃』は大学のアトリエで制作され、奇跡のような話だが、絵が完成し、彼が筆を置いた直後、携帯が鳴って、祖母の訃報が届いたのだという。

「お祖母ちゃんが亡くなったのは、何時《いつ》ですか？」

「命日は六月二十七日でしたから……」

「大学一年の時……」

「はい」

私はメモ帳に数字を書いて計算する。

「私が大学三年だから……二〇〇……二〇〇八年」

「あ、そうですね」

私は手を止めて、彼を見た。そして、彼に訊ねた。

「どうして、私に取材させたの？」

ナユタは黙っていた。その口許には微かな笑みが浮かんでいた。コーヒーカップを手にしながら、軽く揺らして、その水面の揺らぎを見つめていた。程なく口許の笑みが消えると彼は静かにこう言った。

「たぶん、今日という日をずっと待っていたからだと思います」

「……ずっと？」

「はい。子供時代の話から始めていいですか？」

「……うん」

「震災の時、僕は四歳でしたが、あの時のことは驚くほどよく記憶しています。母に抱えられて家を出たことも、その家が燃えてしまったことも。瓦礫の中を歩き回ったことだとか。……潰れた屋根の上も歩きました。潰れた建物のちょっと入り込めそうな所に入り込んだりしました。正直楽しい想い出です。子供にとってはあれは悲劇的な景色ではなくて、ユニバーサル・スタジオみたいな、それこそ映画の中に入り込んだみたいな……」

「遺体を見つけたって、あなたのお母さんから聞いたけど」

「いや……。不思議な話なんですけど、僕の記憶の中では、僕は姉と一緒だったんですよ。瓦礫の中で姉と探検ごっこをやって遊んでいたんです。姉は足も僕より遥かに速くて、どんどん先に行ってしまうんです。でもたまに、立ち止まって、じっと動かなくなるんです。僕がそこに辿り着く前に、姉は僕に言うんです。ママ呼んできてって。えって感じですよ。だって、随分遠くまで来てましたから。子供の足なので、そうは言ってもちょっとなんですよね。そんなに遠くない。僕は引き返して、母親を探して、姉ちゃんが呼んでるとか、言ったんでしょう。その時、母がした顔も忘れられません。とにかくすごく怖い顔をしていました。母親を連れて姉のいた場所に戻ると、そこにはもう姉の姿は見当たらず、姉のいたはずの場所から母親が、誰かの遺体を見つけたんです。僕は怖くて見れませんでした。それから大騒ぎです。母はいろんな人を呼んできて、消防団の人とか警察とか。でもそんなことが何度かありました。姉は、なんでしょう。瓦礫で遊んでると、遺体を見つけては母を呼べと。いつ現れて、いついなくなったのか、そこだけは記憶にありません。不思議な話でしょ？　まあでも、四歳の頃の記憶ですから、アテにはならないです。勝手に空想で作り上げて、それでそれを信じてしまったのかも知れません。ただそうなると、僕が自力で遺体を見つけたんでしょうか。まあそうかも知れないし、そうでないかも知れない」

「不思議な話」

「僕にとって、一番悔しいのは、僕はどうしても、姉の顔を想い出せないんですよ。どうしてもですよ。いつ気がついたんだろう。横浜で暮らすようになった、どこかで。不意にそのことに気づいたんです。気づいた時のショックは憶えています。恐怖でした。オヤジの写真は若い頃のが少し残っていたので、忘れることはありませんでしたが、姉の写真はひとつも残っていなくて。全部燃えちゃいましたから。なんかすごい罪悪感がありました。忘れるなんて。大切なことなのに。母に言ったら叱られるかも知れないと思って、しばらく黙ってました。その日以来、僕は気がつけば姉の名前を口ずさんでいました。『かのん、かのん、かのん……』っていう風に。絵を描くようになったのもそのせいです。自分の記憶が信用できなくなったんです。穴の空いた鞄みたいに、いつの間にか空っぽになってしまうんじゃないかと、そう思ったら不安で不安で。万が一忘れてもいいように、絵に描いておくことにしたんです。正直、その執着心だけだったと思います。才能とかそういう類のものとは違う気がします」

「その絵を見て、お母さんはあなたを病院に連れて行ったと」

「はい。気味悪かったんでしょうね。たぶん神戸時代にも絵ぐらいクレヨンとかで描いていたでしょうからね。全部燃えて残ってないですけど、母によれば普通の子供の描く絵だったそうです。それが横浜に来たら、異様なまでの写実画を描き出したわけですから、それは驚きますよね。なにかの病気を疑っても無理もないと思います。そこできっと僕は神戸時代の記憶がないことを喋ってしまったのか、いろいろ訊かれるうちにお医者さんが気づいたのか、記憶障害という診断を受けました。二週間ほど入院していたと思います。同じ小児病棟に、姉と同じ名前の子がいました。ベッドに名札が貼られていて。ひらがなでした。〝かのん〟と。名字は書いてなかったです。病院の人たちが子供たちを下の名前で呼ぶからでしょうか。まあ、それがつまり先輩で」

「あなたの描いたスケッチブックがウチにある」

「そうですか」

ナユタは嬉しそうな声を上げた。ナユタと呼ぶのはもういいだろう。目の前にいるのは、私の知ってる加瀬くんだったし、まだ私が知らない所だらけの加瀬真純という人間だった。

「あたしの記憶もいい加減。あれ、自分が描いたものだと思ってた」

「それは相当いい加減だ。僕があげたんですよ」

「さっき想い出した。あなたのおウチの……あなたの部屋で。でも、あたしも絵を描いてたのよ。それは憶えてるんだよ」

加瀬くんはふと立ち上がり、備え付けのクローゼットを開けて、何か探し始めた。そして何かを手にして戻ってくると、それを私の目の前に置いた。

「これ」

スケッチブックだ。開いてみる。子供の描く絵が最後のページまでびっしり描かれている。

「それ、先輩がくれたスケッチブックです。交換したんですよ、僕ら」

「え？　そうだった？」

「そうですよ」

私は改めてスケッチブックをめくった。小学時代のスケッチは我ながら上出来とも思えたが、加瀬少年の筆致を前にしては普通の小学生の絵であった。

「病院で会った時、僕、姉の話をしたの憶えてます？」

「お姉さんの？　どんな話？」

「さっきした話ですよ」

「え？」

「震災の時の。姉の幽霊を見たって話。まだちっさかったから、うまく話せた気はしないけど」

「あの話を？」

「はい」

「憶えてないですか」

「逆に加瀬くんよく憶えてるよね。記憶障害じゃなかったの？」

「だから余計。憶えるのには一生懸命でした。忘れるのが怖かったから。特に忘れたくないことは、毎日思い返してました」

「あたしは？　どんなリアクションだったの？」

「信じてくれてるようではありました。ま、子供だから、そういう話は信じるかも知れません。それから、先輩は僕に忘れられない話をしてくれました」

「どんな話？」

「地下鉄の話です」

「え？」

私は息を呑んだ。

「高崎からの帰りに同じ話を聞きましたけど。あれを僕に話すのは二度目です」

「……ごめんなさい。それはちょっと憶えてない。……なんかあたしの方が記憶障害ね」

「先輩がいなくなった日のことも憶えています。きっと死んでしまったんだと思いました。入院してた子の誰かがそんな風に言ったのを信じてしまったんですね。誰かがいなくなると死んだってことになるんですよ。ほんとに亡くなる子もいたんでしょう。いろんな子がいました。そういう子たちを随分描きました」

「うん。すごい重症の子もいたのは憶えてる。包帯巻いてる子を見るのが怖いというか、見てられなかった」

「先輩はあのあと、どうしてたんですか？」

「私は転院したの。東京の病院に。そこで手術を受けて。心臓の。なんとか成功してくれて」

私は我知らず胸に手を当てる。

「今も傷が残ってるから、胸の開《あ》いた服が着れないの」

私はちらと彼を見る。彼はぼんやり窓の方を眺めている。

「じゃあ、あれよね。死んだと思ってた人が高校にいてびっくりしたよね？」

「そうなんです。まさかと思いました。名前も〝かのん〟だとわかって間違いないと。憶えてます？　僕、訊いたんですよ？　横浜大の付属病院にいましたよねって」

「そんなこと訊かれた？」

「訊きましたよ」

「私はなんて？」

「いたって言ってました。僕のこと憶えてるかと訊いたら、憶えてるって」

「……言ってた？」

「言ってましたよ」

「だめだ。全然憶えてない」

「大丈夫です。僕だって、わからないです。死んでしまったと思ったからこそ、きっとずっと忘れられなかったし、姉と同じ名前だったから余計忘れられなかったんだと思います。まあでも、幸いにして生きていた。しかも高校で再会できた。そんな偶然が三度も続いたら、どうです？」

「三度？」

「そうですよ。こうやってまた再会したわけですから。これで三度目です」

「そうね。すごい偶然」

「しかも、先輩は雑誌のライターとして僕の前に現れてくれた」

「うん」

「話、長くなりましたけど、以上が、取材をお願いした理由ですかね」

「……うん」

「理由としては弱いですか？」

私は大きく首を横に振ってみせた。

「そうですか。ホッとしました。怒られるかと思ってましたから、ずっと」

「怒らないとは言ってない。ずっと私を騙してた」

「申し訳ないです」

そう言って彼は苦笑する。

それにしても……。まさかこれほど壮大な物語が秘められていたとは。

改めてこの人と向き合いながら、なにか雲ひとつない蒼穹《そうきゅう》に吸い込まれそうな、そんな不安な心地と、それでいて清々しい気持ちが私の中で渦巻いた。

21　悪霊

「……染井さんの話を聞きたい」

「どんな話を？」

「んー、じゃあ、まずは馴れ初めから？」

「馴れ初め……」

「どうやって出会ったのか？」

「あいつは僕のクラスメイトでした。高一の時。入学当時の印象はゼロです。本人曰く、最初の二、三日は登校したらしいですが、そこは記憶にすらないです。教室の片隅に空いてる席がひとつだけ、ずっとあって。誰なんだろう。どんな奴だろう。まあ、それがあいつに対する第一印象でした。これって、第一印象って言うんですかね」

「第一印象は、机だったのね」

「そうですね」

「それから？」

「五月にバイク事故を起こして入院してしまって、復帰したのが夏休み明けです。なんか最初から悍《おぞ》ましいオーラを放ってる奴でしたよ。いや、これは誇張でも比喩でもなく。二人乗りして白バイに追いかけられて転倒して、一緒に乗ってた友人が死んだ、と。このくらいの情報はクラスじゅうがシェアしてました。そこに現れたあいつは、もう誰も近寄ってくれるな、という感じですよ。顔色も青ざめてるし、幽霊がひとり転校してきたみたいですよ。正直僕ですら近寄りたくはなかったですね。ところがある日、学校の帰りに奴の方から声をかけて来ました。お前、なんか連れて歩いてるぞって。あたりには誰もいませんよ。すると奴は言うんです。俺には霊感があるんだって。お前には何か憑いてるって。憑いているとしたら、きっと姉なんでしょう。そんな話をする染井に興味が湧きました。あいつは自分に取り憑いてる幽霊たちがひどい寂しがり屋で、友達を欲しがって泣くんだとわけの判らないことを言ってました。本当に不気味なやつでしたよ」

　そこで私は言葉を挟んだ。

「幽霊たち……って言ったの？」

　些細な事だが、そこが気になった。

「はい」

「ひとりじゃないの？」

「ひとりって言い方ではなかったですね」

「命人さんの幽霊だか残像だかに悩まされていたって話は江辺さんから聞いたけど」

「命人の幽霊の話はよく聞かされました。けど、それだけじゃなかったですよ。何人も背負ってるような言い方でした。生きづらいですよね。そんなんじゃ。だからいつも死ぬことばかり考えていたんですよ、あいつは。それで『マージン』を描いてくれという話になった。『マージン』は観ましたよね。あいつの実家で」

「あの彼の肖像画？　死に顔を描いたっていう」

「はい」

「カナエさんが横浜のマンションで観たのもそう？」

「はい。あの頃はあそこにありました」

「『マージン』ってタイトルなのね」

「彼が付けた名前です。そこからですね。彼とのコラボが始まったのは」

「絵はどっちが描いていたのか。そこがまだはっきりしないんだけど教えてくれる？」

「描いていたのは殆ど僕ですけど、要はあいつは自分で描くのが面倒だったんじゃないですか？」

「そうなの？　あなたの才能を認めていたんじゃないの？　自分より上手いやつが居るって、武尊さんには話していたそうだけど」

「僕にはちょっとわかりませんね。確かに僕の絵を褒めてくれてはいましたが、正直、僕は僕でやつの絵は衝撃でしたから。お互いにないものをお互いが持っていたのかも知れません。哲学とか、世界観とか、そういうのは明らかに彼が上回っていましたね。その才能はずば抜けてた気がします。ヤツに言われた言葉がありました。絵の具と絵筆とキャンバスで描くのがお前の絵なのかと。それじゃあ小学生の図画工作と変わらないだろうと。お前の中にはもっと描くべき何かがあるはずだと。それを見つめろと。記憶を絞り出せと。洗脳されましたよ。見事なまでに。そうやって描いた作品が、高三の時に賞を取りました。姉を描いたやつです」

「『遊びをせんとや逝かれけむ』」

そのタイトルが思わず口を突いて出た。彼は頷いた。

あの震災の絵、あそこに描かれていた後ろ姿の少女、あれは加瀬くんのお姉さんの姿だったのか。そのタイトルの意味がようやく理解できた気がした。

「〝遊び〟って死体探しのこと？」

「そうです。あのタイトルを考案したのは染井です」

やがて、それぞれが大学に進み、加瀬くんは『揺籃』を、染井は『献体』を描く。

二〇一一年、三月十一日、東日本大震災があった。

「あの年の四月、僕と奴とで被災地を巡りました。あいつから行ってみないか、と言われて、ああ、いいよ、と。岩手、宮城、福島。北から南へ。釜石、大船渡、陸前高田、気仙沼、石巻、仙台、名取、岩沼、南相馬……津波で何もかもなくなってしまった景色を眺めながら、僕もあいつも殆ど会話をしなかったですね。ただ黙って、波の音しか聴こえない景色の中を歩きながら、壁がなくなって、家の中がむき出しの……その中は、バラバラに千切った写真が折り重なるような……そんな家を何軒も見ました。あの体験が彼に何を与えたのかは僕にはわかりません。けど、あれがナユタの始まりだった気がします。ナユタという作家が何を描くべきか、あいつはあそこで明確に摑んだ気がします。僕はというと、妙な感覚で。懐かしかったんですよ、妙に。神戸の風景と重なって」

「震災をモチーフにした作品っていうと……」

「『モザイク』というシリーズの四枚が」

「あれはもう誰がモデルっていうわけではなく、強いて言うなら亡くなった姉なんですよ」

私はここで初めて鞄から図録を取り出し、開いてみた。

『モザイク』……根津さんから何の情報も提供されなかった連作である。それぞれ、『喪中』『星座』『異形』『苦い水』という四枚の絵があり、モデルの顔には文字通りモザイクがかけられていた。敢えて顔を描かない、大胆と言えば大胆な作品であった。姉の顔を憶えていないという加瀬くん。そのつもりで見返すと、確かにそのモザイクにはそんな彼のメッセージが込められているかのようである。

「〝鳥シリーズ〟は染井の発案でした。現実の事件と絵のリンク、それが染井のテーマでした。『カナリアの家』は大阪で起きた幼児虐待事件でした。同居していた男性が、十歳の女の子を虐待で殺してしまった事件です。『セキレイの小路』は千葉県柏市の女子大生殺害事件です。初めて〝売り〟を試みた女子大生がネットで知り合った男性に殺害されてしまったという。『サギの森』は茨城県美浦村《みほむら》で起きた事件を題材にしました。家族を全員殺して、自分だけ死ねなかった男性がいて、何とも言えない事件でした」

私は思わずため息が漏れた。それぞれの絵に、そこまで悲惨な雰囲気はない。背景にそんな事件をリンクさせて描いていたとは。

「そこは染井としてはちょっと不満そうでしたね。染井はもう少しダイナミックに描かせたかったんじゃないかな。でも、まあ僕の中では、ああいう表現にしか描けなかったです。そこはまあ作家性の違いですかね。テレビから日々流れてくるニュース、消えてゆくニュース。僕らは実際に現場を歩いて、そこから創作を作り上げてゆくわけですけど、どうしてそういう事件が起きるのか、僕には正直理解し切れませんでした。ほんとにちょっと判らないです。そういうモチーフを絵にしながら、ある意味ノンフィクションをフィクションに置き換えながら、何処かでノンフィクションの方がフィクションにしか思えないというか。そんな想いに駆られてばかりでした。鳥をモチーフに入れたのは僕のアイディアでした。鳥の目線から、この人間世界を眺めてみたかった」

「その後が『伴侶』、『母』、『蝶』」

「あれは原点回帰というか、僕の中では『揺籃』、染井の中では『献体』、その延長線上にあった作品です」

「『伴侶』のモデルさんに会いに行ったのは、染井さん？」

「ご主人に会ったのは染井でしたが、奥さんに会ったのは僕です。直接お会いして」

「奥さんに描いてあげたスケッチも？」

「はい。僕です」

「住職はあなたにすごく感謝してた」

「いや、それは。重過ぎます」

「『母』と『蝶』のモデルは染井さんが出会った患者さんたちでしょ？」

「はい」

「大学時代だったり、研修医時代だったり、時期的には離れているはずなんだけど、制作年は同じ年になってるよね。それは？」

「『母』と『蝶』の作者は染井です。『伴侶』が完成した頃、突然あの二枚を出して来て、僕に仕上げろと。なので完成したのが、同じ年になったというわけです。彼にとっては、あの三つがひとつの連作のつもりだったんでしょう、資料が僅かな写真しかなくて苦労しました。ただ元の絵も素晴らしかった。『蝶』はほとんど上書きしてませんからね」

「その翌年に手掛けたのが、『蛹』三作品」

「正直、あの頃僕はちょっと行き詰まりを感じていて。染井も、どこかで迷走してたんじゃないのかな。そんな時に、カナエが現れた。あれは鮮烈でした。何というか、本気で描きたくなりました」

不意に目を輝かせる彼に、私は嫉妬なのか、胸がチクリとした。カナエさんをカナエと呼び捨てにしたことにも心乱された。

「初めて生命の鼓動のようなものを描いた気がします。描いていて、ああ、自分はこういうものを描きたかったんだと思いました。そうしたらもっと絵を自由にしてやりたくなって、それで『花の街』の発想につながってゆくわけです。ところがカナエは突然行方を晦《くら》ませてしまった。小樽で。何処に行ったのか判らない。こっちに戻ってから『花の街』の制作に挑んだわけですが、どうにも筆が進まない。自分たちの前から消えたカナエを僕はどうもモチーフとして捉え切れなくなっていました。あまりに至近距離で起きた事件で。悠長に絵なんか描いてる場合じゃないって話ですよ。年が明けて、展覧会も目前に迫って。でも結局『花の街』は完成しなかった。そんなある日、染井が数枚の写真を僕の所に持って来まして。一枚はカナエでした。残りの二枚は知らない女性で。何かと思ったら、カナエが亡くなったと。バス事故で。あとの二人も事故の犠牲者だと。染井はその写真を入手した経緯なんかを話してくれました。その時の僕は、何だろう。ちょっとあまりのショックに、悲しいとか、そういう感情になれなくて。彼女の写真を眺めながら、いい写真だなと、そんなことを思ったりしてました。すると、突然です。突然染井が思いがけないことを言い出しました。その知らない女性二人を描けと。そうすれば『花の街』は完成するかと。意味がわかりません。意味なんかない。描けばいいんだ。と染井は言うんです。その目は何というか、恐ろしい目つきでしたよ。しかし何か吸い込まれるような……よほど何か凄いインスピレーションがあいつに降って来たんだろうと。その時は純粋にそう思ってしまいました」

「カナエさんの顔を消したのは何故？　カナエさんが亡くなったのにその顔を消すっていうのが、ちょっと納得できなかった。アイディアは染井さんだったんでしょ？」

「はい」

「けど、それにあなたが従ったところに違和感を感じる」

「あいつが勝手に上描きしたんですよ」

「染井さんが？」

「はい……」

不意に加瀬くんの表情に険しさが宿る。

「『花の街』は三枚とも描きかけの状態でした。三枚ともカナエの絵でした。染井はこう言いました。カナエは三枚もいらない。二枚を消してこの二人を代わりに描け。亡くなった二人をここに描けば、お前は予言者だ。お前はこれから死ぬ三人をそれとは気づかずに描いたんだ。いや気づいて描いたんだ。お前は選んだんだ。いや、お前の筆が選んだんだ。これから死ぬだろう人たちを。これでナユタは伝説になる。そうだ。これこそが、俺の求めていたナユタだ。これでナユタは神にすら手の届く存在になる。そんなことを口走りながら、あいつの目は完全にイッてましたよ。〝死神伝説〟。ナユタの〝死神伝説〟……そんなフレーズをやけに嬉しそうに呟いていました。終わったな。僕はそう思いました。ナユタは終わった。あいつの想い描くナユタが一体どんなものか、僕にはもう判らなくなっていた。少なくとも、自分ではない。自分の居場所ではない。結局の所、同じ夢なんか見れないんですよ。人間は。きっと。僕は言ってしまいました。ナユタを解散しようと。この展覧会が終わったら、と。でも奴にとってその提案はあまりに予想外だったようで、ひどく動揺して、そしてこんなことを言い出しました。じゃあ、お前はナユタから出ていけと。僕は答えました。即答しました。ああ、いいよと。彼は声を荒げて……今すぐにだ！と。僕も、ああ、いいよと。あいつは怒って出て行きました。僕は、自分の寝室に戻って寝ました。展覧会も近くて、その準備で忙しかったこともあって、全然寝れてなかったので、気がついたら服のまま爆睡してました。目を覚ましたら、夜中で。アトリエの方で物音がするので、覗いてみると、染井が絵筆をふるってるんですよ。『花の街』の、カナエの絵を自分で描き変えてたんです。さすがに僕はキレました。あいつを突き飛ばして。絵を守ろうとしたんですよ。あいつは怒鳴りましたよ。えらい剣幕で。この絵は全部オレのものだ。なにをしようがお前にはもう関係ないんだと。見たら、もうだいぶ描き変えられてて。でも、なんかその時、怒りというより、ちょっと違う気分になったんですよね。なんだろう。あいつのやりたかったことがちょっとわかったというか。僕が描いていたのは行方不明になったカナエの姿でした。ところが、カナエを中心に、その両側に同じバス事故で亡くなった女性の姿があり、その三人の像は、僕の知ってるカナエとは別の存在になったかのようで、どこか神々しくて。僕は思わず跪《ひざまず》いて、ほんとに、跪いて、見入っちゃいました」

「……なるほど」

「でも不思議だと思いませんか？　ネットじゃ結構写真が出回ってる。なのに未だに身元がわからないなんて。カナエだけでなく、りなさんにも、ケイさんにも、人には言えない人生がきっとあった。そこに思い至った時に、確かにそれはナユタの絵に違いないと」

「でも染井さんの目的は〝死神伝説〟だったわけでしょ？」

「そういう計画でした。彼自身それ以上のアイディアなんてなかったと思いますよ。でも、何ていうのかな。結局のところ、判らないもんですよ。絵なんて。筆を握ってみないことには。あいつはいつも絵じゃお前には勝てないなんて言ってましたが、あいつの筆には僕にはない才能と神が宿っているんだと。その時思い知ったわけです。もう勝手にさせようと。間に合わなそうだったら言ってくれと。彼にそう言いました。そしたら、間に合わないよ、いますぐ手伝えと。それでまあ、僕も手伝って……」

加瀬くんは、そこで間を置いた。当時の光景が目の前に蘇っているに違いなかった。私が口を挟む。

「……それで……えっと、どっちをどっちが描いたの？」

「いや……最初は、それぞれ作業していたんですが、気がついたらひとつのキャンバスを二人で描いてたりしました。僕らは完全に一体化していた。ひとりの絵描きが描くような不思議な感覚でした。江辺さんが観に来て、ナユタって二人で描くユニットなのかって。気持ち悪いって」

なるほど江辺さんが見たのはこの場面だったのか。そこからの流れは根津さんに聞いた話と一致する。『花の街』は展覧会のメインとして展示され、〝死神伝説〟計画は予定通り染井の手により執行された。

私の質問もいよいよ終盤を迎えていた。

「染井さんの亡くなった日の話を聞きたい。彼がなぜ死を選んだのか？」

「そこは僕にもわかりません。あれは二月十三日の……火曜日でしたか。僕は恒河沙を引き払って、先ずエスキースやスケッチが相当溜まってたので、それを横浜の実家に運びました。ついでに実家で一泊して、ここに移って来たのはその翌日です」

「結局、解散は揺らがなかったのね」

「そうですね。……心は相当揺れましたけど」

「それから？」

「実家に着いて、荷物を降ろしていると、染井から連絡がありました。これは何か、と。続けて一枚の写真が送られてきました。それは描きかけていたコロボックルの骨の絵でした」

その絵は、今まさにこの部屋にあった。先だってから、ずっと私の視界の中に、加瀬くんの背後の壁に立て掛けられて。芽路さんの骨は可愛らしいアイヌの衣装を身にまとっていたが、加瀬くんのその絵の中では丸裸で、子供向けの小さな椅子に腰かけても、尚も小さきその骨の身体は神々しくさえあった。

染井はその絵がどっちの物なのか、ナユタのものなのか、加瀬くんに帰属するものなのか、その確認をしたいだけだった。加瀬くんは、それはナユタの作品でいいのではないかと伝えながら、染井に少し長い話をした。北海道で起きた顛末を。この話は、以前、染井にしたことがあったが、本人があまり熱心に聞いてくれなかったので、腹を立ててそれ以上詳しく話さなかったのだと言う。コロボックルの骨の逸話はあまりに荒唐無稽な話だけに、真剣に聞いてくれる人でなければ、話す気にもならないと加瀬くんは言う。しかし、その日の染井は、何時になく穏やかで、加瀬くん自身、心安く話ができた。その結果、気がつけばコロボックルの話までしてしまっていた、そんな風だったという。

かくして染井はかつて聞き逃した話を、改めて聞くこととなった。ひとり、加瀬くんの去った恒河沙のアトリエで。

その夜、染井から、再度連絡があった。

［俺を描いてくれ］

［お前は俺を描かなくちゃいけない］

［今すぐここに来い］

ここ、というその場所として、染井が送ってきた住所は、かつて高校時代、二人があの馬鹿な〝死の実験〟をした川崎の工場跡地だった。私は訊ねた。

「彼が何をしようとしていたのか、それは想像がついてた？」

「……高校時代にやったような、何かああいうことなんだろうなとは思いました。ただ僕自身は想像してみる事はなかったです。僕の想像の遥か上を行くイマジネーションを繰り出してくるのが、あの人の役割でしたから」

彼の動きが一瞬止まる。その時のことを何か想い出しているようなそんな表情だった。彼は話を続けた。

「正直、もう彼のトリッキーな芸術観に付き合う気持ちが失せていました。彼の才能に飲み込まれ、彼が魅せてくれる景色に熱狂した日々もありましたが……。自分一人では到底ナユタの世界を表現できなかったし、その気づきさえなかったかも知れない。なのにどうしたことか、あの時の自分は、何も感じなかったし、感謝の気持ちも尊敬の念も埃を被ったトロフィーのように、心の中のどこか以前と同じ場所にありながら、色褪せ輝きを失っていた。そんな感じでした」

こうして彼は染井の誘いを、結局は無視したのであった。

明け方、染井は加瀬くんに、メッセージを送った。そのメッセージを加瀬くんが開いたのは朝の十時過ぎだった。

メッセージにはこう書かれていた。

［煉獄　ナユタ］

ただそれだけである。

遺書はなかったとされる染井雄高焼死事件だが、その遺書は加瀬くんが受け取っていたのである。その内容は僅かに『煉獄』という二文字。

「最期に奴が描きたかった絵のタイトルなんでしょう」

「……『煉獄』。どんな絵を考えたんだろう」

「罪を清める火、という意味だそうです」

「……まさか自分が焼ける姿を」

加瀬くんは小さく頷いた。

「でもいくらなんでも」

信じ難い。そんなことは。加瀬くんは話を続けた。

「あいつが死んで半年ぐらい過ぎた頃でした。江辺さんから連絡があって、訊かれました。あなたは『煉獄』を描かないのかと。僕は描かないよって答えました。すると江辺さんは、描くんだったら、見せたいものがあったんだけどって」

「何？」

「踊ってる染井の動画だって。染井のスマホで撮影したんだって」

「踊ってる？　動画？」

「判らない？」

私は考える猶予を与えられた。頭の中で踊ってる染井の姿を想い描き、ハッとした。

「まさか、亡くなる最期の姿？」

「多分そうなんでしょう」

私は言葉を失う。加瀬くんが続ける。

「問題は、なぜ彼女が持っていたのか？　そんな動画を」

「なぜ？」

「あの場にいたんですよ」

「え？　どうして？」

「僕は行かなかったけど、彼女は行った。ただそれだけです。行ってあげなかった僕の方が、冷たい奴です。彼女は……きっと彼女も、自分を描けと言われたんでしょう。彼女は純粋に彼の遺言を聞いてあげた。そして叶えてあげた。そういうことです」

私は江辺罪子の新作を想い出した。満面の笑みを浮かべて空を見上げる人の姿。男なのか女なのか、その長い髪の毛を振り乱し、その人は確かに踊っていた。そしてその絵のタイトルが、確かに『煉獄』であった。

「私は芸術至上主義」……インタビューの時にそう語っていた彼女の声が脳裡に響く。

「ガソリンかぶって火をつけて燃えながら踊る染井を、あの人は撮影したんです。すげえ人です。僕には真似できない。自分の好きな男ですよ？」

彼女は芸術のためにそこまでのことをやってのけたと言うのか。

「染井は悪魔です。自分を好いてくれてる女にですよ？　そんな重い十字架を背負わせたんですから。江辺罪子、本名は江辺美子《よしこ》。美子を罪子に変えたのは、染井です。あいつの絵は罪深い。罪深いから美しい。染井はよくそう言ってました。そして最後に本当の罪を背負わせてこの世を去った。ろくでもない男でしょ？　染井雄高」

そこで加瀬くんは一息置いた。少し何かを考え、小さくため息をついて、こう言った。

「という感じでしょうか。これが僕の知ってる全てですかね。で、結局彼がなぜ死のうと思ったのか、そこは、実は僕にも判らなくて。ひょっとしたら、先輩が何か見つけてくれるんじゃないかなぁと、そこは勝手に期待してたんですけど」

「それは、全くご期待に応えられないかな。全然、見当もつかない」

加瀬くんは身体を捻り、背後を振り返った。そこにある一枚の絵に視線を投じた。

「僕が気になってるのは、このコロボックルの骨です。これが何かの引き金になって、彼を自殺に突き動かした気がしてならないんです」

「それってまさか、コロボックルの呪いとか」

「いやー、考えたくないですけど。もしそうだとしたら僕や芽路さんもただじゃ済まないです」

「私は大丈夫かな？　直に視《み》ちゃったけど」

「多少は、何かあるかも知れませんよ」

「エー？　それはやだ」

「あるんですかね。そういう呪いとか、悪霊とか」

「信じる？　そういうの？」

「どうでしょう。でもなんか、人の心が作り上げる幻想のような気もするし」

「私もそっちの方が腑に落ちるかな」

「でもそっちの方が侮《あなど》れないかも知れない。呪いとか、悪霊とかなら、退散させられるかも知れないけど、それが自分の心そのものだったとしたら、逃げ場がないですよね」

「確かに」

「あいつは、初めて会った頃から、死に取り憑かれていた男です。いつ死んでもおかしくはなかった。齢《よわい》二十八。長生きした方なのかも知れません。そんな風にも思います」

そう言いながら加瀬くんは立ち上がった。しかし不意に蹲《うずくま》った。

「大丈夫？」

「すいません、ちょっと目眩が」

私は思わず席を立ち、彼に駆け寄ろうとしたが、膝が抜けたような感覚と共に、床に転がった。

「どうしました？」

「いや、あたしも目眩が」

こんなことがあるとは驚いた。私たちは力なく笑い合った。

「そういえば、なんにも食べてなかったですね。なんか食べに行きますか？」

「賛成！」

時計を見ると、午後十時を過ぎていた。

22 蔵出し

ことの発端はフリーライターの金木場《かなきば》栄二である。この人について私はあまり詳しく知らないが編集長の旧友で、どちらかといえば文化系よりゴシップ系の記事を書く人らしい。

この人物が編集長にある企画を持ち込んで来た。声が大きな人なので、談話室から途切れ途切れに話の内容が聞こえてきた。とんでもないスキャンダルだとか、この雑誌の売上部数も倍増するとか、普段耳にしないセンテンスが飛び交っている。そこに度々出てくる名前があった。

柏木修造。

この人物は日本画壇の雄である。惜しくも二〇一五年に他界している。六十八歳であった。彼が亡くなった当時、『絵と詩と歌』でも追悼特集が企画され、改めて彼の仕事を振り返ったそうである。日本芸術大学の名誉教授でもあった。

ある日、編集長に誘われて、私と谷地さんと三人で恵比寿横丁の屋台で飲んだ時に、その詳細を聞くことが出来た。それは実に奇々怪々とした話であった。

柏木修造は毎年のようにコンスタントに新作を発表し続けていた。ところが金木場栄二によれば、この画家は亡くなる五年ほど前からひどい白内障を患っていたのだというのである。眼が悪ければ絵も描けない。しかし、彼はそれを物ともせずに、精力的に絵を描き続けて来たという。恐らく裏にゴーストがいて、彼の代わりに描いていたのではないか、というのが金木場栄二の推理だった。それは単に憶測ではなく、彼は柏木修造の教え子のうち何人かがこの秘密の作業に関わっていたという証言も得ていた。これを記事にしたいと持ち込んできたのである。編集長はあまり乗り気ではなかったが、そうも言ってはいられない事情もあった。金木場栄二が唆《そそのか》すまでもなく、柏木修造にゴーストがいたとなれば、その特集記事はスクープである。雑誌の売上には大きく貢献することになるだろう。『絵と詩と歌』のトーン・アンド・マナーを守りつつ、このスキャンダルを記事にする。なんかやりようによってはやれないこともないような気がして、そんな感想をうっかり漏らしたせいで、じゃあ、お前がやれと、編集長から指名されてしまった。ナユタの取材で精神的に参っていたこともあり、何か気晴らしと言うと語弊があるが、他に集中できる材料が欲しい時期でもあった。巨匠とはいえ、要するにズルをした画家の真相究明である。しかもご本人は亡くなっている。原稿は金木場栄二自身が書くという。となれば、申し訳ないが、そんなにやることもないだろう。谷地さんも手を借してくれることになり、どうにか切り盛りするメドを立てた。私は本当に学習しない。思えばナユタの案件も同じではなかったか。〝死神伝説〟なるスキャンダラスなキャッチフレーズの画家を少しナメたところから取材を始め、えらい目に遭ったのだ。そんな自分をすっかり忘れたままこの仕事を始めてしまったというわけである。

先ずはリサーチから開始した。谷地さんを連れて、金木場が接触したという三人の絵師と世田谷区経堂の工房で面会することにした。木村園子、四十八歳。葛西裕次郎、四十二歳。佐々木清子、三十七歳。

皆、柏木修造の教え子たちである。誰もが柏木修造を崇拝していた。そして彼が眼を患ってからは、彼の指示に従い、デザインを起こし、手分けして筆を入れたのだという。それぞれ得意なモチーフがあり、それによって役割分担も決めていたという。彼らは悪びれることもなく、あまりにも素直に語るので、却ってこちらが戸惑った。

途中から遅れて金木場もやって来た。デンと音を立てて畳に胡座をかく。ポケットからタバコを取り出すが、さすがにここは禁煙かと我慢する。頭を掻く。何とも動きがいちいち大きい。その迫力に圧倒されてか、さっきまで素直に喋っていた絵師たちの言葉数が心なしか少なくなってしまった。そんな彼等も、この件をあまりスキャンダラスに取り上げて欲しくないと、そればかりを口にした。あまりにも善良な方々である。

帰りに金木場から居酒屋に誘われた。気は乗らなかったが、断るわけにはいかない。彼とはしっかりコミュニケーションを取っておかなくてはならない。金木場に引っ張られて、経堂の駅前の居酒屋に立ち寄った。

「どうだい？　なんだか変な奴らだろ」

「ありゃ、親方を崇拝するあまり、カルトの師弟関係みたいになっちゃってますね」

谷地さんがそんな感想を漏らした。

「あいつらの中では、何の罪悪感もない。柏木って絵描きがよっぽど上手く手懐けたんだろう」

そうなのだろうか。

私はふとナユタの事を想い出す。染井と加瀬くんの関係を想い出す。無謀とも思える二人のコラボレーションは、悲劇的な結末を迎えはしたが、その短い活動歴の中で、彼らにしかできなかった表現を彼らなりに成し遂げた境地は確かに存在したのである。柏木門下の弟子たちに不思議と好感が持てたのには彼等の絵に対する姿勢があまりに純粋だったということもあるが、ナユタに対する共感が、どこかで作用していたせいかも知れない。

金木場と谷地さんの話を聞きながら、ひとりそんなことを考えるうちに、この案件、意外に面白そうだと思った。芸術というもののひとつの輪郭を浮き彫りにできそうな、そんな予感がした。時間があれば自分が書きたいくらいだ。しかし、そこは今回、金木場の役割だ。新人の私の言うことなどに耳を貸すだろうか。とはいえ『絵と詩と歌』はあくまでも芸術雑誌である。いくら金木場といえども、そこに低俗な記事は書けない筈だし、書いたら書き直させるのが私の仕事なのである。報告がてら、そんな希望的観測を編集長にぶつけると、編集長は肩を落とした。

「あのなぁ、あいつがこのネタをウチにだけ書くはずがないだろう」

編集長によれば、金木場にとって『絵と詩と歌』は、あくまで絵師たちの機嫌を損ねない疑似《ぎじ》餌《え》のようなものだったのだ。それを聞かされて、さすがの私も憤りを抑えられなかったが、引き受けた以上、本誌は本誌でやり遂げなければならない。

さて、取材を重ねてゆくうちに、絵師たちはどうも金木場と私の間の温度差に薄々勘付き始めたようであった。ある時、葛西裕次郎からメールをもらった。金木場抜きで話がしたいというのである。私は単身で工房にお邪魔した。そこには三人の絵師の他にもう一人いた。加瀬くんだった。

私に直接相談すべきだというのは加瀬くんの意見だったんだと葛西氏は言う。

「一体どういう関係？」

「柏木先生には日芸大で日本画を習ってたんだ」

加瀬くんは霞ヶ丘高を卒業した後、日芸大に四年通っていたのである。

私が教えた油彩画がそうであったように、日芸大時代の加瀬くんにとって、日本画は未知なる領域であった。様々手間のかかるその画法に魅了され、熱心に学んだそうである。確かにナユタの絵には日本画の精緻なエッセンスを感じなくもない。もともと精緻なる筆遣いを油彩で体現していた彼にとって、日本画は親和性が高かったのかも知れない。柏木修造はそんな彼の才能を認めていたようで、時に工房にも呼んで、手伝いをさせていたのだという。つまり加瀬くんは、柏木修造のゴーストの一人だったのである。

　何故それを彼は私に直接言わなかったのか。こういうところが彼の良くない癖だ。どこか私を信じてない。人間を信じてない。それはともかく。

「僕らはゴーストのつもりでやっていたわけじゃないんです。僕らがいくら描いても、柏木先生の世界にはなかなか追いつけない」

　と加瀬くん。

「むしろ目が悪くなってからの方が、先生の感性は冴え渡っていましたからね」

　と葛西さん。

　柏木修造の妻の佳代子さんがお茶を運んで来てくれた。

「どうぞ、ごゆっくり」

　そう言って夫人は奥の間に去った。

私は改めて三人の絵師から話を伺った。彼等が何より守りたいのは、今しがた現れて、立ち去った夫人、つまり柏木修造の妻の佳代子さんなのだという。今年で七十五歳になる。柏木修造の二歳年上の姉さん女房であった。彼女は柏木修造と共に日芸大の学生であった。佳代子さんは柏木修造の才能に惚れ込み、自らは筆を折り、亭主の創作活動に全てを捧げた人であるという。絵師たちからすれば、聖母のような存在なのだという。その亭主の眼が悪くなってからというもの、この隠密作業の陣頭指揮を取っていたのが佳代子さんだった。柏木修造というイマジネーションの巨人がいて、柏木佳代子というプロデューサーがいて、我々は喜んでその手足となったのだと。何とかこの工法を記事で正しく伝えてもらえないだろうか、と。しっかり取材してくれるなら、そのやり方を公開してもいい、と彼等は言う。条件はただひとつ。金木場栄二を取材から外してくれ、と。

気持ちは痛いほどわかったが、何しろ私はまだ新人であって、トライアウト中の身分である。

私はいったん持ち帰らせてくれと頼んだ。

最年長の木村園子さんが涙を流しながら言った。

「奥様、ご病気で。肺がんのステージ4なんです。もう長くないんですよ」

そんなことを聞いてしまったら、なんとかするしかないではないか。会社に戻るともう夜だった。行きつけの恵比寿横丁の屋台で飲んでいた編集長を捕まえて洗いざらい説明した。編集長は唸《うな》り声を上げた。

「なるほどなあ。まあ確かになあ」

編集長はさる音楽家のゴーストライター事件を引き合いに出した。

「あの事件もいろいろ言われたが、結局はゴーストライターは悪いことなんだっていう一元論的解釈に過ぎないっていうことはあるんだよ。こんなデジタルだのAIだのって時代に本人の手描きの一枚にのみ価値があるっていうのもおかしな話だし。村上隆だってカイカイキキという工房に作らせるスタイルのアートなわけで、そういう意味ではルネッサンス工房スタイルだよな。ゲージツ家のクマさんの鉄アートだって、作業するのは町工場の職人の方々だしな」

「そうなんですよ！」

私は語気を荒げた。

「表現は自由でいいはずです！」

「まあ、でもなあ。だったら隠さずやればよかったんだよ」

「それはそうですね。でも、これからそれを公開するって言ってるんですから」

「よしわかった！　こうしよう。ウチの雑誌はそれで行く。ただ金木場を外すのは不可能だ。あいつが持ってきた企画だからな。よって、あいつにはあいつの仕事をしてもらえばいい。スキャンダルになるかも知れない。世間の嘲笑の的になるかも知れない。巨匠の名に傷がつくかも知れない。でもわかる人にはわかるだろう。芸術とはそういうものだ。わかる人にはわかるし、判らない人には判らないんだよ！」

編集長の話は妙に大雑把ではあった。

「私は編集者として金木場さんと戦いますよ！」

「おー、どんどん行け！」

そんな話を私は加瀬くんに伝えた。場所を恵比寿横丁から中目黒のカフェバーへ移して。

「それでいいと思います」加瀬くんは言った。「まあちょっとリスク高い気はするけど、それが一番いい気がします。柏木画伯の最後の五年間の作品群って、若い頃の作品より遥かに高値がついてます。観客に正しい情報を伝えないのはよくないことだし……僕が言うのもアレですけど」

「それは思った」

私もそこは苦笑するしかなかった。

「みんなにもそう伝えておきます」

「あとはもう隠してることとかないよね」

「はい」

「じゃ、そういう方向で！」

「えっと、ひとつだけ」

「何？」

「最後の一枚があるんです」

「最後の一枚って、『蒼穹』？」

蒼穹とは柏木画伯の遺作である。大空を背景に画伯自身の晩年の姿が描かれている。

「いや」と加瀬くん。「あれじゃないんです。もう一つあるんです。未発表の奴が。奥さんがモデルの一枚。未完のままお蔵入り」

「どうして未完なの？」

「だって先生死んじゃったから。そのまま作業続けてれば完成したんですけど。彼らは先生がいたから手伝っていたわけで、亡くなった後のことまでは考えてなかったんですよ。さんざん議論したんですが。完成すべきという意見もあれば、まさしくその一線を越えれば先生の絵ではなくなるという意見もあって。結局まとまらないまま、作業も止まったままで。葛西さんたちが言ってた公開する作業っていうのは、その絵の完成のことなんです。それを先生の作品と認めるかどうかは、観客が決めればいいんじゃないかと。先生の遺作が『蒼穹』なのか、このお蔵入りの一枚なのかは、歴史が決めてくれるんじゃないかと」

「そういう結論に至ったわけね」

「はい。僕がそう提案したら、案外みんなも納得してくれまして」

「なるほど」

「できれば、それを隈《くま》なく撮影して欲しいんです。ちゃんと映像で残したいんです」

それは凄い話だ。柏木画伯の最後の新作が誕生する、その瞬間に立ち会えるのである。これを柏木画伯の絵と認めるのか、認めないのか、日本画壇を二分する一大論争が巻き起こるのは必至だ。いやまあ、それは言い過ぎかも知れないが、ともかく私の中では興奮が冷めやらない。

すぐに準備を開始した。彼等の公開作業を撮影するとなると、自分たちだけでは難しい。私はCM監督の森川徹也氏に連絡してみた。あの、私を編集長に紹介してくれた恩人である。前回と同じ渋谷のとあるホテルのラウンジで待ち合わせをした。予算はあまりないのですが、と前置きしながら事情を説明すると、ボランティアでいいよと、自ら監督兼カメラマンを買って出てくださった。

「カメラマンも頼める奴、何人か知ってるから聞いてみるよ。カメラは４Ｋのミラーレスが家に何台かあるからそれ使おう」

森川さんは具体的なアイディアを次から次へと提案して下さった。瞬く間に当日の段取りが決まってゆく。さすがとしか言いようがない。

打ち合わせの終わり際に余談として高梨さんの話になった。森川さんは告別式に参列したそうだ。私は通夜に行ったんだと言うと、それはよかったと、森川さん。

「いや、高梨さんはずっと心配してたから。お前のこと」

事情を知らない森川さんに、浜崎さんから聞いたあの話を伝えたらなんて顔をするだろう。いや、そんな話をして今更何になるだろう。彼の中で高梨さんがいい人だったとしたら、それはきっといい人なのだ。そんな風に胸の中で考えていると、その表情を読み取って森川さんが言った。

「なんかあったのかい？　高梨さんと」

「いえ、別に」

「なんかしこりがあるみたいに見えるぜ。なんかあったの？」

この人には本当のことを言った方がいいかも知れない。彼は恩人でもあるのだし。妙に隠し立てする方が不義理というものだ。そう思い直した。

「尾藤さんと私が付き合ってるって」

「え？」

「いえ、嘘ですよ。そういう噂を立てられたんです」

「誰に？」

「高梨さんにです」

「マジかよ」

「そうなんです。でもここだけの話ですけど、高梨さんが尾藤さんと交際していたそうです」

「え？　いやあいくらなんでも、高梨さんは違うでしょ。ほんとにあなたのこと心配してたよ。なんか自分が厳しく当たりすぎたんじゃないかって気にしてたもん」

「上辺だけじゃないでしょうか」

「そうかなあ。まあ、人は上辺しか見えないんでね。でもあなたは誰に聞いたの？　その話？　誰から情報？」

「それはちょっと言えません」

「あ、そ。まあいいけど。まさか浜崎情報じゃないよな」

私の顔色が少し変わったのだろうか。森川さんはここに食いついた。

「浜崎情報なの？　マジかよ！」

「いえ、言ってません。私、そんなこと」

「知ってる？　浜崎が辞めたの」

「あ、はい」

「誰から聞いた？」

「……本人からです」

「へえ。なんて言ってた？　辞めた理由は？」

「いや、あまり具体的には」

「尾藤さんとの関係がバレてな。それで会社にいられなくなったそうだよ」

「え？」

「浜崎情報だけは信じちゃダメだよ。あいつ虚言癖だから。自分が調査会社の回し者とか言って歩いてるの知ってる？　そう言っとけばみんな自分の言うことを何でも聞くって思ってるんだろうけど、そこまでしてマウントポジション取りたいかねえ。あいつはろくでもないよ」

「ええー？」

頭が真っ白になった。しかし、もし森川さんの言ってることが本当なら……。私は今まで何を信じていたことになるんだろう？　しかし、言われてみれば殆どの情報は浜崎さんから齎《もたら》されたものばかりだった。その上、実に不自然なことばかりだった。なぜそこを見抜けなかったのか。そもそも調査会社のスパイという時点でどうして疑わなかったのか。それ以前に世間に疎い腐女子という浜崎さんに対する印象。腐女子であっても世間に疎いとは限らないではないか。そもそもアニメ好きの腐女子という情報は何処から来たものだったか。頭の中が混乱する。自分の頭の悪さに泣けてくる。

「私、高梨さんに悪い事しちゃったかも知れません。ずっと疑ってました。ずっと浜崎さんの話信じてました」

「まあ、それは、仕方ないよ。嘘つくやつが悪いんだから」

「いっぱいお世話になった人だったのに」

「君は悪くない。浜崎を恨め」

「無理です。恨めません。だって、浜崎さん……私にはすごくいい子だから」

「え？　……いやー、あなた、騙されてるよ」

「でも、仕事も手伝ってくれたし、あと、……あの絵を教えてくれたのも」

「なに？」

私に零の『晩夏』を教えてくれた人だった。そう言おうとしたら、言葉にならず、涙が溢れた。

「浜崎かー。何処までも人に迷惑かけていきやがる」

私は激しく首を横に振った。頭の整理はつかなかったが、浜崎さんがいなかったら、ナユタの取材は半分も成功していなかったかも知れない。私は彼女に感謝すべきなのか、怒るべきなのか。

まるで判断がつかなかった。

「あいつ、今どこで何してるんだ？」

「……北海道にいます」

「北海道？」

「いや、……多分」

そういえば、今は何処なのだろう。暫く彼女と連絡を取っていなかった。

＊

十一月十七日の日曜日、朝九時、私は宮本さんと谷地さんと共に工房を訪ねた。宮本さんは昨夜、下北沢のバーで谷地さんからこの話を聞いて、是非観たいということで、急遽登場となった。加瀬くんは既に現場にいて、仲間たちと打ち合わせをしていた。

少し遅れて編集長が金木場栄二と一緒に現れた。お手並み拝見とばかりにしたり顔の金木場栄二が憎たらしい。加瀬くんの手が少し空いた所を見計らって、私は彼を皆《みんな》に紹介した。しかし彼がナユタであることは言わなかった。ナユタは未だに謎の画家である。ましてやその場には金木場栄二もいるのだ。別なスキャンダルに発展されてはかなわない。

森川さんとビデオクルーは朝一番にやって来て、準備万端である。

加瀬くんは今回の作業への参加を一度は辞退していたが、佳代子夫人に強く請われて、この筆入れの日だけ参加することになった。彼が担当したのは、絵の中の夫人の目の部分であった。

いよいよ蔵から絵を出す時間である。カメラは既に回っている。出てきた絵は百号サイズのパネルである。覆いを取ると、佳代子夫人の肖像が姿を現した。これを完成品ではないというのが信じ難い。私には完成した作品にしか見えない。彼等に言わせればまだ所々手が荒いのだという。たったそれだけで、柏木画伯の遺作を蔵に入れた工房の人たちの厳しさに私は神々しさすら感じた。

気がつけば工房には随分たくさんのギャラリーが集まっていた。金木場が各方面に声をかけたのだろう。カメラのシャッター音もあちこちから響いた。

日本画は絵の具を作るのに少し時間がかかる。顔料に膠《にかわ》を混ぜ、水を入れて溶かす。絵師たちのその所作を、そこにいるすべての人達が固唾を呑んで見守っていた。これから数ヶ月に亘《わた》る長い作業が始まる。今日はその第一日目だ。

やがて準備が整い、日本画用の細い筆を持った絵師たちが絵に向き合った。ビデオカメラが一斉に回り出す。

加瀬くんが筆を取り、柏木修造の絵に向かい合う。その筆が巨匠の世界に触れる。動く。一筆。その筆が光って見えたのは錯覚だろうか。

＊

その週末、私は加瀬くんをある場所に誘った。小田急線で新百合ヶ丘へ。そこから坂道を延々登って辿り着いたのは霊園だった。私自身、ここに来るのは初めてだ。広大な敷地の中をひとつひとつ辿って、目指す墓碑を探した。それを見つけ出すのに二十分もかかった。

高梨恵子。享年四十二歳。

持参した線香に火をつけ、墓前の香炉に手向けると、私はお経のかわりにこの言葉を唱えた。

「姿ハ似セガタク、意ハ似セ易シ」

「なにそれ？」

と加瀬くん。

「高梨さんが座右の銘にしていた言葉。心を真似るのはむしろ簡単だけど、形を真似ることこそ難しい。そんな意味なの。どう思う？」

加瀬くんは暫く考えていたが、こう答えた。

「心と形を分けて考えたことがなかったかも」

ごまかしたな、と思った。きっと彼はそこを難しいと思ったことがないに違いないのだ。

……多分。凡人にはわからないが。

23　死神

浜崎さんから久しぶりにメッセージが届いた。

［お元気ですか？　今知床です！］

さんざん北海道を旅しながら、なんと彼女は菅原さんの牧場に住み込むという大胆な道を選んだのだという。今は毎日牛の乳を搾る生活をしている。元気そうな写真を何枚も送ってきた。

あの北海道の旅が、彼女の人生をここまで変えてしまうことになるとは。人生とは判らないものである。思い返せば、彼女は些細な事でも感極まって泣いていたではないか。身から出た錆なのかは判らないが、会社に居場所をなくし、退職を余儀なくされ、傷心に打ちひしがれてたのだとすれば、あの涙は腑に落ちる。取材旅行について行きたいと言われた時はかなり意表を突かれたが、本人にしてみれば現実逃避できる何かを探していたのかも知れない。だとしたらそんな気も知らないで、私も便利に利用させてもらったものだ。申し訳ない事をした。

私自身、彼女に騙されていたのだとしたら、被害者の一人ということになるのだろうけど、そのおかげで私はあの会社を出て、今の職につき、加瀬くんと再会し、ナユタの世界を知り、多くの刺激的な人々に出会えたのである。その上北海道取材の道連れまで買って出てくれて、その慧《けい》眼《がん》と推理力には色々助けられた。そう考えると、彼女に感謝以外の気持ちはない。
そんな想いもあって、私はこの取材で得た情報を彼女用にまとめ直して、送ったのである。彼女はすぐに返事をくれた。三十分もしないうちに返って来たメールはよっぽど興奮していたのか、一時間でも書けないような文字量だった。一つ一つの件に対して長い感想が連なっていた。彼女らしい不思議少女風の文体で。所々に彼女らしい推理も織り交ぜられていて、なるほどと思うところもあれば、間違えてるところもあった。私もそれに感想を返したりして、彼女に対する感謝の気持ちも過剰な位送ってしまった。それが彼女の胸に迫ったのか、遂に彼女が告白した。私、先輩にいっぱい嘘ついていたんですよ、と。私は返した。
［知ってるよ。でもそのおかげで私は新しい人生を手に入れたから。そのことも含めて感謝してるよ］
彼女からの返事はこうだった。
［ごめんなさい。涙が止まりません］
こんなやり取りがあった数日後、浜崎さんからこんなメッセージが届いた。
［染井さんの自宅をもう一回洗ってもらえないでしょうか。何か掘り出し物があるかも知れない。できれば絵とか手紙を。中学時代とか高校時代の］
女シャーロックが何か閃いたのかも知れない。
私は真理子夫人にアポを取り、改めてお宅を訪問した。
染井が絵画教室で描いた絵は以前ここにお邪魔した時に見せて頂いたものばかりだった。あの時、写真にも収めて自分のスマホにもデータは入っている。それでも気づかないものである。風景画であったり、静物画であったり、その中には何枚か女性をモデルにした作品があって一枚は祥子さんをモデルに描いたものだろう。そしてまた別の一枚。中学校の制服を着た女生徒を描いた一枚、それは祥子さんのお宅で拝見した写真の少女、美織さんに間違いなかった。

「手紙っていうと、こういうのしかないけど」

真理子夫人が持ってきた箱はうっすら埃を被っていた。

開けてみると、相当な枚数の年賀状が入っていた。その場で解読するにはあまりにも時間がかかりそうな気がしたので、ひとまず手紙の入った箱をお借りすることにした。真理子夫人は絵も持っていきなさいと袋に入れてくれた。私はそれを持って加瀬くんのアパートを訪ねた。

染井の中学生時代の絵を加瀬くんは食い入るように眺めた。

手紙の箱を開けてみる。中身のほとんどは年賀状であった。当時の同級生たちの、無邪気なイラストや手書き文字を眺める限り、染井は何処にでもいる平凡な子供のようであった。

手紙……そこに浜崎さんは何を期待したのだろう。

年賀はがきを丁寧に見てゆくと、その中の一枚の、印刷されたかわいい犬の横に、手書きで書かれたある一文を見つけた。

「ミオリ死んだの知ってる？」

差出人には男子の名前があり、住所は小樽の入船だった。すると今度は加瀬くんが、年賀はがきの束の間に一枚の官製はがきが入っているのを見つけた。それは美織さんの葬儀の案内だった。宛名を書いた手書きの文字は少しあどけなく、葬儀の日付と場所が印刷された横の空欄にも同じ文字でこう書かれていた。

〝姉が亡くなりました。お時間あったら来てください〟

「亡くなってたのね。この子」

「そうみたいすね」

染井の小学校から中学の途中まで身近に居たこの少女の死。それは何か彼に影響を与えなかっただろうか。

私は真理子夫人に電話をかけ、訊いてみた。染井が高校時代、小樽に戻ったことがあったのかどうか。それはなかった、と真理子夫人。中学時代の同級生が亡くなったという話は聞いたことがあるかと訊ねると、それは記憶にあった。すごく可愛らしいお嬢さんだったと。なぜ死んだのかと訊ねると、夫人には心当たりがなかった。電話を切り、振り返ると、加瀬くんが制服を着た女生徒の絵を手にしながらこちらを見ていた。

「どうしたの？」

そう尋ねると、加瀬くんはこの絵を裏返した。裏面の右下には〝みおり　染井雄高〟とある。きっとこの絵のタイトルと署名である。加瀬くんは左下を指さした。小さな文字で数行のメッセージが書かれていた。

誰も幸せにできない
誰も救えない
あなたも私も

さようなら
ナユタ　みおり

「ナユタ」

私は思わず声に出した。ナユタとみおりが連名で記されている。

「なんだろう、これ。……あなたも私も　さようなら？」

「詩か何かのつもりですかね」

改めて読み直すと、何か背筋が寒くなる。

〝誰も幸せにできない　誰も救えない〟とは、かつて江辺さんが染井から聞いた言葉だった。それは美織さんの言葉だったのか。

「この美織さんって一体何者？　染井さんにとってどういう存在だったんだろう」

「命人があいつのトラウマの原因かとも思っていたけど、それ以前に何かあったのかも知れませんね」

私はひとまずその日の収穫を浜崎さんに送った。それから一週間が過ぎた頃、彼女からメールが届いた。そこには未だ謎の残る染井の死の動機について彼女なりの推理が書かれていた。一読した時は、あまりに荒唐無稽なその解釈に、空想力逞《たくま》しく創作されたフィクションにしか思えなかった。ただいくつかの重要な発見があり、そこは見逃せない。その彼女のメールを全文ここに掲載しておく。

差出人　：　浜崎スミレ
宛先　：　八千草花音

花音先輩、お元気ですか。

あれからどうしても気になることがあって、小樽に行って来ました。

鈴木祥子さんのお宅で見た写真の子、あの可愛い子、小森美織ちゃん、何処かで見たなと思って気になっていたんですが、いました。真理子夫人のオーガニック料理教室の写真の中にいました。……先輩どうして、この人のこと真理子夫人って呼ぶんですか？　なんかウケます。それはともかく、小森美織ちゃん、矢印付けた写真添付しておきますのでご査収ください。

祥子さんにもう一度お会いして、いろいろ話を伺ってきました。美織ちゃんのお母さんはオーガニック料理教室の生徒さんの一人だったそうです。お母さんにも矢印付けておきました。まあ、美織ちゃんに比べると、ごく普通の田舎のおばさんです。

美織ちゃんは、半年ぐらいお母さんに連れられてこの教室に来ていたそうです。二人とも途中から顔を見せなくなったそうですが。離婚再婚などあって、小さな町の中で、かなり噂になってしまって、きっとそのせいだろうと。その美織ちゃんのお母さんは警察官の元、妻。離婚して今は不動産屋の主人との間には三人子供がいるそうです。そして小森美織なんですけど、高校一年の時に亡くなったそうです。なんと毒を飲んで。なんの毒かは先生も憶えてないそうですが。毒を飲んで死ぬって。何か尋常ではない気がします。彼女には妹がいて、名前は、小森奈江。この子も幼い頃から絵画教室に通っていたそうで。祥子さんによると、この妹さんは、染井少年にすごくなついていたそうですが、美織さんが現れなくなった頃から、やはり彼女も顔を見せなくなったようです。そして噂によれば、高校時代に家出してしまったそうです。

どうですか？　これってカナエ日記に出てくる家族そのものに思えますけど。偶然でしょうか。

〝カナエ〟の名前の中にも〝ナエ〟という字が隠れていたり。偶然でしょうか。

美織さんの妹、小森奈江って、カナエさんなのでは？

というわけで、いったんそうさせてください。さて、話は『カナエ日記』の後半戦へ。

カナエさんが小森奈江、彼女が会いに行ったS医師が染井雄高。ブログによれば、小森奈江は、染井が誰だったのか知ってました。逆に染井はブログと、あと、芽路さんの証言によれば、どうも彼女が小森奈江だとは気づいていなかったようです。

染井は気づいていなかった。カナエさんは気づいていた。

住民票も保険証も何も持ってない彼女は、何とかプライベートで彼に診察してもらえないかと、まあここはブログに詳しく書かれていましたけど、でも結局、彼女は自分の素性を明かせなくて、何も知らない彼は彼女に対してなんら特別扱いするでもなく、一般外来からの受診を勧めてしまった。

彼女はすっかり途方に暮れてしまった。身を寄せる場所もなくて、きっとそれで恒河沙を訪ねた。彼女はどうやってその場所を知ったのか？　染井がカナエさんに恒河沙の場所を教えたのか。染井自身は記憶が曖昧みたいな事を言ってましたよね。彼が教えたのかもしれない。染井雄高を検索しても、ナユタには辿り着けません。彼が教えなければ、なかなか恒河沙にまでは辿り着けないわけです。でも、仮に誰からも教わっていなかったとしたら、彼女はしばらく染井のマンションに張り込んで、そこに出入りする加瀬くんを尾行したのかもしれません。その向かった先に偶然、恒河沙があったのかもしれません。そこはまぁ想像の域を出ませんが、ともかく彼女は恒河沙に辿り着いてしまった。そして加瀬くんと芽路さんに無理を言って、まんまと住み着くことに成功した。

彼女はそこで染井をずっと待っていたのかもしれないですね。けれど彼はなかなか現れなかった。でもそこは彼女にとっては秘密の花園のような別世界で、もともと絵画教室に通っていたぐらいですから、美術も好きだったんでしょう。加瀬くんや芽路さんのモデルをやって、楽しかったんだと思います。幸せだったんだと思います。そこはそう信じたいです。そうこうするうちに、彼女はあの話を二人に打ち明ける。コロボックルの骨の話です。ふざけ半分で三人は小樽に行き、あの骨を見つけてしまう。突然行方を晦《くら》ませた理由はわかりません。体調が悪くなって、怖くなってしまったのかもしれません。皆に迷惑をかけたくなかったからかもしれません。コロボックルに何かを囁かれて連れて行かれたのかもしれません。なんかこれが一番正解な気がします。彼女の心の中にはきっとコロボックルは存在したんでしょう。

問題は、骨です。

彼女の心の中にいてくれるだけならいいですけど、実際にコロボックルがいるのかと言われると、さすがの私でも信じられません。

そこで私はある仮説を立ててみました。ひょっとしたら染井はその骨の絵とエピソードから、何かに気づいたんじゃないかと。それは何か。カナエさんが小森奈江であるということに気づいたんじゃないかと。小森奈江だと気づいたら、どうして死のうと思うのか。

三日三晩考えました。

私が導き出した結論はちょっとめちゃくちゃ過ぎて現実離れしてる気もしますが、コロボックルがほんとにいたというファンタジックな結論よりは少しはマシな気がします。奈江の姉、美織。実は私最初から彼女のことが気になっていました。祥子さんのお宅で写真を見せて頂いた時から。何か不思議なオーラというか、インパクトのある子でした。そして染井少年。めちゃくちゃ優等生だった小樽時代から、川崎に現れた彼は死神のようでした。しかも美織は同じ頃に小樽で自らの命を絶った。この間に何があったのか。何もなかったわけはないんですよ。

祥子さんに伺ってみました。この小森美織。一体どんな子だったのかと。先生曰く、あまり勉強ができる子ではなかったと。それは奈江もそうだった。二人はよく似ていて、とっても可愛い。こんなことになってしまったせいかもしれないけど、不幸を選んでしまう美貌の持ち主、なんかそんな表現でした。先生の証言が、何かを裏付けるわけではありませんが、染井ほどの人間を狂わせ惑わせるには相当の魔力が必要な気がします。魔力まで持っていたかはわかりませんが、美織さんにはきっと、染井を惑わす魅力ぐらいはあったんだと推察します。

染井はきっと美織に心奪われ、心乱された。

でもこれって、この世代にとっては〝初恋〟って奴ですよね。普通で言ったら淡い想い出です。

ここで、ある仮説を考えてみました。

この二人にはそんな淡い、可愛い想い出なんかじゃ済まない、子供たちには到底背負いきれない大変なことが待ち受けていたとしたら？

それがあのコロボックルだとしたら？

あれが二人の子供だとしたら？

ある日、美織さんの生理が止まる。美織さんは妊娠を疑う。それを染井少年に相談する。染井少年は奇しくも医者の倅です。しかも父親は産婦人科医。きっといろいろ調べる術《すべ》が身近にあったんでしょう。妊娠検査薬なんか何処からでも手に入っただろうし。まず二人は妊娠の事実を知る。さてそれからどうなったのか。

誰にも言えない命を二人で背負ってしまった。一体二人はどうやってこの問題を解決したんでしょう。

加瀬くんの絵と芽路さんの人形から計測してみると、頭と身体のバランスからして、この赤ちゃん二十週目あたりなんですよ。だいたい六ヶ月くらいです。おなかの中ではちっちゃく丸まってたんでしょうけど、手と足を伸ばされちゃうと、何か赤ん坊に見えないですよね。小人にしか見えません。カナエさんがあっさりコロボックルと信じてしまった理由は、案外それかもしれません。

そんな妊娠六ヶ月の赤ちゃん。生まれて来たとしても、さすがに生き永らえることは出来なかったでしょう。可哀想ですが。でも、一体どうやってお腹から出てきたんでしょう。病院で中絶したんでしょうか。だとしたら、自分たちで森に埋めたりできないですよねきっと。あの町で笑顔いっぱいの親たちの集うオーガニック料理教室の裏側で、彼女と彼は、誰にも言えないこの秘密を何とか自分たちだけで解決しようとした。改めて、彼の父親は産婦人科医。いろいろ調べる術が身近にあったに違いない。生半可な知識で、一体どうやったんでしょう？　美織さんにお願いされて、染井少年が自ら執刀したなんて事があったりしたんでしょうか。だとしたらありえないお医者さんごっこです。

すみません。さすがにこの空想、悪魔的すぎますよね。こんなことに妄想を巡らしてる自分が嫌になります。でもこのぐらい積み上げないと、ナユタの世界には近づけない気がするんですよね。ただ一つだけ、あの骨がコロボックルとか妖精みたいな、そういうものではない、と。それだけは証明出来た気がします。まあ結局のところ当事者にしか判らないことばかりではあるわけですけど。

その赤ちゃんが、どうやってこの世に出てきたのかも彼らにしか判りません。ともかく、美織さんはその子をあの秘密の墓地に連れて行って、きっと埋めたんでしょう。そこに染井少年も立ち会ったんでしょう。

もしこれが真実だとしたら、なんという人生でしょう。

こんな少年時代があったら染井雄高じゃなくても……。

人は誰でもきっと最初は、この世界が自分のためにあるものと信じて生まれてきて、やがて世界を知る程に、身の程を知り、自分の存在の小ささを知る。けれどきっとこの少年と少女は幼いその手でひとつの小さな命を葬って、自分たちこそこの世界に生まれてくるべきじゃなかった、と、そう思ってしまったのかもしれない。

それはあまりに救われない。そんな事があるんでしょうか。

絵画教室で、お料理教室で、あんなに無邪気な笑顔で写真に写っていた美織さん。円満そうな家族同士が交わるコミュニティの中で、一体二人はどうやってそんな関係に昇り詰めて行けたのか。堕ちて行けたのか。そう考えると、お料理教室の現場は、染井少年の自宅なんですよね。階段を昇って、ドアを開ければ、そこには染井少年がいたわけです。小学時代に絵画教室で仲良くなった二人が思春期を迎え、中学時代、今度はお料理教室を利用して、二階で密会を重ねていた。禁断の逢瀬を繰り返していた。

うーむ。完全に私の妄想領域です。危ない危ない。

最後にこの謎解きに挑みます。

誰も幸せにできない
誰も救えない
あなたも私も
さようなら
ナユタ　みおり

何故、この絵にこんなメッセージが書かれていたのか。そもそもこの絵は、彼が彼女にプレゼントしたものなんじゃないでしょうか？　それはきっと二人が絵画教室に通っていた頃。まだ何も知らない無垢な子供だった頃。ところが時が経ち、二人は恋に落ち、生まれて初めて体験する感情だったり高ぶりだったりに、きっと恐れおののきながらも、遂には更に一線を越えてしまい、子供が出来てしまった。赤ちゃんを密かに埋葬してしまった。その後、染井少年は川崎に引っ越すことになってしまう。自分の都合ではないにせよ、小樽を離れた染井少年に、ひとり取り残された美織さんはどんな想いだったでしょう。唯ひとり自分の罪の重さを共有してくれる共犯者が街から居なくなってしまったわけです。それはきっと耐え難い孤独で、結局、彼女は自殺してしまった。この自殺の手段も気になります。何故彼女が毒薬なんか持っていたのか。ちょっとここはちゃんと調べきれていません。こういう時によく出てくるのは青酸カリとか硝酸ストリキニーネとか。どうやって手に入れたんでしょう？　彼が何処かから手に入れて渡したなんてことがあったのかどうか。だとしたら何故？　本当にどうしても生きてゆくのが辛かった時に、これを飲みなさい、なんて？　もしそうだったとしたら、ある種の愛ですか、それ？

少年が小樽を離れる直前にそんなやり取りがあったのかもしれません。そしてきっと同じ頃だったのではないでしょうか。彼女が貰った絵を彼に返したのは。その絵の裏に、あの謎めいたメッセージを書いて。

誰も幸せにできない
誰も救えない
あなたも私も
さようなら
ナユタ　みおり

いろいろ検証してみましたが、私なりの推理に当てはめると、このメッセージは、こんな風に分割すると読み易いんじゃないかと思うんです。

誰も幸せにできない　誰も救えない　あなたも私も　／　さようなら　ナユタ　／　みおり

あなたも私も、誰も幸せにできないし、誰も救えない。ああいう罪を犯した自分たちを責めているのかもしれません。みおりはご自身の署名なんでしょう。

さようなら　ナユタ。

彼をナユタと呼んでいるんでしょうか。彼のニックネームがナユタだったんでしょうか？　二人だけに通じるニックネームを付け合うなんてことは男女の間ではよくあることです。あくまで空想ですけど。

空想ついでに、もうひとつ可能性を考えてしまいました。

ナユタとは、二人が死んだ赤ちゃんに付けた名前だったんじゃないか。

そのつもりでもう一度あのメッセージを読んでみてもらえますか？

誰も幸せにできない　誰も救えない　あなたも私も　／　さようなら　ナユタ　／　みおり

私の中ではこっちの方が腑に落ちるのです。女性だからでしょうか。私にも母性があるからなのかな？

まあ仮に、後者だとしましょう。

彼女と別れ、小樽を去った少年も、ずっと死にたがっていた。命人くんとの事故。友人を亡くし、自ら自殺未遂を繰り返し、そんな中、加瀬くんと出会い、絵という表現に自身の居場所を見つけた。けど加瀬くんに去られ、彼は見た目以上に苦しかったのかもしれません。絵の外に生きる場所などないのだとしたら。そんな中で染井は、加瀬くんの描いた『コロボックルの骨』を見た。何を想ったんでしょう。もしそれが死の動機だとしたら、何故死のうと想ったんでしょう。カナエさんが美織さんの妹の奈江さんだと気づいた。自分は美織さんのみならず奈江さんも救えなかった。救えなかったどころか、救おうともしなかった。と想ったでしょうか。「誰も幸せにできない、誰も救えない」という美織さんの言葉を想い出したでしょうか。その後悔の念でしょうか。きっといろんな想いが去来したのでしょう。いや、まったく何も去来しなかったという可能性はどうでしょう。何より、そこにあった、その骨こそが、ひとつのメッセージだった。

その骨は誰なのか？　〝ナユタ〟です。

何かの運命がすべて一致する瞬間を迎えた。コロボックルの骨は彼にとって本物の〝死神〟だったのかも知れません。少なくとも彼にはそう見えたのかもしれません。その絵に出会った瞬間に彼の中でスイッチが入ってしまったのかもしれません。すべてを理解してしまったのかもしれません。

遂にお迎えが来た、と。

ここまで来ると私の妄想でしかないですが、これらがすべて事実なら、ナユタの〝死神伝説〟は存在していたということになりませんか？　彼が最後、自らそれを体現したばかりでなく、彼がずっとコロボックルの骨を背負い続けていたのだとしたら、死神の正体はあの骨だったんじゃないかと。つまりナユタだったたと。染井はナユタによって殺された。ナユタを殺したのはナユタ。ナユタによる壮大なるナユタ殺人事件。……ちょっと妄想が過ぎますかね。

とまあ、長くなりましたが、これが私の推理です。ご笑覧下さい。

乱筆乱文失礼致します。

浜崎スミレ

読み終わって私は唸るしかなかった。いくら空想にしたって、浜崎さん、あなたの空想はあまりにも残酷すぎるよ。そう返事を書いてやろうと思ったが、涙が突然堰を切ったように溢れ出し、私はしばらくの間、嗚咽に身を委ねるしかなかった。

後日、加瀬くんにこの話を少しだけした。彼が浜崎さんのそのレポートを読みたいと言うので、ファイルを送ってあげた。

その感想を私はまだちゃんと聞いていない。加瀬くんとは、ナユタについて、染井雄高についていて、あれから殆ど話していない。ただひとつのエピソードだけを除いて。その唯一のエピソードを聞いたのは、『絵と詩と歌　冬の一月号』が発売された日であった。

24　絵

『絵と詩と歌　冬の一月号』は十二月十日に発売され、ナユタ特集はそのトップを飾った。八ページの大特集ではあったが、ここまでの旅路を想えばあまりにも僅かなページ数と言わざるを得ない。更に私は絵をちゃんと見せたくて、原稿は相当短めに纏めた。ナユタが一体何者なのか、その謎については一切触れないことにした。この記事を読んだ読者には、全く物足りない記事であったかも知れない。私としては、死神伝説よりも、絵画としてのナユタ作品がもっと正当に評価されるべきだと思ったのである。

編集長にはこの記事を高く評価して頂き、遂にトライアウトの終了を宣言して頂いた。私は晴れてさざなみ書房の正規社員になれた。そんな私が図々しくも最初に編集長にお願いしたことは、少し早い冬休みの申請であった。私は完全に燃え尽きていた。もう年内は何も出来ない、そう編集長に訴えたのである。

雑誌は予想以上の部数が出たが、一つ前の秋の号には及ばなかった。そちらは江辺罪子の特集号であった。今や彼女はナユタより高い知名度で、若手の中では最も注目を集める存在であった。

私はできたての雑誌を、お世話になった方々に送ることにした。

『伴侶』の取材でお世話になった富沢住職と田中医師。

『カラス公園』のモデル、智子ちゃんのお母さんの、立花房子さん。今想えば加瀬くんは智子ちゃんにかのんさんを投影していたに違いない。

突然の取材に快く応じてくださった染井亮平氏と真理子夫人。真理子夫人とは未だにメールやSNSの交流があり、料理やガーデニングの写真を送ってくださる。どうも私は、有閑マダムの話し相手に選ばれてしまったようである。

川崎時代の話を聞かせてくださった須藤大和さんと武尊さん。この兄弟たち、思い返せば、格段のインパクトがあった。亡くなった命人さん、三人の妹の美夜さんを含めて。ナユタとの関わりを改めて掘り下げれば、もうひとつの青春物語がきっとそこにあるに違いない。武尊さんには改めて取材をしてみたいと考えているが、切り口がまだ見極め切れていない。ナユタとタトゥーとか。川崎という街に主題を置いても面白いかも知れない。

『花の街』の取材に協力して下さったお店にも一冊ずつ。小樽時代、染井のピュアな小学時代のお話をしてくださった鈴木祥子さんにも。

江辺罪子さん。そして芽路千里さん。高田タダノブさん。加瀬くんのお母さん。

柏木修造の奥様、佳代子夫人と、お弟子さんたち。先日の取材の成果は次号に掲載される。

森川さんには格別の感謝をこめて。さざなみ書房を紹介して頂いたおかげで、今がある。いろいろあった尾藤さんにも。いずれは高梨さんのご仏前にもと思っている。

そして、知床にいる不思議少女、浜崎さんには二冊。一冊は室井香穂さんに届けてもらう。私が初めて取材させて頂いた作家だ。

根津さんには卵画廊に直接お届けにあがった。

「なんだ。結局、絵の話だけなんですね」

私の記事をめくりながら根津さんは言った。

「はい。最初からその予定でしたから」

「あんなにいっぱい調べたのに？　もったいない」

そう言いながら、その顔には笑みがあった。

「はい。いずれ、どこかでちゃんとカタチにしたいとは思っています」

「是非そうしてください。江辺罪子さん、来週警察に行くそうです。染井さんに関して、知ってることを話すそうです」

「じゃ、染井さんがナユタだということも」

「情報はマスコミに出るでしょう。きっと面白おかしく書かれるんじゃないですか？　加瀬くんは取材には一切答えないそうですから。あなたの取材以外は。なので、ぜひ書いてください。ナユタの本を」

「……ナユタの本」

「いつか是非！」

根津さんのアドバイスが心に残った。せめて自分の調べたことだけでも、纏めておきたい。そんな思いでこの文章を書き始めた。幻の油彩画ユニット、ナユタ。今なお謎に包まれたこのユニットが、いつかもっと脚光を浴びる日が来るかも知れない。その時には、ここまで書いたこの記録は貴重な資料になるだろう。そんな日が来るまで、これは、自分のパソコンの奥の方にしまっておこうと思う。

卵画廊を訪ねた後、私は世田谷の三宿に向かった。加瀬くんがレストランのリフォームの仕事で現場にいた。四階建ての雑居ビルの一階のテナントは空っぽの状態で、加瀬くんは脚立に登って天井を塗っていたが、私が『絵と詩と歌』の最新号をかざすと、すぐに下界に降りてきた。手袋を外すと、そのできたての雑誌をそっと両手で受け取った。

「できたんですね！」

「できました！　お陰様で！」

一枚ずつページをめくる。やがてナユタ特集のページに達した彼は、「おっ」と小さな声を上げ、こう言った。

「先輩の名前！」

そのページには『総力特集　ナユタ』という大きな見出しの隅っこに、小さな明朝体で『取材・文　八千草花音』とあった。

「夢、叶いましたね」

「うん」

私は思わず苦笑した。夢は叶ったのだろうか。何もかもがこれからのような気分だった。〝夢叶う〟という言葉に思わずカナエさんを想い出す。加瀬くんは『カラス公園』を眺めながら、目を細めている。

私は加瀬くんに少しだけ近づいて、一緒に絵を眺めようとした。すると彼は、それに反応したかのように身を躱《かわ》し、私の方に向き直ると、こう言った。

「あ、お祝いのプレゼントがあるんですよ！　ちょっと待っててくださいね」

彼は急ぎ足でキッチンカウンターの裏に回った。どうもそこに私物が置いてあるようだった。

ガサゴソと音を立てながら、彼は言った。

「ひとつ言い忘れていたエピソードがありまして」

「え？　今更？」

私はこう言い返さずにはいられなかった。

「はい、すいません」

「なになに？」

「まあ、なんというか……どこから話したらいいか……ナユタをやめてからというもの、僕はもうすっかり空っぽになっちゃって、もう絵描きはやめようと。そこは本気で」

「うん」

「でも、これもコロボックルの呪いなのか、夜な夜な夢に染井が現れまして。文句ばっかり言うんですよ。僕を罵倒するんですよ。お前のせいで俺は死んだとまで言うんです。絵を描けって言うんです。お前はお前の描きたいものを描けばいいんだよと。絵を描けばもうお前は消えてくれるのかい？　と、僕がそう尋ねると、頷くんですよ。夢の中のあいつは。ホントかなぁと思って。ある日、久しぶりに筆を持ってみたんです。久しぶりに気持ちよく描けました。その絵を描いている間、あいつは夢の中に現れませんでした。その絵が完成したら、今度はもう筆が手放せなくなって。この壁塗りの仕事もその頃から始めました。おかげで実は今日に至るまで、あいつの夢は見てません。つまり、これって、死ぬまで絵を描けっていう呪いなんじゃないでしょうか」

「それが呪いだとしたら、どっち？　受け入れ難い呪い？　それとも、向き合えそうな呪い？」

「そうですね。……悪くないかも知れません」

傷ついた鳥が再び羽ばたこうとしている。その瞬間に遭遇したような。思わず目が潤んだ。

加瀬くんは茶色い紙にくるまれた四角い物を抱えて戻って来る。

「というわけで、染井にせがまれて描いた一枚が、こいつです。根津さんに預けていたのが、今朝、返って来ました」

そう言って彼は私にそれを手渡した。

「開けてみてください」

言われるがままに、私は紐をほどき、包装紙をめくった。中からキャンバスが現れる。一枚の絵が現れる。ナユタの作品ならば、それは見覚えのない一枚だった。けれど、私はその絵を知っていた。

「……零の『晩夏』」

私は思わずその絵の名を呼んだ。

「画家としてもゼロからやりなおそうと。そんな想いで、ペンネームを〝零〟にして。このモデルは僕に油絵を教えてくれた人です」

私は放心状態だった。

なんだろう。あの時、私の中で起きた現象は。その絵の意味を一瞬で全て理解できたような。

それ以上何の説明を聞くまでもなく、この絵が何だったのか、まるで最初から知ってたかのような。デジャヴュがいくつもいくつも溢れ出てくるような、そんな情動が私の中を支配した。目の前にあるその絵は、あまりに神々しく、私はその絵に目を奪われたまま、彼を振り返ることさえ忘れていた。

「この絵を展示した会場に、モデルらしき女性が訪ねてきたと。そんな話を学芸員の人がしてたって、根津さんから聞きました。まさか、とは思いました。次に、その根津さんが、『晩夏』そっくりの女性に会ったと、名刺の写真を送ってくれました。まさか、先輩がこの絵に出会うとは。何でしょうか。この僕らの偶然は。呪いですか？　これも」

「そうかも知れない」

加瀬くんは、椅子を運んできて、背凭《せもた》れにその絵を立て掛けた。私と彼は並んでその絵を眺めた。絵から少し離れて。また少し近づいたりして。そしてまた少し離れたりして。

お互いの距離を縮めながら。

肩と肩が触れ合う距離まで来た時、彼が私の手を握った。その手は思いがけず温かかった。

「それにしてもよくここまで辿り着きましたね」

「……人ごとみたいに」

「でも、ほんと、お疲れ様でした」

「……疲れたよ」

溢れ出る涙をどうしても我慢できなかった。私は自分から彼に抱きついた。そして、その胸の中で、好きなだけ泣かせてもらったのであった。

＊

加瀬くんは、最近、再び油絵と向き合っている。『晩夏』に続く零としての二作目である。

二人の休みが重なった時や、少し早めに仕事が終わった時、私は彼の部屋へ行く。服を脱ぎ、裸になって彼の前に座る。私を描いて欲しい。自分からそう志願した。

その時彼はこう言った。

「命がけだよ？」

私はこう言い返した。

「大丈夫。私がナユタの死神伝説を終わらせる」

ちょっと偉そうなことを言ってしまったが、きっと人生誰にでも一度はこういうことがある。あらゆる偶然と必然が、ひとつの点に集束し、ああ、自分はこのために生まれて来たんだと思う瞬間《とき》が。

幼い頃に私の命を守るために容赦なく付けられた傷痕を、彼に見せながら、私は素直に実感するのだ。

私はこの人に描いてもらうために生まれてきたんだ、と。

だからこの人に、絵を教えたのだと。

岩井俊二（いわい・しゅんじ）

1963年生まれ、宮城県出身。『Love Letter』（95年）で劇場用長編映画監督デビュー。映画監督・小説家・音楽家など活動は多彩。代表作は映画『スワロウテイル』『リリイ・シュシュのすべて』、小説『ウォーレスの人魚』『番犬は庭を守る』『リップヴァンウィンクルの花嫁』『ラストレター』等。映画『New York, I Love You』『ヴァンパイア』『チィファの手紙』で活動を海外にも広げる。東日本大震災の復興支援ソング『花は咲く』では作詞を手がける。映画『花とアリス殺人事件』では初の長編アニメ作品に挑戦、国内外で高い評価を得る。2020年1月に映画『ラストレター』が公開、同7月には映画『8日で死んだ怪獣の12日の物語』が公開された。

零《ぜろ》の晩夏《ばんか》

二〇二一年六月二十五日　第一刷発行

著　者　岩井《いわい》俊二《しゅんじ》
発行者　大川繁樹
発行所　株式会社　文藝春秋

〒一〇二-八〇〇八
東京都千代田区紀尾井町三-二三
☎〇三-三二六五-一二一一

印刷所　凸版印刷
製本所　大口製本
組　版　言語社

　ISBN978-4-16-391388-9